明
室
Lucida

照 亮 阅 读 的 人

探究故事的五幕之旅

进入故事之林

INTO
THE WOODS
A FIVE-ACT JOURNEY INTO STORY

by John Yorke

[英] 约翰·约克 著　唐江 译

 北京联合出版公司
Beijing United Publishing Co.,Ltd.

艺术由限制构成。每一幅画最美的部分就是画框。

——G. K. 切斯特顿[*]

---

* G. K. 切斯特顿（1874—1936），英国作家、文学评论家。——除特殊说明外，本书脚注均为译者注

目 录

附 录

引言

　　一艘船停靠在一片陌生的海岸，一名急于证明自己的年轻人被委以重任，他要跟当地居民交朋友，打探出他们的秘密。他被他们的生活方式给迷住了，爱上了一名当地的姑娘，开始怀疑起自己的主人。主人发现手下已经跟土著厮混到了一起，于是决心将他和土著居民彻底消灭。

　　这是《阿凡达》还是《风中奇缘》？就故事而言，它们几乎一模一样。甚至有人指责詹姆斯·卡梅隆剽窃了美国原住民的神话。[1]但情况既可以说更简单，也可以说更复杂，因为这一基本结构不仅对这两个故事，且对所有的故事来说，都是通用的。

　　就以三个不同的故事为例。

　　　　一头危险的怪物对人们构成了威胁。某人挺身而出，杀死怪物，使王国恢复了幸福。

　　这是 1976 年上映的《大白鲨》的故事。但它也是盎格鲁-撒克逊史诗《贝奥武甫》的故事，这篇史诗问世的时间介于 8 世纪与 11 世纪之间。

还有更让人耳熟能详的：它也是《怪形》《侏罗纪公园》《哥斯拉》《黑暗骑士崛起》的故事——所有这些影片里都有真实的、看得见摸得着的怪物。如果你把这些怪物换成人形，那它也是每一部詹姆斯·邦德影片，每一集《军情五处》、《急诊室的故事》（英版）、《豪斯医生》或《犯罪现场调查》的故事。你可以从《驱魔人》《闪灵》《致命诱惑》《惊声尖叫》《惊魂记》《电锯惊魂》中看到同样的模式。怪物可以从《猛鬼街》里字面意义上的怪物，变成《永不妥协》里的一家公司，但其基本结构——敌人被消灭，人们恢复了秩序——保持不变。怪物可以是《火烧摩天楼》里的大火、《海神号历险记》里倾覆的轮船，或者《普通人》里男孩的母亲。尽管表面看来各不相同，但每一部影片的架构都是一样的。

> 我们的主人公意外闯入一个美妙的新世界。起初，他被这里的辉煌和魅力吸引，但渐渐地，情势变得愈发险恶……

这是《爱丽丝梦游仙境》，但它也是《绿野仙踪》《火星生活》《格列佛游记》。如果你把幻想世界换成仅仅对主人公来说是幻想的世界，那你很快就会看到，《故园风雨后》《蝴蝶梦》《美丽曲线》《第三人》也都符合这一模式。

> 人们发现自己身处危难境地，他们获悉，解决办法是找回远在他乡的灵药，这时部族中的一些成员挺身而出，踏上了进入未知世界的危险旅程。

这是《夺宝奇兵》《亚瑟王之死》《指环王》《沃特希普高地》。如果你把它从幻想世界移植到更为世俗化的背景里，那它就是《怒海争锋》《拯救大兵瑞恩》《纳瓦隆大炮》《现代启示录》。如果你改变人物追求的目标，那你还会发现《男人的争斗》《非常嫌疑犯》《十一罗汉》《逍遥骑士》《末路狂花》。

所以，三个不同的故事就可以衍生出诸多分支。这是否意味着，在经过你的反复提炼之后，所有故事最终就只能归结为三种不同的类型？并非如此。《贝奥武甫》《异形》《大白鲨》都是"怪物"故事——但它们**也是**讲个人闯入可怕新世界的故事。在《现代启示录》或《海底总动员》这样经典的"探寻"故事中，主人公既遭遇了怪物，**也**邂逅了陌生的新世界。就连《格列佛游记》《证人》《律政俏佳人》这种"美丽新世界"类型的故事，也符合这三大定义：人物都有某种追求，都有自己要面对的怪物，并且都要去战胜它们。尽管这些影片表面看来有所不同，但它们都具有相同的框架和相同的故事引擎：所有故事都把人物丢进了陌生的新世界；所有故事都涉及寻找出路的探寻任务；无论这些故事选取了何种形式，故事里的"怪物"都被消灭了。在某种程度上，所有故事的目标也都是安全、安心、圆满和家庭的重要性。

不过这些信条不止出现在电影、小说或《军情五处》《国土安全》《谋杀》之类的电视剧里。我一个朋友的九岁的孩子决定讲一个故事。他没向任何人征求意见，就把它写了出来。

一家人盼望着去度假。为了支付房租，妈妈不得不牺牲了这个假期。孩子们发现了埋在花园里的地图，上面记载着藏匿在森林里的宝藏，他们决定出发寻宝。他们历尽艰辛，被人追赶，最后找到了宝藏，度过了更为美妙的假期。[2]

为什么一个孩子会下意识地模仿几百年前的故事形式？为什么他在自发写作时，会展现出对故事结构的了解，而这种故事结构又如此清晰地呼应着前人的故事？为什么我们所有人始终都从同一口井里汲取我们的故事？

或许是因为，后辈总是因袭前人，从而确立起了一系列的陈规旧习。不过虽说这种说法也许有助于解释这种模式的普遍存在，以及它对除旧立新的极力抵触，但这种模式也会凭借新意和乐趣不断自我翻新，这一点表明其背后别有缘由。

叙事自有其形式。它主导着所有讲故事的方式，不仅能追溯到文艺复兴时期，更能追溯到有文字记录之初。这是一种人们乐于采纳的结构，不论是在艺术剧院，还是在机场的表格里，它都有所体现。它很可能是一种放之四海而皆准的原型，不过我们若要得出这一结论，务必多加小心。

> 多数评论艺术的文章是由并非艺术家的人写就的，所以才会有种种误解。

——欧仁·德拉克洛瓦

试图摸索出某种通用的故事结构，这种尝试早已有之。从 20 世纪初的布拉格学派和俄国形式主义者，到诺思罗普·弗莱的《批评的剖析》，再到克里斯托弗·布克的《七种基本情节》，许多人试图弄清，故事是如何运作的。在我的老本行，这已经成了一种名副其实的产业——讲电影编剧的书数以百计（但讲电视编剧的书，有见地的几乎没有）。大部分我都读过，但我读得越多，就越是被这样两个问题困扰。

1. 它们大多提出了截然不同的体系，都声称自己的体系才是创作故事的唯一方法。它们怎么可能都是对的？

2. 它们都没有问"为什么"？**为什么**我们要用三幕结构来讲故事？**为什么**故事的运作方式都惊人地相似？[3]

这些著作当中，有些包含了极有价值的信息，不少提出了宝贵的见解，而它们全都急于告诉我们**如何**着手，并狂热地坚称"第12页一定得有一个激发事件"，但没有一个解释**为何**如此。仔细想想，这很疯狂：既然你回答不出"为何"，那"如何"就只能是空中楼阁了。接下来，一旦你试图自己解答这个问题，那你就会发觉，好些理论——尽管其中的一些很精辟——并不能完全讲得通。莫非是上帝发布敕令，声称激发事件就应该发生在第12页，或者英雄之旅就应该有12个阶段？当然不是，它们是人为建构出来的。除非我们能找到前后一致的理由，来解释这些形式存在的原因，否则就用不着拿这些人的说法当回事。他们不过是在边境兜售货物的蛇油推销员*而已。[4]

我长大成人之后，几乎一直在讲故事，我很荣幸地创作了英国电视界一些备受青睐的剧集。我创作的剧情受众逾 2000 万人，我深度参与了那些帮助改写戏剧风貌的节目。在这一行，我几乎是独一无二的，既做过艺术剧院的节目，也做过大众化的主流节

---

* 此处喻指卖万能药的人，江湖骗子。

目，我对两者同样喜爱。随着我讲的故事越来越多，我越发意识到，这些故事情节的基本模式——观众要求看到某些东西的方式——具有惊人的统一性。

六年前，我开始阅读有关叙事的所有资料。更重要的是，我开始盘问跟我有过合作的所有编剧，他们是如何创作的。有些人欣然接受了传统的三幕结构，有些人则不予认可——在不予认可的同时，并未意识到他们已经采用了它。有几位编剧发誓要采用四幕结构，一些发誓要采用五幕结构；另一些则声称，所谓的"幕"压根儿就不存在。有些人自觉地从编剧手册中学习，有些人把结构理论斥为魔鬼的产物。但在我读过的每一个好剧本里都有一个统一的因素，不论作者是天才新手还是拿奖专业户，那就是它们都具备相同的基本结构特征。

通过提出两个简单的问题——这些特征是什么，还有它们为什么会反复出现——我终于打开了一个塞满历史的橱柜。我很快便发现，三幕模式并非现代的发明，而是对某种古老事物的表达；而现代戏剧结构之所以如此，既是为了缩减观众的注意时长，同时也跟幕布的发明有关。也许最有意思的是，五幕剧的历史将我带回了古罗马，又经由 19 世纪法国戏剧家欧仁·斯克里布和德国小说家古斯塔夫·弗赖塔格，到莫里哀、莎士比亚和琼森。我开始明白，要想让论点立得住，那它不光要适用于编剧，还要适用于**所有的**叙事结构才行。要么按照一种模式讲述所有的故事，要么压根儿就不存在什么模式。倘若叙事确有原型，那它必须是不言自明的。

这样的探索难免衍生出许多有趣的分支。通过先期聚焦于影视作品，我得以：

- 探索故事结构是如何运作的，不仅有单主角故事，也有多主角剧情。

- 解释主人公为什么必须积极行事。

- 比以往任何时候都更为细致地阐明：电视剧的结构原理是如何运作的。

- 理解"讲述"会如何毁掉剧情。

- 阐述为什么那么多人物会在任何戏的倒数第二阶段死掉。

- 解释为什么几乎所有的警察都自行其是。

- 解释系列剧的寿命是有限的（这是戏剧必然性的法则所致）——往往是三年以内，否则它们就有可能沦为对前期剧集的拙劣模仿。

- 阐明为何人物塑造不光产生于戏剧结构，还对其至关重要。

但还有一些貌似偶然的发现，它们开始出现在更为重要的事情上。起初是对编剧的基本探索，后来慢慢演变成通往所有叙事核心的历史、哲学、科学和心理学之旅，这反过来又让我认识到，戏剧结构并非人为的构造，而是人类的心理、生物和物理特征的产物。

在《进入故事之林》一书中，我试图探索和展现这种结构的非凡魅力；还会谈及它的历史变迁，理解它如何以及为何体现在小说的各个方面，从人物到对话，但不仅限于这些。我可能主要拿电影作参照，因为它们广为人知，但本书的范围超出了电影，不仅涉及电视剧及其与《学徒》和《英国偶像》的关系，还进一步提到了我们如何叙述历史，如何解读艺术和广告——甚至在法律审判中，我们如何形成对于某人是无辜还是有罪的看法。为什么《英国偶像》以横扫一切之姿问世？某些现代艺术品是如何利用买主的轻信的？为什么人们起初认为伯明翰六人组有罪？归根结底，都跟故事有关。

这一旅程最终不仅让我得以阐明，这些故事得以形成的基本结构是怎样的，更重要的是，让我能够解释清楚这一基本结构为何存在，为什么任何人无须学习，就能在内心当中将它全盘复制。九岁的男孩怎样凭空杜撰出一个完美的故事？这是一个关键问题，一旦你理解了这个问题，就能揭示戏剧结构本身的真正形式和意义，实际上也是戏剧结构的真正成因。当然，这也是任何编剧导师都不曾提出的问题。

不过，你需要知道吗？

你必须把人们从（电影理论）中解放出来，而不是给他们一个僵硬的框架，让他们必须把他们的故事、他们的生活、他们的情绪、他们对世界的感受硬塞进去。我们的麻烦是，电影业80%的事务是由一些一知半解的人管理的。有些人读了约瑟夫·坎贝尔和罗伯特·麦基的书，就跟你聊英雄之旅如何如何，而你想把他们的老二割下来，塞进他们嘴里。

对吉尔莫·德尔·托罗的这番话，许多编剧和电影制作人深有感触。许多人抱有一种根深蒂固的信念：对结构加以研究，无疑是对他们才能的背叛，是平庸之辈寻找缪斯替代品的行径。[5] 这种研究只会以一种方式告终。大卫·黑尔把这种心态表述得一清

进入故事之林

二楚："观众感到腻烦。科班院校传授的公式——幕、弧线和个人的旅程——从它们刚刚启动的那一刻起，观众就已经能做出预判了。对约瑟夫·坎贝尔好心提供的这么多'荣格入门'式的内容，观众感到愤怒和羞辱。现如今，所有伟大的作品都在类型之外。"[6]

查理·考夫曼在拓展形式的边界方面，在好莱坞功勋卓著，他说得更绝："有这么一种固有的剧本结构，似乎人人都无法摆脱，就是这个三幕的玩意儿。我对它着实不感兴趣。其实我觉得，我可能要比大多数写剧本的人对结构更感兴趣，因为我还会考虑结构方面的事。"[7]但他们的抗议太过火了。正如我们将会看到的，黑尔研究酒瘾的作品《锌床》和考夫曼的剧本《成为约翰·马尔科维奇》，是经典故事形式的完美范例。无论他们对其多么痛恨（我认为，他们的愤怒出卖了他们），他们都不得不遵循这幅他们宣称自己十分厌恶的蓝图。为什么呢？

因为所有故事都是用同一套模板铸成，所以编剧对他们采用哪种结构根本没得选，而且正如我希望表明的那样，物理、逻辑和形式的规律决定了，他们都必须遵循相同的路线。这套模板是什么，为什么编剧们都要遵循它，我们如何、为何讲故事，这就是本书的主题。[8]

所以，这就是讲故事的神奇关键吗？对这种自以为是的心态，需要多加警惕——强行去排序、解释、归类，就会落入照本宣科的窠臼。若是否定戏剧的丰富多彩，就有可能变成《米德尔马契》里的卡苏朋那样乏味无趣的人，他背对生活去寻找生活的答案。将奇迹降格为科学公式、将彩虹拆解开来的做法未免过于诱人。

但规则也是有的。正如《白宫风云》的主创亚伦·索金所说："真正的规则是戏剧的规则，是亚里士多德谈到的那些规则。虚假的电视规则是愚蠢的电视主管告诉你的那些规则：'你不能这样，你得那样。你需要三个这个、五个那个。'那些玩意儿是愚蠢的。"索金说出了所有大艺术家都知道的事——他们需要对**技艺**有所理解。每种形式的艺术创作，就像任何语言一样，都有一套语法，而这套语法、这种**结构**，并不仅仅是一种人为的构造——它是人类思维运作的最美丽、最复杂的表达。

重要的是要断言，编剧并不需要理解结构。许多极为优秀的编剧都有不可思议的本领，可以下意识地获取故事的形式，因为它就在他们的脑子里，就像在九岁孩子的脑子里一样。本书并不是要倡导大家刻意地采用结构。它旨在探索和研究叙事的形式，询问它如何、为何存在，为什么就连孩子都能毫不费力地写出故事——为什么他们能遵循这些规则。

毫无疑问，对许多人来说，这些规则是有帮助的。弗里德里希·恩格斯讲得很精辟："自由就是对必要性的承认。"[9]不按节拍和调子弹奏的钢琴，很快就会让人听得腻烦；遵守形式的约束，并未给贝多芬、莫扎特和肖斯塔科维奇造成妨碍。就算你准备打破规则（为什么不呢？），你也必须先在规则之内打好坚实的基础。现代主义的先驱——抽象印象主义、立体主义、超现实主义和未来主义者们——在他们打破形式之前，都是具象画的高手。他们必须先了解自己受到的限制，然后才能超越它们。正如伟大的艺术评论家罗伯特·休斯所说：

几乎无一例外，过去一百年里，每一位重要画家，从修拉到马蒂斯，从毕加索到蒙德里安，从贝克曼到德·库宁，都受过"学院派"的绘画训练（或自我训练）——到头来，正是严苛无情、力求真实的画风训练，才能孕育出现代主义真正的形式成就。只有这样，才能在长久延续的传统中，赢得正确而激进的转变，其成果才会超过即兴发挥的水平……蒙德里安的方块和网格的那种哲理之美，始于他描绘苹果树的那种经验之美。[10]

在影视作品里（尤其是在欧洲），有许多结构上有悖正统的大作，但即便如此，其源头依然牢牢扎根于一种普适的原型，并且是对这种原型的背反。正如休斯所说，它们是对长久延续的传统的蓄意转变。大师们并未放弃创作的基本原则，他们只是将它们纳入到不再受逼真性所限的艺术之中。所有伟大的艺术家——不论是在音乐、戏剧、文学，还是在绘画领域——都对规则有所领悟，无论这种领悟是有意还是无心。"你需要眼、手和心，"有句中国古谚说，"只有两样是不够的。"

这不是一本教授"如何创作"的书。导师已经够多了。表面看来，它讲的是**戏剧结构**——电视剧、戏剧和电影如何运作——不过有时也会拿新闻、诗歌和小说举例，来阐明要点。如果说电影的例子居多，那也只是因为，要么它们广为人知，要么它们容易查找，但那些原则可不是电影所独有的，因为电影只不过是对某种古老过程的现代技术呈现。探讨影视作品的好处在于，不仅比较容易得出分析的结论，而且这种分析的作用有点像是钡餐：倘若运用得当，那它不光能照亮所有的故事结构，还能照亮所有的叙事——不论是虚构还是纪实；它能打破壁障，揭示出我们是如何感知和呈现所有经验的。因此，影视作品的结构是这本书的基石，但这些媒介向我们揭示出的意义和教训是更为宽泛的。

讲故事是人类必不可少的要紧事，对我们所有人来说，几乎就跟呼吸一样重要。从篝火边的神话传说到后电视时代的大爆发，故事主宰着我们的生活。因此我们应该尝试着去理解它。德拉克洛瓦言简意赅地反驳了人们对知识的恐惧："先学会做一名手艺人，这不会妨碍你成为天才。"在古往今来的故事里，有一个主题总是不断出现，那就是进入森林，从中找出那个隐秘却能带来生机的秘密。本书试图找出那个潜藏在森林中心的东西。所有的故事都由此开始……

第一幕

家

1

什么是故事？

从前……

你一读到这句话，马上就会知道，你将看到某个场景，那里会发生一系列的事件——几乎可以肯定的是，这些事会发生在某人身上。大致说来就是这样——这就是故事的最佳定义："从前，在这样那样的地方，发生了一些事。"当然还有更为复杂的解释，大部分我们都会谈到，但没有哪个解释是如此简洁而又无所不包的。

原型故事所做的，就是向你介绍一位核心人物——主角——并邀请你认同他；事实上，他会成为你在剧中的化身。你通过他来间接体验这个故事：当他身处险境时，你也身处险境；当他欣喜若狂时，你也一样。不妨观察一下孩子们看《变形金刚》或《汉娜·蒙塔娜》的样子——看到他们的情感得以升华，并与他们的虚拟伙伴同呼吸共命运的过程，简直妙不可言。

所以你有一个核心人物，你与之共情，然后在他们身上发生了某些事，而这些事就是故事的缘起。杰克发现了魔豆的茎秆；

邦德得知大反派布洛菲尔德计划接管这个世界。这种"某些事"几乎总是一大难题，有时是一个伪装成机遇的难题。它往往是将主人公的世界搅得天翻地覆的东西——他们四平八稳的生活中的某种大爆发，比如：爱丽丝掉进兔子洞；军情五处获悉极端恐怖主义分子的阴谋；戈多没有出现。

你的角色有了他们必须解决的难题。爱丽丝必须回到现实世界；我们的特工必须阻止炸弹下午两点在伦敦市中心爆炸；弗拉基米尔和埃斯特拉贡不得不等待。故事就是他们为了解决出现的问题而展开的旅程。在这一过程中，他们可能会对自己产生新的认识；他们肯定会面临一系列必须克服的障碍；在临近末尾的时候，很可能会出现全部希望似乎都已化为泡影的时刻。接下来几乎肯定会有：希望在最后一刻复苏，一场胜负悬殊的大决战，主人公从绝境中夺回胜利。

你会看到，这种形式（或是其悲剧对应物）在某种程度上，在每一个故事里都会发挥作用。它有可能会像在《异形》或《大白鲨》里那样显而易见，也可能会像在《普通人》里那样难以察觉，还可能代表着对它的背反（比如让-吕克·戈达尔的《周末》）——但它会存在，正如它存在于德尔·托罗、考夫曼和黑尔的作品中那样。在典型的罪案剧或医疗剧的框架中，它将自身的存在最为清楚地揭示出来。有人实施了谋杀或者有人生病，侦探必须查明凶手，医生必须治愈病人。这样的故事就像文学毒品：从叙事中剔除了所有的杂质；带来纯粹的快感；以最小的努力，获得最大的回报。这就是侦探小说备受青睐的原因——在某种程度上会出现在所有故事里的、统合在一起的种种要素，在侦探小说里是最容易获取的。

不过，如果说难题和对其解决方案的寻觅，为故事提供了框架，那故事究竟是由哪些要素构成的呢？

基本部件

主角

主角就是被故事所围绕的人。通常情况下，这点显而易见。主角是蝙蝠侠，是詹姆斯·邦德，是印第安纳·琼斯。如果主角很难确定，那这个故事很可能是讲好几个人的（比如《东区人》或罗伯特·奥特曼的《人生交叉点》），但主角永远是（至少在故事奏效时）观众最在意的人。

但我们很快就遇到了麻烦。"在意"往往被理解为"喜欢"，所以很多编剧都会收到这样的字条（往往是不负责编剧工作的主管递过来的）："你能让他们看起来好一些吗？"弗兰克·科特雷尔·博伊斯是从剧集《布鲁克赛德》出道的编剧，也是英国最成功的编剧之一，他比大多数人更强有力地指出："对行业主管来说，同情心就像可卡因*。我至少有一个很棒的剧本，被一个同情心泛滥的家伙给整残了。观众当然要跟你的角色产生共鸣，但观众并不需要赞同他们。如果角色要干坏事，好莱坞希望，你能在剧情里加入一份谅解请求书。"[1]

我们并不**喜欢**《失乐园》里的撒旦——我们**爱**他。我们爱他，

---

* 指这帮人同情心泛滥的恶习，就像毒瘾一样戒不掉。

是因为他是十足的、快活的邪恶化身。"好"往往会扼杀角色——如果他们没有什么毛病，没有什么冒犯我们的地方，那么几乎可以肯定，他们也没有什么吸引人关注的地方。还是棱角分明、内心阴暗更有意思——我们喜欢这些东西，因为尽管我们可能不愿意承认，但它们能拨动我们的心弦。如果你玩《侠盗猎车手》或《使命召唤：现代战争》这样的电子游戏（数百万人玩过），那你就扮演了字面意义上的化身，做的全是对妨碍你的家伙痛下杀手的事。我们可以走进各种人物的内心。大卫·埃德加为他描写纳粹建筑师阿尔贝特·施佩尔的戏剧辩护说："可怕的事实——它是可怕的，在这句话的双重意义上都是——是，大部分伟大的戏剧要求我们做出的反应既不是'是的，拜托'也不是'不要，谢谢'，而是'你也是这样吗？'，或是在黎明的寒光中默念'多亏上帝保佑（没让我遇上这种事）'。"[2]

所以说，共情的关键并不在于人物彬彬有礼或举止得体；也不在于像人们常说的那样，需要理解其行为的动机。当然，如果我们知道人物为什么这样做，我们会多爱他们几分。不过，这只是共情的一种表现，而不是它的根本原因。根本原因在于，它能够进入我们的无意识，并与之结合。

为什么有那么多虚构的警察——其实还有医生——都是自行其是之人？有可能是因为编剧图省事，但这真能解释某种人物特征的大行其道吗？为什么那么多人发现，自己被《谋杀》中的萨拉·伦德吸引，无法自拔？就像她在罪案小说中的同行一样，她敢于打破规则，无视上司，背着上司自行其是。像那些同行一样，她的上司告诉她："你还有 24 小时，时间一到，我就把你的案子转给别人。"为什么她——还有所有自行其是的人——备受人们的青睐？主要是因为，她表达出了我们许多人有时会有的感受。难道我们不曾在某些时候感到，我们周围尽是些白痴，尽是些不能理解我们的、官僚做派的经理人，尽是些没有创造力、只会应付上级，却看不到眼前真相的同事？

如果说，共情就是走进一个虚构人物的内心，那如果他的内心包含着与我们自己相近的感受，就有助于建立共情。当我们看到萨拉·伦德拒绝她的上司时，我们就会想"但愿我也能这么做"；当我们看到《呼叫助产士》里米兰达·哈特饰演的查米时，我们会为她的笨拙心疼，发自内心地认可她无法融入环境的遭遇。共情一个复仇**成功**的角色，一个证明了自身价值的角色，或者——像那名丹麦警探那样——最终证明自己判断无误的角色，有着莫大的吸引力。夙愿得偿的吸引力——无论愿望是善意的还是受虐式的——不容低估，否则要如何解释《灰姑娘》的大行其道，或者漫威电影在全球的长盛不衰？难道我们大多数人心中没有一个渴望变成蜘蛛侠的彼得·帕克吗？我们最喜爱的角色是那些不事声张地体现出我们自己想要什么的人：好人、坏人和丑恶的人都有。我们可能会对共情阿道夫·希特勒这一想法感到反感，但正如《帝国的毁灭》表明的那样，我们确实能对他共情。好编剧能迫使我们跟任何人建立联结。[3]

观众陷入故事圈套的那一刻，是戏剧当中最神奇的时刻；你在剧院里能够清清楚楚地分辨出来——就是主角钻进观众心里，占据观众心神的那一刻，就是咳嗽声停止的那一刻。后面还会讲到更多有关共情的内容，但目前需要注意的是，我们认可《现代战争》中的杀戮，是因为其中的角色就是**我们自己**，而我们的任务是要拯救世界。

任务部分相当重要——从角色的目标和欲望中，可以看出很多东西。如果我们知道，角色想从纳粹手中救回失落的约柜，或者角色想要逃避警察的追捕，前往墨西哥，但不会抄近路穿过她们遭遇强奸的得克萨斯州*，那我们就会对角色有很多了解。

其实，所有的原型故事都是由这一基本原则定义的：核心人物有一个积极的目标。他渴望得到某种东西。如果人物没有这个目标，那观众几乎就不可能在意他，但必须得让观众在意才行。人物是我们的化身，因此也是我们的切入点：他们是我们最希望使其取得胜利或者得到救赎的人——或者如果他们违法犯罪，那他们就是我们最希望使其受到惩处的人，因为在潜意识里，我们可能有很深的受虐欲。人物其实就是我们。

反派

因此，在核心人物身上发生了一些事，使他们脱离了常轨，迫使他们走进前所未见的世界。豆茎长了出来，病人倒了下去，谋杀案发生了。所有这些行为都会产生后果；后果反过来又会激起种种阻碍，这些阻碍通常被称为敌对力量[4]——它们是妨碍人物实现其欲望的所有阻碍的总和。敌对力量从这个初始时刻开始积累，伴随着我们走向故事的高潮。

在简单的探案故事里，敌对力量被凶案激发；在医疗剧里，它被病人激发。它是主人公必须克服的难题或阻碍。如果有一个杀人犯或一心想要统治地球的邪恶主脑，那他们显然就是反派；

---

* 分别指影片《夺宝奇兵》和《末路狂花》的剧情。

病人也许不会做出敌对行为，但他们有效地表现出病症，病症会成为剧中真正的敌人。因此，反派是主角为实现目标而必须战胜的人或事物。

警探和"怪物"模板很能说明问题，但"敌对"可以通过许多不同的方式表现出来——最有趣的是，当它存在于主角**内心**的时候。怯懦、醉酒、缺乏自尊——所有这些都能充当阻碍角色实现目标的内在障碍；所有这些都会让人物显得愈发真实，原因我们留到后面再谈。尽管反派既可以是外在的（詹姆斯·邦德），也可以是内在的（《潜水钟与蝴蝶》），还可以两者兼而有之（《大白鲨》），但它们都有一个共同点，希区柯克对此做了言简意赅的总结："反派越成功，影片就越成功。"5 最出色的詹姆斯·邦德影片，是那些有着最棒坏蛋的影片——敌对势力越引人瞩目，故事就越精彩。

在简单的惊悚片形式中，反派的特点是他们想要控制和支配他人的性命。他们并不遵守社会的道德准则，更多时候，他们是自私的化身。从历史上看，他们还常常有身体或心理障碍的特点。在影片《皇家赌场》中，勒希弗勒有功能障碍的泪腺，就相当于从前《诺博士》里缺失的双手或《金枪人》中斯卡拉孟加的第三个乳头。在更讲政治正确的时代，生理缺陷（显然是内心残缺的外在表现）已经被缩小到社会可以接受的程度。如果反派是内在的，同样的原则也依然适用：内在的敌人与主角更好的本性相对立——它让主人公**寸步难行**。它与主人公有可能成为的一切相对立。正是这一点开始暗示出故事结构更为深层的功能。

邦德和布洛菲尔德，萨拉和终结者，萨姆·泰勒和吉恩·亨特，菲奥娜和弗兰克·加拉格尔有什么共同点？"你我并没有什么不同，"在《锅匠，裁缝，士兵，间谍》中，卡拉对斯迈利说，"我们都耗费终生，寻找彼此体制中的弱点。"

他们彼此对立。

小丑在《黑暗骑士》中对蝙蝠侠说的话"是你让我变得完整"[6]，显示出他对故事结构非同寻常的把握。我们稍后会探究个中原因，但现在只需要注意到，所有敌对势力都体现出主角的生命中缺失的那些品质。

欲望

如果一个人物无欲无求，那他们就是消极被动的。如果他们是消极被动的，那他们就会死气沉沉。若是没有令主角激发活力的欲望，编剧就没法让这个角色活灵活现，就没法讲好故事，作品也会枯燥无味。亚伦·索金直截了当地指出："某人肯定想要得到一些什么，在此过程中一定会遇到障碍。你只要这样做，就有了一台戏。"

简单来说，就是这样。俄罗斯演员、导演兼理论家康斯坦丁·斯坦尼斯拉夫斯基首先阐明了这一观点：人物是由欲望驱动的。[7]在现实生活中也是如此：在每一天的大部分时间里，我们都被目标激励，无论它是多么渺小，多么无关紧要。若非如此，我们就不会起床了。圆桌骑士只有在获悉圣杯一事之后才活跃起来，所有人物都是如此。为了找到尼莫，为了扑灭摩天楼的大火，为了洗刷自己的罪名，为了抓住小偷——必须赋予目标，必须积极行动，寻求实现，否则人物就会了无生气。为什么《东区人》里的人物提出"一切为了家庭"的口号？因为这让他们有了奋斗目标，有了追求——让他们充满活力。"告诉我你想要什么，"安东·契诃夫说，"我就会告诉你，你是什么样的人。"[8]

难免会有一些需要注意的事项。对主人公来说，想要获得爱情或幸福往往是不够的，它太模糊、太难以捉摸。最受欢迎的作品总是将欲望体现为一个客体。主人公想要"朱丽叶"，想要"戈多"，想要"失落的约柜"。特别是在影视作品里，欲望往往是简单、有形、容易说清的：它是一件战利品，某种看得见摸得着的东西。在《古墓丽影》里，只有失落的方舟才能拯救世界；在《诺丁山》里，爱情可以在安娜·斯科特身上找到；《公民凯恩》建立在一名记者把"玫瑰花蕾"解释清楚的任务上；《现代启示录》建立在威拉德上尉想干掉库尔茨上校的愿望上。在电视剧里，目标每个星期都会改变，但它几乎总是具体地体现出主角的任务——拯救、保护或改善他的世界。

无论是简单的（杀死鲨鱼）还是深刻的（在第四频道的《诺言》中是归还钥匙），潜在的"寻找圣杯"这一结构都一清二楚。警察想抓住凶手，医生想治愈病人。事实上，目标是什么并不重要，重要性是由追求者赋予的。在《西北偏北》里，每个人都在寻找一种类型不明的微缩胶片。像往常一样，希区柯克说得最为精辟："［我们］在摄影棚给它取了个名字，我们管它叫'麦高芬'。它是通常会出现在任何故事里的部件要素。在骗子的故事里，它几乎总是脖子上的项链，而在间谍故事里，几乎总是报纸。"[9]

所以圣杯可以是任何东西，但还有一个注意事项。那就是，几乎所有成功的戏剧、电影和小说，都跟人类最原始的欲望有关：成功（《律政俏佳人》）、复仇（《城市英雄》）、爱情（《诺丁山》）、生存（《异形》）或者保护自己的家人或家园（《稻草狗》）。否则我们怎么会如饥似渴地沉迷在故事里呢？爱情、家庭、归属感、友谊、生存和自尊，它们之所以一再地出现，是因为它们对我们来说是至关重要的主题。美国有线电视台的电视剧《行尸走肉》里，一小撮幸存者与被僵尸占领的世界抗衡，它十分清晰地体现了所有这些元素。首先有一个压倒一切的愿望——那就是求生存、求发展；其次每一集都有它自己的次要目标——离开屋顶，拿到枪支，找到家人或失踪的女孩。就像在所有的戏剧中一样，我们看着剧中人寻求安全，消灭任何威胁因素，就好像我们相信自己也会那样做一样。

在戏剧伊始，主人公遭遇"某些事"时，这些事在某种程度上打破了他的安全感。他们适度地感到惊慌，试图维护自身的处境，他们想要重新找回安全感。但他们往往会找错地方。人物以为对自己有利的事，往往与实际情况不符。正如我们将会看到的，这种冲突似乎是结构的基本原则之一，因为它体现了外在欲望和内在欲望之争。

外在欲望和内在欲望

观赏好莱坞大片也许是紧张刺激的体验。它们呈现出迷人的前景，观众理解起来毫不费力，它们闪烁着诱人的光芒，许诺着种种让人感同身受的乐趣，包括性爱、暴力、浪漫、复仇、破坏和荣耀。它们在技术上很出色，偶尔也会给人带来深深的感动，只是……为什么它们总让人觉得，自己只是经历了一场空洞的体验？为什么它们很少能停留在人们的记忆里？为什么观众在离开电影院时往往略显沮丧不安，还感到像吃了太多的糖？

跟其他问题一样，这个问题的答案就在结构当中。除了极个别的例外，大片往往都是平面化的。这是一个欲望很单纯的世界：主人公想要得到一些什么——"杀死比尔"或者揭开"独角兽号"的秘密。在追求这一目标的过程中，这些形形色色的主人公**并未发生变化**。

玩世不恭的人也许会说，这是品牌经营上的要求——我们希望詹姆斯·邦德在每一部电影里都保持一致。但邦德是一个特殊的角色，他是对某种深层次原型的精炼、简化与修饰。[10]他就像是白面包：剔除了杂质，有助于消化；他是故事刺激性这一需求的产物，剔除了许多令人不安的因素，是我们对简单和重复的渴望导致的结果。邦德是平面化的，**因为**他没有变化。他被删除了一个维度，所以我们可以反复欣赏他。邦德只有**欲求**，他是纯粹欲望的化身。然而，立体的人物**是会**变化的，他们的追求更为深邃。他们既有欲求也有需要，这两者未必是一回事。

我们初次见到塞尔玛和路易丝时，她们生活在黑暗之中，在保守的美国社会里背负着房贷。在《窃听风暴》里，豪普特曼·维斯勒是一名斯塔西特工，是一个冷酷无情的世界的产物。在这样的环境中，他可以大显身手——他的权力和冷酷令人望而生畏。

塞尔玛、路易丝和维斯勒都是有缺陷的人物，然而这种"缺陷"——或不足——在立体化的故事里是不可或缺的。维斯勒无法付出关心，女性在不知不觉中受到了压抑。这些内在化的特征，是每一名角色需要去克服的东西。为了充分实现自我，他们需要开启一段情感旅程，去克服自己的弱点，克服自己内心的缺陷。

缺陷或需要跟他们的欲求或渴望并不是一回事。维斯勒**想要**惩治他被派去监视的那对持不同政见的夫妇；塞尔玛和路易丝**想**

要逃脱警方的追捕，到墨西哥去。这两组人物都在这一过程中认识到，他们想要的东西与他们**需要**的东西是直接对立的。去墨西哥，或者将异议人士关进监狱，并不会让他们的人生变得更加圆满。

俄国形式主义者弗拉基米尔·普罗普创造了一个相当漂亮的术语"匮乏"（lack），来形容任何故事的初始阶段中主角所缺少的东西，而立体的故事正是利用了这种匮乏。人物追求他们想要得到的东西，并且在这样做的过程中，意识到了自己真实的需求。他们的匮乏不复存在，他们已经克服了自己的缺陷，变得完整起来。

尽管人物有可能得到他们想要的**和**需要的东西（当然，这就是在《异形》或《星球大战》中发生的事），但真正的、更普遍和更有感染力的原型，是人物放弃最初的、由自我（ego）驱动的目标，去获取更为重要、更有营养、更为本质的事物。在《洛奇》《赛车总动员》《拯救大兵瑞恩》《阳光小美女》《午夜狂奔》《窈窕淑女》中，主人公们找到了他们并未意识到自己想要追寻的目标。为什么这种形式更加真实，我们将在后面讨论，但我们不应该对相对简单的原型做出过于严苛的评判。

侦探或犯罪小说——其实是任何"骑警总能抓到坏人"的世界——总是备受欢迎。毕竟，如果我们是主角，别人告诉我们，我们是对的，而周围的人都是白痴，其他人都是错的，这会让人很欣慰。但也许，不应该有人**过于**频繁地告诉我们这一类的话。那些在立体层面上运作的电影——片中人物并未得到他们最初想要得到的东西——对我们的影响更为深刻，这正是它们深层的追求所在。它们就好比是全麦谷物，而不是大片所处的平面的、经过加工的白面包世界。尽管后者很有趣，但观众很难从反复观看《世界大战》《独立日》或《后天》中获得丰富的营养。

所以，人物不应该总是得到他们想要得到的东西，而是应该——如果他们配得上的话——得到他们需要的东西。这种需要或不足几乎总是在电影一开始的时候就展现出来。但他们想要得到的东西，往往要在激发事件发生之后，才会变得清晰可见。

激发事件 [11]

所有的故事都有一个前提——"如果……会怎么样？"

> 一位口吃的国王接受一名来自殖民地的自行其是之人的指导……
> 孟买的一名贫民窟居民被指控在《谁想成为百万富翁》节目中作弊……
> 一个收集垃圾的机器人被带离了它的母星……

这个"如果"如何如何，差不多总能成为激发事件，而激发事件是总会在每个故事中发生的"某些事"。从前，在这样那样的地方，发生了一些事……

在《漫长美好的星期五》里，哈罗德·尚德是个黑帮头目，他打算开发伦敦当时荒废的码头区。他邀请黑手党来伦敦，保障他们的投资安全。就在这时，在毫无预警的情况下，他的一名手下负责带哈罗德的母亲去参加复活节仪式，结果在教堂外面的车里被炸身亡。

哈罗德的世界被炸得面目全非。这就是激发事件——或者说是它的一部分，因为激发事件还必须唤醒一个欲望。我们回到我们的故事形式上来：先是出了问题，然后要设法解决。哈罗德的解决办法是追查凶手，将他们消灭。"我要在午夜之前，让他们的尸体滴血。"他喃喃地说。这就是他想要得到的，也是这部电影的内容。

激发事件总是主角欲望的催化剂。在《急诊室的故事》或《芒洛医生》里，激发事件是病人前来就诊。在《路德》或《唤醒死者》里，激发事件是死者的尸体要求查明"是谁害死了我？"。从技术上讲，"从前，在这样那样的地方，发生了一些事……"只是前提，"正因如此，我准备**这样做**……"才是故事。

我们将在后文更为详细地探讨激发事件的结构。不过目前，我们或许可以留意的是，A. W. 施莱格尔*在 1808 年最早尝试对激发事件进行系统整理，他把激发事件称为"最初的决定"[12]。或许可以把激发事件视为电影预告片的主题：旅程正是由这一刻开始。

旅程

在詹姆斯·卡梅隆大获成功和取得突破的续集《终结者 2》里，编导对施瓦辛格扮演的角色做了两大改变。阿尼从反派变成了英雄，这对他变成"家庭友好型"明星不无帮助，但更为重要的调整是其角色的升级。新型终结者 T2 跟上一代终结者不同，他被设定为能从环境和经历中不断学习。这一设定的巧妙之处在于，将他经历内在变化的能力构建在了剧本当中。

正如我们注意到的，内在的变化似乎会让人物变得更有趣，

---

* 奥古斯都·威廉·冯·施莱格尔（1767—1845），德国学者、评论家。

让作品变得更有吸引力。不妨比较一下《007之俄罗斯之恋》与《007：大战皇家赌场》，以及《终结者》与《终结者2》：两部前作都是佳作，但两部续作更有深度，更能引起共鸣。在主人公追求他们的目标时，他们在续作中的旅程，带给我们的不只感官刺激，还触动了我们的内心深处。在这两部续作里，主人公表面上的欲求仍未得到满足 [13]，得到满足的是他们内心深处尚未意识到的饥渴。人物得到了他们真正需要的东西。我们在探索的过程中期盼着某种事物，却发现自己找到了另一种事物，传统的世界观并未得以巩固，偏见并未得到重申；相反，主人公的世界观——也因此我们的世界观——得以重新调整。我们从中收获了感动。

卡梅隆在《异形》里玩了类似的把戏。[14] 当女主角雷普利从外太空被营救回来时，她从长眠中醒来，得知她留在地球上的女儿（发生在第一部电影之前）已经老死。她满怀愧疚（她曾承诺，要在女儿 11 岁生日时回来），表面上追求的是返回地球消灭异形，但当收养了她发现的孤儿纽特时，她潜在的追求是再次证明自己是一位合格的母亲。她外在的欲求或许并不会发生改变，但在追求的过程中，她学到了一些重要的、意想不到的东西。正如在《异形》之前，难得看到动作片里由一位女性做主角一样（这部影片比《古墓丽影》早多了），看到好莱坞大片的主角经历这样的内在转变，同样颇为难得。

追求是所有原型故事的组成部分——内在的追求，或者外在的追求——也许最值得一提的是两种追求兼有的情况。某种改变是这种追求的核心，选择也是一样，因为主人公到了最后必须选择：他要做出何种改变。这一点在危机中体现得再清楚不过。

危机

危机总是某种死亡：主人公身边的人死去了（《教父》），或者主人公自己生命垂危（《E. T. 外星人》），但更常见的情况是，所有的希望都消失了。一些美国电视剧称之为"最糟的情况"（worst case）[15]，而在英国广播公司（BBC）的连续剧里，"最劣点"（worst point）几乎变成了无处不在的术语。这不是没有原因的，它是任何剧本里最为危险的关头，是观众应该冲着屏幕大喊"哦，不！"的时刻，是主人公似乎无法摆脱困境的时刻。在自成一体的故事里，危机几乎总是发生在最后一段广告时间之前的悬念，是《东区人》、20 世纪 60 年代的《蝙蝠侠》电视剧每一集的结尾，也是 20 世纪 40 年代从《超人》到《闪电侠》这一系列美国电影中的每一部的结局。原因我们将在后面谈到。

危机发生在主人公的终极困境得以明确的时刻，发生在他面对着故事中最重要的问题的时刻——他究竟是什么样的人？主人公发现自己陷入了看似无法逃脱的困境，他面临着抉择。在《星球大战》中，卢克因欧比旺·克诺比的死深受打击，他必须在计算机和原力之间做出选择。在《卡萨布兰卡》中，里克必须放伊尔莎离开，或者任由世界毁灭（这一点是暗示出来的）；在《异形》中，雷普利似乎只能在拯救纽特和自救之间做出选择。甚至邦德也可以选择**不**与诺博士为敌。

这种选择是对人物性格的终极考验，因为正是在这一刻，主人公不得不面对他们戏剧性的需要或缺陷。在潜伏于《星球大战》的"天路历程"式的结构中，卢克的选择是做一个男孩，还是做一个男人；在《卡萨布兰卡》中，里克必须面对并克服他的自私

（"我不为任何人冒险"）；而在《异形》中，雷普利通过选择拯救纽特，意识到她可以再做一次母亲。你在电视剧里可以看到完全一样的设计：在《欢乐合唱团》第一集里，芬恩必须选择加入欢乐合唱团还是足球队，威尔·舒斯特必须在社团与事业之间做出选择。总之，你可以看到结构设计的巧妙之处——外部对手是每一位主角最恐惧的事物的化身。要克服那些外在的困难，他们必须克服内心的分歧。

所以才会有死亡的气息——每一场危机都是主人公破旧立新的机会。他们的选择到底是拒绝改变，依然故我，还是面对内心深处的恐惧，克服它们，获得奖赏。他们可以选择死亡，也可以选择消灭从前的自己，重获新生。在 2011 年的《布偶大电影》中，加里在危急时刻唱出"我是人还是布偶？"时，他实际上是在说所有主人公在这个结构关键点上面临的典型困境。选择做"人"，是少有人走的路，是更为艰难的选择。

就像亨利五世经历的阿金库尔战役打响的前夜那样，危机总是发生在九死一生的大决战来临前的时刻——高潮前的黑夜。

高潮

高潮是主人公从看似无法逃脱的困境中找到生路的阶段。它是与对手的最后对决，是主人公满足自身戏剧性的需求，克服自身缺陷的战斗。过去，高潮阶段有时候被称为"必不可少的一幕戏"（Obligatory Scene）[16]（这一术语最早是由 19 世纪法国戏剧评论家弗朗西斯克·萨尔塞创造的），不过，正如我们将要看到的，更好的术语也许是"必不可少的一场戏"（Obligatory Act）[17]。

当塞尔玛和路易丝开枪打死强奸犯，决定逃避法律制裁时，必然会有这样的后果：她们一定会与执法者展开较量。这是故事自身的要求，而直觉会告诉我们，在这场较量发生之前，故事是不会结束的。一旦埃利奥特收养了外星人 E. T.，让他不致落入政府势力手中，那么必然会有这样的后果／事件／场景——他必须亲自面对他躲避的那些"坏人"。

在这两部电影里，我们看到塞尔玛、路易丝和埃利奥特提高了克服缺陷所需的本领：两个女人相信自己，也相信对方，而埃利奥特找到了内心的坚韧和无私。而在高潮这一部分，他们运用了这些本领。这两部电影都是典型的结构化的影片——主角的缺陷体现在反派的特征上。所以在《E. T. 外星人》中，当埃利奥特克服了他外在的障碍时，他内在的需求也就得到了解放。而当那两名女性彻底弃绝这个社会时，（影片引导我们相信）她们也变得自由和完整了。

《追风筝的人》的原著小说和电影，都建立在对心中的内疚十分相似、显而易见的外在化上。事实上，这里的激发事件——那通告诉主人公"有办法重新做个好人"的电话——就是向主人公提出的请求，请求他（以拯救孩子的方式）赎罪，这一清晰的目标便是主人公追寻的圣杯。通过克服外在的障碍，他的内心可以得到治愈。

高潮可以反转（科恩兄弟的《老无所依》在危急关头杀死了主角，但它在很大程度上属于例外情形），但反转的效果就好比邦德在逃离布洛菲尔德。除非背后另有更大的计划，否则这就会让人感觉不对劲——编剧已经安排好了一些事，却不肯让它发挥作用。

因此，激发事件会引出"之后会发生什么"的问题，而高潮

（或必不可少的一场戏）则会宣布——"会发生这个"。当麦克白杀死邓肯时，我们马上便想知道之后会发生什么，之后发生的事是，忠于邓肯的势力不断壮大，最后他们终于能够直面麦克白，发起报复。事实上，《麦克白》为故事结构的运作提供了完美的示例。麦克白杀死苏格兰国王之后，他的同僚接连逃往英格兰。英格兰阵营变得日益壮大，直到勃南森林能够向邓西嫩进军，而麦克白在最后一幕中直面了他弑君的后果。

因此，激发事件引出的问题，将在高潮中得到回答。它们召唤出反派，或者是大规模的反派势力，这些反派就像山顶的雪球一样，力量不断壮大，以迅雷不及掩耳之势冲下山去，最后与主人公劈面相逢。这就是高潮的真正含义：主人公和对手一决雌雄的时刻。如果说所有的故事都关乎主人公和对手的对决，那么物理法则要求，不能只有开端和中间的过程，还得有结局，所以如果讲故事有所省略，或者没有充分展开，就会让人觉得不对劲。因此，这场对决才会被人称作"必不可少的一场戏"，不过我们在后面会看到，对立双方之间的决斗，要比"一场戏"来得复杂。

在《007》或希区柯克的电影中，高潮部分很容易分辨。除了几乎总是占据影片的最后25分钟，它还往往是最大段和最有代表性的情节。它通常发生在一个独特的地点，几乎总是在故事的主人公不曾涉足的地方。

所以，高潮就是戏剧的顶峰：一切都在为这个结局做铺垫，所有的线索、所有的问题、所有的主题都摆好了架势。主角直面反派——一切都凑到一起，通过斗争得以解决。

解决

任何故事的结局都是所有事情都得到了澄清，感情最终得到了表达，行为得到了"奖励"。"denouement"（结局）是"dénouer"的派生词，这个词的意思是"解开"——情节的结被解开，复杂的问题得以化解。但它也是对松散线索的梳理归拢——在典型的结构化的作品中，每一个安排都有其用意，没有任何一条线索是多余的，或者是被忘到脑后的。

解决是决战之后的最终判决。如果主人公战胜了他们的恶魔，他们就会得到报偿。"休·格兰特"学会了自信，詹姆斯·邦德拯救了世界——两人都得到了女孩。[18]故事通常以某种性满足收尾——不过就算在主流电影当中，也有一些有趣的反常例子。例如在《星球大战》里，卢克最后本应跟莱娅公主在一起，但公主原来是他的妹妹——他战胜邪恶，获得的奖励是名望。[19]这样的颠覆也许能在一定程度上解释，这部电影为何取得了惊人的成功：它不涉及性爱，这令它能被各个年龄段的孩子所理解——但也许是它将名望置于爱情之上的做法，道出了这个社会的某些价值观，这种价值观既催生了它，也在继续滋养着它的成功。

传统上，故事总是以皆大欢喜的方式结束，所有的情节都得到了解决——要么是悲情的英雄死去，要么是浪漫的夫妇结婚。正如记者兼作家克里斯托弗·布克所观察到的，由于工业革命，我们讲故事的方式发生了一些重大变化——现在的结局很可能是"开放式结局"，一方面是为了增加不确定性，另一方面是因为在一个没有上帝的世界里，死亡的意义也不同于从前了。正如研究莎士比亚的学者简·科特所指出的："古代的悲剧是生命的丧失，

　　　　　　　　　　　　　　　　　　　进入故事之林

现代的悲剧是意义的丧失。"[20] 如今的人物既有可能死亡，也有可能陷入像死亡般的无意义的遗忘之中（《教父 2》）；既有可能不结婚，也有可能出现在婚礼的祭坛旁边*（《四个婚礼和一个葬礼》）。

也可以通过扭曲典型的结局，来获得巨大的效果。《火线》找到一种极为巧妙的方式，来颠覆正常的人物弧线——在随意一个点上，将人物弧线残酷地斩断。奥马尔·利特尔死在一个全然陌生的人手上，这一结局之所以行得通，正是因为它在叙事上是错误的，它破坏了典型的英雄之旅——先是遵循了所有的惯例，直到俗气而意外的死亡突如其来。这实际上是在说，这是一个没有准则可言的世界，这种颠覆也有额外的好处，那就是告诉我们巴尔的摩这个残酷而罪恶的毒品交易世界究竟是如何运作的。

合在一起

这些部件构成了讲故事的基本色彩。它们或多或少地出现在所有的故事里，又或者它们的缺失（《火线》中奥马尔的弧线的缺失、《老无所依》中主人公的早逝）具有一种含蓄的叙事效果[21]。这些要素以原型的形式，共同塑造了我们看到、读到或听到的几乎所有故事的骨架。

如果你把它们合在一起，这个骨架结构看起来就像这样：

从前，有一个名叫埃利奥特的没有朋友的小男孩，在他家后院发现了一个外星人。他意识到，除非他帮助这个生物

---

* 西方文化中，教堂的祭坛常用来喻指结婚仪式，此处指不结婚或要结婚的可能性都有。

回家，否则它就会死掉，于是他自告奋勇，智胜当局，把心存怀疑的人争取到了自己这一方。在与时间展开的赛跑中，他凭借真正的勇气，让他的朋友重获自由。

听起来很简单，在某种意义上确实如此，但就像字母表或乐谱上的音符一样，它是一种无穷无尽的具有高度适应性的形式。当我们看到它是如何传达悲剧性的故事时，就会对它的适应性有一个清楚的了解。

黑暗的倒转[22]

当我们在《教父》中第一次见到迈克尔·柯里昂时，他身穿军装，胸前骄傲地挂着勋章。他是个十足的战争英雄，他向未婚妻解释了他父亲和兄弟们的罪恶行径，然后安慰她说："那是我的家人，凯，那不是我。"麦克白有着可怕的相似性。当他从战场的迷雾中走出来时，邓肯不禁表示钦佩："你的伤口和你的话，同样透着荣誉。"正如我们所知，两人都是可敬之人。

迈克尔·柯里昂和那位英勇的苏格兰军人都具有缺陷，但他们的缺陷并不是传统意义上的悲剧缺陷或盲点。相反，它们是卓越的品格：无私和勇敢，这一点正是悲剧故事形态真正发挥作用的关键。

悲剧遵循的原则与《大白鲨》或《E. T. 外星人》完全相同，但顺序相反。在《大白鲨》中，布罗迪警长学会了做一位英雄；在《麦克白》中，主人公的英雄主义遭到了侵蚀。在黑暗的倒转中，人物缺陷是传统社会有可能视为"正常"或"好"的东西——人物推翻了这种善良，以自己的方式沉沦在邪恶之中。

这并不是要反驳亚里士多德提出的前提[23]，即每个角色的内心当中都有野心或虚无的小小萌芽（他们的"悲剧性缺陷"）——事实上这强化了他的观点。批评家们历来关注亚里士多德对致命缺陷的定义，用它来描述悲剧的主人公（麦克白的缺陷是野心，奥赛罗的缺陷是嫉妒），但我认为，展现他们的善良是如何溃烂的，同样不无裨益。这是自由主义的美国电影里常见的套路——在《特务风云》和《总统杀局》这两部影片中，理想主义的爱国者发现，他们的道德渐渐遭到了侵蚀——但它在《雪镇狂魔》（这个精彩绝伦的故事讲述了一个精神分裂的少年如何陷入澳大利亚最臭名昭著的连环杀手的世界）和希拉里·曼特尔的《狼厅》中也同样明显——托马斯·克伦威尔经历了类似的腐化。正是克伦威尔的善良腐蚀了他，他对红衣主教纽曼的忠诚使他走上了与麦克白和迈克尔·柯里昂同样的悲剧轨迹。此外，正如我们将要看到的，这种善良是按照绝对典型的模式被腐化的。从《重任在肩》到《白鲸》，从《浮士德博士》到《洛丽塔》（"善"是一个相对的概念），它们都有一条清晰的路径，人物在追求他们的目标时，他们的道德核心崩溃了。最初的目标可能是好的（《教父》或《重任在肩》），似乎是无害的（《卡门》《浮士德博士》），但最终的结果是相同的：人物被压倒性的、自我本位的欲望所吞噬。黑暗英雄之旅并不像《卡萨布兰卡》中的里克那样，从自私走向无私，而是走向了相反的方向。电视剧在很大程度上避免了这种走向；但正如《绝命毒师》表明的那样，这种走向同样是一片沃土。

"目标就是要把他从'好好先生'变成'疤面煞星'，"创作者文斯·吉利根在谈到 AMC 电视台剧集《绝命毒师》的主人公沃尔特·怀特时说道，"这是狼人的故事，是化身博士的故事，是毛毛虫化茧成蝶的故事，我们要把他变成一只制毒的蝴蝶。"[24] 这部剧用五季的时间，把一名温和的化学老师变成了一个贩毒狂人——就电视剧而言，这是一种彻底的转变，但在这场有关贪婪和道德后果的、意味深长的旅程中，它牢牢扎根于《麦克白》浸透鲜血的苏格兰土壤中。

《绝命毒师》刚好说明了这种原型是如何运作的：故事开头的缺陷，在结尾催生出了它的反面——恶会变成善，善会变成恶。最常见的情况是，黑暗的倒转被用来讲述由善变恶的故事，但正如电影《爱疯了》中年轻女孩理想化的爱情渐渐变质的故事所表明的那样，这种形式有着更为广泛的运用。

我们似乎无法理解，八度音程只有八个音符，怎么能演绎出无穷无尽的音乐，但正如全音会引出半音，节拍符号、节奏和风格会改变内容一样，我们开始看到，非常简单的模式里包含着无穷变化的可能性。加入不同的缺陷，以不同的方式奖励或惩罚人物，你就会创作出不同的故事。当颂莲在《大红灯笼高高挂》中拥抱黑暗时，她受到了令她发疯的惩罚。《李尔王》《理查二世》《罗密欧与朱丽叶》讲述的是情感成长的故事——通常，人物应该得到奖励；但相反，通过惩罚他们，悲剧感得到了极大的强化。在《出租车司机》和《喜剧之王》中，内心阴暗的主人公得到了奖励，它们扭曲了原型，对病态的社会进行阴郁的讽刺。在《白鲸》或《弗兰肯斯坦》的扭曲世界中，主人公似乎比怪物还要糟糕，而在《红与黑》（还有与之莫名相似的《金屋泪》）中，我们始终不能确定，究竟是主人公还是他们身处的社会，应该为他们悲剧性的毁灭负责。《精英部队》拿一种可怕的模糊性做文章，主人公既得到了成长，又受到了削弱；而《猩球崛起》则采用这种形式来说明，社会多么容易创造出自我毁灭的种子。《坏中尉》则更进一步，颂扬了这个人物的腐化沉沦。就连易卜生的戏剧《人民公敌》也可以解释成黑暗的倒转。传统意义上，这部戏剧被誉为对摆脱群体暴力的呼吁，但同样可以（尤其是你读过 1964 年"企鹅经典"译本的话）将这个故事解读为并非对自由的呼吁，而更像是一个人落入优生学宣传[25]、厌世情绪和边缘化的疯狂。当然，这并非易卜生的本意（我们从他的信件中得知，他绝对是站在主人公一边的），但这部作品可以解读为一个无私之人的旅程——当他被自己对"人民"的厌恶所吞噬——这一事实说明，英雄之旅和它的黑暗同类之间的边界是多么模糊，以及操纵情节结构来创造众多乃至无限的变体，是多么容易[26]。

　　主人公与反派的斗争，他们通过危机、高潮和解决走向胜利的旅程，这些是每个故事的组成部分。但它们是如何组合的呢？在戏剧中，传统的方法——当然也是最被提倡的方法——是三幕结构。这个简单的范式已经主导了所有关于戏剧形式的讨论。但它是什么呢？还有，为什么它无处不在？它效果极佳，以至于很少有人停下来质疑它。这很可惜，因为它揭示的东西远远超出了戏剧本身，关于感知、叙事、人类思维的运作，它可以告诉我们很多东西。

2

三幕结构

　　我打了我的小儿子一巴掌。我火冒三丈。就像正义。然后我发觉这只手失去了知觉。我说："听着，我想跟你解释一下其中的复杂性。"我说话用的是严肃而充满关爱的口吻，尤其是父亲会用的口吻。我说完后，他问我，是不是想让他原谅我。我说是的。他说不。就像打出一套王牌。

　　《手》是美国微小说作家伦纳德·迈克尔斯写的一则完整的故事。如果所有的故事都包含相同的结构要素，那么从《手》中找出我们现在理应已经熟悉的部件，应该不难。

　　主角——叙述者

　　反派——他的儿子

　　激发事件——发觉手失去了知觉

　　欲望——解释他的行为

　　危机——"他问……是不是想让他原谅我。"

　　高潮——"我说是的。他说不。"

解决——"就像打出一套王牌。"

当然，《手》不是戏剧，而是一个（非常）简短的故事。它包含了我们讲过的各种部件，但它们是如何组合的？按照什么顺序？按照什么规则？倘若有规则的话，它们又为何存在？

什么是结构？

当艾伦·普莱特初次为电视编剧时，他问他的经纪人——富有传奇色彩的佩姬·拉姆齐，"这种被称为结构的东西"到底是什么。她回答说："哦，亲爱的，它只是两三个小惊喜，然后偶尔会有一个更大的惊喜。"[1]表面看来，她只是随口一说，但其实这是鞭辟入里的分析——牢牢抓住了戏剧的基本结构成分：行动。

行动是一组受人物的欲望制约的行为。它们有自己的开端、中间和结尾，后者将叙事推向一个意想不到的新方向，当然，这就是拉姆齐要求的"惊喜"。希腊人称之为"peripeteia"，这个词通常译作"突转"。

简而言之，某个人物在追求某个特定的目标时，发生了一些意想不到的事情，改变了他们追求的性质和方向。虽然小的突转可以发生在每一个场景里，但大的突转往往将作品划分成特定的幕。卢克·天行者在拜访完他的朋友欧比旺·克诺比之后，发现他的继父继母被谋杀了——这是个突转。为了复仇，卢克现在有了新的追求和新的作为。

单幕剧最早可以追溯到欧里庇得斯的《独眼巨人》。情景喜剧往往是两幕（《宋飞正传》展现出对两幕形式的纯熟把握[2]），可是当一部作品的时长超过一小时的时候——当然是在电视里——那就很少会看到少于三幕的作品了。部分原因是需要插入广告时间，但这种安排也能确保，不管有没有广告，都会定期出现扣人心弦的悬念或转折点。重点是要记住，一个故事可以有多少幕是没有限制的——《夺宝奇兵》有七幕——但指导现代编剧的核心原型是三幕，许多故事也是以三幕为基础的。

三幕形式

三幕结构是戏剧的基石，主要是因为它不仅体现了亚里士多德式[3]（其实也是所有的）结构最为简单的单元，它还遵循了无可辩驳的物理法则。任何事物都必然有开端、中间过程和结局。美国编剧教师悉德·菲尔德首先阐述了三幕模式，他将幕的结构分解为这样一些组成部分：背景、对抗和解决，在第一幕（激发事件）和第二幕（危机）临近结束时，各有一个转折点。

这是隐藏在所有现代主流影视叙事背后的模式。但与许多人的看法相反，它并不是悉德·菲尔德发明的。人们只要读一下赖德·哈格德写于1885年的《所罗门王的宝藏》，就能看到现代电影形式的结构雏形，该书显然是《夺宝奇兵》的前身。

对这种结构的阐述，始于全世界第一本编剧手册——埃普斯·温思罗普·萨金特的《电影剧本技术》。这是一本颇有价值、如今读来依然有趣的书，写于1912年无声电影业的淘金时代。假如萨金特愿意的话，他有资格被称为第一位电影"导师"。他没有特别提到分幕的结构,但他给出的每一个故事实例("故事不但要有开端,还要有目标点、结局或高潮")都包含了它的雏形。

第一幕	第二幕	第三幕
转折点	转折点	

马克·诺曼在他的美国编剧史《下面会发生什么?》中,描绘了这种"对一种典型叙事模式的日益依赖,这种模式由埃德温·波特和 D. W. 格里菲斯引入电影,但最早可以追溯到希腊人"。

经典的电影叙事结构简单,但变化无穷,适用于戏剧或喜剧……引入一名怀抱目标的主角,一个观众容易共情的欲望,然后引入一名反派,作为个人或敌对势力的代表,阻挡他或她前进。

电影变成了他们的冲突,电影情节变成了这种斗争的直线升级,牛仔与枪手、恋人与父母的对立,像古典音乐一样可以预测……这种连贯的冲突走到了第三幕的对抗阶段——这就是高潮,然后以合乎模式的解决告终,在悲剧中是死亡,在喜剧中最典型的是婚姻。[4]

但我们为什么必须用三幕来讲故事?查理·考夫曼说起三幕形式时,他说"其实我对它并无兴趣",他是在暗示,这是一种懒散、传统、保守的形式。但他所有的电影都体现了这一形式。*一个有缺陷的人被丢进一个异样的世界，发现自己被不可逆转地改变了——这一套路在他的作品中，就像在理查德·柯蒂斯†的作品中一样标准。为什么他忍不住要践行他谴责的东西？同样的基本模式一而再再而三地重复出现，表明我们讲故事的方式中暗含着心理学上的原因，甚至是生物学和物理学上的原因。既然我们不是**有意选择**用这种方式讲故事，那或许就是我们不得不这样讲。

简而言之，人们是以辩证的方式，来为这个世界赋予秩序的。由于无法理解随机性是怎么回事，我们执意将秩序强加到我们观察到的所有现象、我们接触到的所有信息上。我们存在，我们观察新的刺激因素，双方在这一过程中都发生了变化。这就是正题、反题、合题。学生们遇到他们不知道的东西，探索并吸收它，通过将它与他们原有的知识融合，从而获得成长。每一个感知行为都是一项强加秩序的尝试，让混乱的世界变得更有意义。在某种程度上，讲故事正是这一过程的体现。正如大卫·马梅特所说："戏剧结构并不是随意的——甚至不是有意的——发明。它是对人的信息排序机制的有机编排。事件、展开详情、结局；正题、反题、合题；男孩遇到女孩、男孩失去女孩、男孩得到女孩；第一幕、第二幕、第三幕。"[5]

如果你将三幕结构剥离开来，你就会看到，这种无可避免的形式在发挥作用。

---

* 对《成为约翰·马尔科维奇》的完整分析，见附录Ⅲ。——原注
† 英国著名编剧，1956年生于新西兰，《四个婚礼和一个葬礼》《诺丁山》《BJ单身日记》《真爱至上》等影片都出自他手。

第一幕：正题

第二幕：反题

第三幕：合题

"好莱坞"式的原型就是辩证法最简化的形式。[6] 选择一个有缺陷的角色，然后在第一幕结束时，将他们丢进一个异样的世界，让他们吸收这个世界的规则，最后在第三幕中考验他们，看看他们学到了什么。或者，简单地说：

第一幕：建立一个有缺陷的人物

第二幕：用他们的对手来对抗他们

第三幕：将两者予以综合，达成平衡

不止戏剧是这样。所有故事都涉及将人物丢进异样的世界——一处象征着他们从前的生活以外的一切地方，一座包围着村庄的森林，他们必须在那里重新找到自己。在《贝奥武甫》《格列佛游记》《黑暗的心》中，有缺陷的主人公面对的是一个难以辨认的世界，这个世界体现了主人公自己缺乏的所有特征。对电影的研究，只是更加清楚地揭示出这一点：在《赛车总动员》中，自私、傲慢的赛车闪电麦昆被扔进了 20 世纪 50 年代的穷乡僻壤；在《大白鲨》中，布罗迪警长在阿米蒂岛上乏味的生活被威胁、恐惧和道德恐慌所撕裂；在《故园风雨后》的原著和银幕改编中，郊区出身、自我嫌恶的查尔斯·赖德发现，自己身处一个难以想象的奢华和自信的世界。只要你接受了这个新世界（发现自己身处约翰·马尔科维奇的头脑之中，就是一个极佳的例子）的概念，那么故事的原型和它的组成部分都会清晰地浮现在眼前。

佩姬·拉姆齐谈到的"惊喜"，通常被称为"颠覆预期"——一种既令人惊讶又合乎情理的突然转折，将故事抛向新的方向。这种颠覆倾向于在每一幕的结尾出现（《末路狂花》中的强奸未遂和枪击事件或《漫长美好的星期五》中的爆炸就是很好的例子），在《爱丽丝的失踪》或《第六感》等围绕着转折构建的电影中，体现得更为明显。人们很容易把这种炫技当噱头看待，但这些对期望的颠覆并非噱头——它们是极为重要的结构手段，是所有叙事的基础，因为它们是邀请主角进入新世界的门户。颠覆并非现代的发明，而是类似于突转的装置。它是将主人公发射到他们当前状态对立面的工具——从正题到反题，从家到一个未知的世界。

激发事件也是如此——它们是"对立的爆发"，是承载着人物缺乏的所有特征的结构性工具，甚至是他们所**需要**的一切的体现。悬念、激发事件和危机点，本质上是一回事：临近幕的结尾处的一个转折点，主角进入新世界的意外入口。由他们缺乏的品质制成的炸弹，炸碎了他们原有的世界，将他们投入一片陌生的空间，接下来他们必须理清头绪。

所以，讲故事可以被看作是对学习方法的整理——以三幕的形式表达出来。辩证的模式——正题 / 反题 / 合题——是我们理解这个世界的方式的核心，而且它是观察结构的一种有用的方式。一个人物有着缺陷，一场激发事件将他丢进了一个象征着一切异己特征的世界，在那片森林的黑暗里，新旧融合，达到平衡。我们不能接受混乱，我们**必须**为它赋予秩序。如果一个故事涉及混乱来袭和恢复秩序（所有的原型故事都是如此），那它就不能不采取三幕的形式。

在伯恩哈德·施林克的小说《朗读者》（还有大卫·黑尔后来的电影）中，这三个阶段可以看得一清二楚，事实上，这部作品就分为三个部分。在第一部分，15岁的迈克尔爱上了一名年长的女人汉娜，有一天她失踪了。七年过去了，来到了第二部分。迈克尔已经成为一名学法律的学生，他在旁听一场对战争罪的审判时，发现自己所爱的女人身处被告席，被控在奥斯威辛集中营担任警卫时犯下战争罪。汉娜被认定犯有大规模杀害300名犹太妇女的罪行。在第三部分中，他试图将他所爱的女人与呈现在世人面前的恶人这双重形象协调一致。最后，通过理解（影片中的她是文盲），他与"真相"达成了某种和解。三个部分（后来在影片中是三幕）上演了爱、恨与理解——正题、反题与合题。

在任何故事的第一幕中，人物都有某种特殊的缺陷或需要。在第一幕临近或来到结尾时，发生了一场激发事件，主人公"掉进兔子洞"。在第二幕中，人物试图返回他们原先的世界，同时渐渐了解到，另一个同样重要的世界在等着他们，在那里可以学到宝贵的经验。在这一部分结束时，主人公身处最低谷，必须做出抉择：是通过调用他们学到的经验来对抗针对他们的敌人，还是怯懦地做回从前的自己。在这危急关头，他们几乎总是选择参与这场他们一生中最艰难的战斗（或高潮），以检验并汲取他们新掌握的技能，然后最终为他们的苦难赢得回报（解决）。大卫·黑尔的电影《陌生男子》和《痛击希特勒》是这样，查理·考夫曼的《暖暖内含光》是这样，《惊魂手》也是这样：全知全能的叙述者被丢进一个充满内疚和羞耻的世界。所有这些故事都包含着同样的基因：主人公遭遇了他的反面，吸收了它，由此发生了改变。

第一幕 背景	第二幕 对抗	第三幕 解决
转折点	转折点	
激发事件	欲望	必不可少的一场戏
缺陷 / 需要	敌对势力	终极决战
激发事件	旅程	危机—高潮—解决

　　但既然三幕形式能让我们触及讲故事的根本结构，为什么20世纪之前的许多戏剧（包括莎士比亚的戏剧）都采用五幕呢？把五幕形式视为某种历史特质是很诱人的，不过通过探索它是如何演变的、它长盛不衰的原因以及它的基本结构特征，就能看出，它远不只是某种历史特质——在这样做的过程中，它还给出了一条有关所有叙事如何真正运作的重要线索。

3

五幕结构

大约在公元前 1 世纪末，罗马抒情诗人贺拉斯在他的论著《诗艺》中提出了分幕结构的原则。他由此定义了一种模式，这一模式后来深刻地影响了小塞涅卡的戏剧，此后，又被后人重新发现，影响了后世的戏剧发展进程。他宣称："任何戏剧，若想在被人看过之后，立刻被呼吁重新上演，就不应短于或长于五幕。"[1]

2007 年，记者拉斐尔·贝尔在《卫报》上发表了他对当时大行其道的"美妈文学"*的讽刺性改写[2]：

第一章：我被婴儿的呕吐声吵醒了。如今我丈夫对跟我做爱毫无兴趣，他假装睡着了。我以前不是有一份令人兴奋的媒体工作，被男人们迷恋吗？到底哪里出了问题？（当然，我的孩子们没有问题。我爱他们。）

第二章：我开车送孩子上学，被一个穿着昂贵鞋子、开

---

* 当时流行的一类小说，描写年轻而又成功的母亲们事业有成、家庭美满，过着时尚、浮华的生活。

着四驱车的女人威胁。我那专横的婆婆过来，让我觉得自己无能。我不小心给我暗恋的男人发了一条短信。

第三章：我暗恋的男人回复了短信。我很激动。这是否把我变成了通奸者？我觉得没事，因为我丈夫已经厌倦了我。我觉得没事，只要我常说"后女权主义者"如何如何就可以了。

第四章：我和我暗恋的男人一起搂抱亲吻／睡觉／差点睡在一起。感觉很棒。但我感到内疚。我爱我的丈夫和我的孩子。在此期间，我发现我婆婆的优点比我想的更多。顺便说一句，我爸是我的英雄。

第五章：我和我认识的所有人一起参加了一个派对。很有戏剧性。我的通奸窘境达到了危急关头。我不得不在不完美的现实生活和虚妄的幻想之间做出选择。我意识到我迷恋的男人是个混蛋，所以选择了我现在的家庭。我原先觉得我丈夫很无聊，结果是他为人可靠，让人安心，他原谅了我的不忠。他是我心目中的新英雄。不过他永远无法取代我爸。

在贺拉斯的宣言发表两千年后，贝尔的模仿标志着漫长旅程中的一个驿站。他的模仿下意识地遵循了——达到了离奇的程度——五幕模式，这一模式由古人确立，由泰伦提乌斯偶然发现，由本·琼森所吸收，由莎士比亚本人所践行，而莎士比亚给我们的写作、阅读和言谈带来了深远的影响。

三幕和五幕结构

需要强调的是，五幕结构与三幕结构并没有什么真正的差别，只是对它做了细致的改进。当然，从历史上看，这两种形式都可以追溯到古人。它是如何运作的？波兰斯基的电影《麦克白》有着经典的三幕形式，但它包含了莎士比亚剧作的五幕。

		莎士比亚	波兰斯基
激发事件	女巫们的预言 / 决定弑君	第一幕	第一幕
	麦克白成为国王	第二幕	第二幕
	班柯被谋杀 / 弗里恩斯逃脱 / 麦克达夫叛变	第三幕	
危机	麦克白夫人发疯 / 麦克白遭到背弃	第四幕	
高潮 解决	最终决战 麦克白被杀	第五幕	第三幕

简单地说，通过在传统的"好莱坞"模式的第二幕中插入两次幕间休息，产生了五幕。两种形式的第一幕和最后一幕保持一致。

但这对我们理解故事有何帮助？美国学者托马斯·鲍德温在他对莎剧分幕结构的不朽研究[3]中，将五幕形式的首次使用追溯到泰伦提乌斯（公元前202—公元前149年），并指出[4]他所有的戏剧都有着相似的基本形式：

> 第一幕讲述了必要的初步情况，作为"解决"的前期准备，它们会引起迫在眉睫的斗争……第二幕介绍了大战前的初步行动和反制行动。在第三幕中，反对年轻人的势力发动了主要的攻击，似乎取得了胜利。在第四幕中，年轻人的将军调

集他的部队进行反击，在这一幕结束时，敌人其实已经输了，但年轻人尚未正式获胜。在第五幕中，他们赢得了胜利。

如果把我们的"美妈"故事叠加上去，贝尔写的那几个章节几乎完全符合。这是巧合，还是暗示着更深层的联系？鲍德温谈到泰伦提乌斯时，这样写道：

> 他的剧作分为五个层次分明、界限清晰的阶段。泰伦提乌斯必然意识到了这一点，而且一定是有意这样划分的。细致而紧密平衡的结构，不可能意味着别的意思……无论泰伦提乌斯本人是否将这五个阶段标记为五幕，他肯定是以这五个标记清晰的单元来构建他的剧作。[5]

文艺复兴时期，古典思想的复兴不可避免地令这种被人遗忘已久的艺术形式重见天日。泰伦提乌斯建立的样板成为法国和伊丽莎白时代剧作家的标准，他们从经典中挖掘灵感。塞涅卡的作品都由五个部分组成（每个部分由歌队分隔开来）[6]，影响巨大，而本·琼森被公认为首个在英国推广这种结构的英国人，他不仅在自己的作品中完全接受了这种形式，还翻译了《诗艺》的首个英译本，将贺拉斯对结构的思考传递给如饥似渴、富有文化素养的新一代。

莎士比亚是否知道五幕剧这种形式？由于泰伦提乌斯和贺拉斯是其文法学校课程的一部分，所以他十有八九是知道的，更何况，到 16 世纪中叶的时候，五幕剧正成为一种日益流行的表现方式。莎士比亚是否采用过这种形式？关于后人是否在编订莎剧时强行套用了这种结构，有过许多（非常有趣的）学术争论[7]，不过到 1608 年，国王的演员占据布莱克弗里尔剧院时，装点蜡烛的简单技术要求（每根蜡烛要持续燃烧一幕的时间）肯定导致了五幕剧形式的强制推行。无论如何，这个问题其实无关紧要，重要的是，在泰伦提乌斯的剧作中首次发现的模式，与莎士比亚的作品惊人地吻合。哪怕莎士比亚反对分幕的结构，或者对其一无所知，他的作品也自然而然地采用了泰伦提乌斯和琼森共同采用过的形式。倘若是这样，那就更可以认为：讲故事有一个浑然天成的形式。

但究竟什么是形式，它是怎样发挥作用的？要回答这个问题，我们必须重新回到过去。

弗赖塔格的金字塔

第一个将泰伦提乌斯的剧作模式——如同它出现在伊丽莎白时代的戏剧中那样——正确地归纳整理出来的人，是德国小说家古斯塔夫·弗赖塔格。1863 年，在大作《戏剧技巧》中，他向世人展示了"弗赖塔格的金字塔"。通过对形式细加审视，他发现了一种潜在的形式。

他宣称，每一部悲剧都有五个阶段[8]：

1. **展示**。我们见到了剧中的人物，确立了时间和地点。我们了解了故事的前因后果。注意力被引向冲突的萌芽和戏剧性的紧张关系。

2. **复杂化**。情节的过程变得更加复杂，发生了"打结"

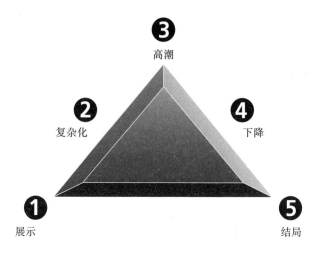

③ 高潮

② 复杂化

④ 下降

① 展示

⑤ 结局

的情况。利益发生冲突，阴谋产生，事件朝着明确的方向加速发展。紧张的气氛越来越浓，势头越来越猛。

3. **情节的高潮**。冲突的发展达到顶点，主人公站在十字路口，他的选择关乎胜负成败，是崩溃还是腾飞。

4. **下降**。反转。第三幕的后果渐渐显现，势头放缓，紧张感因虚假的希望／恐惧而加剧。倘若是悲剧，主人公看似可以得救。倘若不是，那么看起来可能满盘皆输。

5. **结局**。冲突得以解决，要么是通过一场灾难、主人公的毁灭，要么是通过他的胜利和转变。

乍看起来，弗赖塔格对幕的定义令人迷惑。直觉上，人们觉得高潮（顶点）应该在第五部分而不是第三部分。但弗赖塔格是对的。他首次阐明了某种意义深远的东西——如今在结构研究中被称为"中点"的时刻。

中点

　　《麦克白》中班柯的遇害与《007之金手指》中的激光酷刑或《漂亮女人》中钢琴上的性爱，有什么共同之处？班柯在第三幕第三场中死去。这是全剧的核心部分，刚好位于中间，就像对邦德的折磨或薇薇安·沃德的诱惑一样，它标志着危机的加剧。

　　在任何成功的剧本中，中点几乎都出现在刚好过半的时间里，这时，某些意义深远的事情发生了。在《泰坦尼克号》中，船撞上了冰山；在《致命诱惑》中，丹得知他的情妇怀孕了；在《异形》中，异形出人意料地从凯恩的肚子里冲了出来。

　　莎士比亚的作品完全符合这一原型。在《哈姆雷特》进行到一半的时候，王子确信克劳狄乌斯有罪；在《李尔王》中，主人公在荒原上的风暴中得知了自己的真实情况。也是在这一刻，理查二世发现波林勃洛克篡夺了他的王国（"让我们坐在地上，讲些关于国王们身死的悲惨故事"），在《奥赛罗》中也是在这一刻，摩尔人吞下了伊阿古的诱饵。在《裘力斯·凯撒》进行到一半的时候，马克·安东尼将人们变成了暴民。9《冬天的故事》中，雷欧提斯也是在这时得知了德尔斐神谕的判断。《麦克白》也很典型：当班柯被杀，他的儿子弗里恩斯逃脱时，麦克白充分意识到，某些深刻的变化发生了。莎士比亚甚至将它写了出来：

> 我已经双足深陷血泊之中，
>
> 要是不再涉血前进，

那么回头的路也同样使人厌倦。*

　　它出现在第三幕第四场，对麦克白来说——对他们所有人来说——已经不可能再回到从前的生活了。

　　那么，为什么塞尔玛和路易丝在与她们所爱的人发生性关系之后，两人互换了性格？为什么杰森·伯恩在《谍影重重 3》的中途，得知了自己困境的真相？在创作情感方面令人满意的故事结构时，中点为何如此重要？[10] 那些对故事理论一无所知的作者，是否下意识地写出了那些故事？是什么告诉他们，改变人生的重要情节应该发生在作品的中部？

　　克里斯托弗·布克在他对讲故事做百科全书式探索的《七种基本情节》[11] 中认为，所有故事都可以分解为五个不同的部分。我将它们——非常简短地——总结为：

　　　　紧急动员

　　　　梦想阶段

　　　　挫折阶段

　　　　噩梦阶段

　　　　惊心动魄地逃离死亡，迎来结局

　　他其实是在说（我转述如下），这五个阶段遵循一种简单的模式——与我们在泰伦提乌斯那里首次看到的完全一样。

---

* 本书的莎士比亚戏剧译文均参考了朱生豪译本，个别文字略有改动。

1. 背景，要求主人公采取行动

2. 进展顺利，初步的目标得以实现

3. 随着敌对势力加强，情况开始出现问题

4. 情况变得非常糟糕，催生危机

5. 危机和高潮。与对手的最终对决。有了或好或坏的结局

那么，如果你把每个阶段都作为一幕，会怎么样？这确实让人觉得未免过于简化，不过，作为简单的总纲，布克提出的模式非常符合莎士比亚的分幕形式——不论是《麦克白》[12]：

1. 女巫们的预言，谋害邓肯的决定

2. 麦克白成为国王

3. 麦克达夫叛逃

4. 麦克白夫人发疯，麦克白遭到背弃。英格兰进攻（最劣点）

5. 最后一战，麦克白被杀

还是《罗密欧与朱丽叶》：

1. 罗密欧和朱丽叶相遇

2. 罗密欧和朱丽叶秘密成婚

3. 朱丽叶发现她要嫁给帕里斯，而罗密欧因杀死提伯尔特而被放逐。她假装同意，但决心自杀

4. 教士让朱丽叶同意结婚，并让她服用药水假死。罗密欧听闻她的死讯，错过了她的解释信（最劣点）

5. 罗密欧冲向坟墓，自尽身亡。朱丽叶醒来，看到她的恋人死了，也自尽了

戏剧弧线

第一幕	第二幕	第三幕	第四幕	第五幕
		中点		
	初步目标达成		情势不妙	
紧急动员				胜利或失败

从贺拉斯到莎士比亚和琼森，从斯克里布到莫里哀和拉辛，每个阶段的戏剧作品都紧密贴合这一形式。拿任何一部詹姆斯·邦德电影、《异形》电影、皮克斯的电影为例——其实，是以任何成功的影视作品为例——你都会看到同样的情况：由贺拉斯阐述过、由泰伦提乌斯采用过的形式，被运用到了这部作品上。[13]

传统上，人们并不认为好莱坞电影是五幕作品，所以令人惊讶的是，建立在三幕模板上的电影，竟然如此贴合五幕的形式。[14]五幕不仅有助于阐明三幕剧中的第二幕如何运作，而且在这一过程中，突出了戏剧结构本身的性质。中点连同第二幕和第四幕的幕间休息，为我们勾勒出一个非常清晰的形状。

尽管布克看出了这个形状，但他没有注意到背后的细节。在第三幕中，情势并非立即和连贯地变糟。[15]相反，在下半场命运逆转之前，剧情在这一幕的中部达到顶点。如果我们绘制一幅图表，展示转折点是如何反映每一幕中人物命运的，那么不只是图表的顶点——中点——揭示出，它是戏剧中极其重要的时

刻，我们也许还能清楚地看到一个熟悉的比喻——"戏剧弧线"（dramatic arc）。

每一个从事戏剧工作的人都会在某个时候，偶然发现人物弧线这一概念，不论他是迫切需要它，还是对它持批评态度。但它的确存在，而且其形状的基本对称，暗示出一些更富有深意的东西——我们将在后面说到其中的大部分内容。太过简化？查理·考夫曼在攻击典型结构时，当然会这么认为。"对我来说，这就有点像说：'你在画画的时候，总是需要在这里画上天空，在这里画上人物，在这里画上地面。'其实你不需要。在其他艺术形式或其他媒介中，人们只把它当成工作时可以采用的东西。"[16]

考夫曼的类比是错的。哪怕仅对艺术史略知一二，你也会知道，就算你不认同文艺复兴时期的完美科学比例或"黄金分割"的观念，艺术仍然事关寻求某种秩序和平衡——就连杰克逊·波洛克和抽象表现主义者也在混乱中找到了形式。所以当洛特爬进约翰·马尔科维奇的脑袋，与她的朋友玛克辛通奸时，考夫曼并未违背潮流。这一情节刚好发生在影片的中途，通过将她的丈夫变成敌人，来提高情节的紧张程度。这是典型的中点。考夫曼弄错了内容和形式。对五幕结构的研究揭示了人物们——当然包括《成为约翰·马尔科维奇》中的人物——欣然踏上的潜在旅程。

那为什么三幕结构如此普遍呢？五幕结构是200多年来占主导地位的戏剧形式。这是什么促成的？既然它真这么重要，又是什么导致了它的消亡？

五幕与三幕

除了艺术冲动，还有两样主要的催化剂，负责各种艺术形式的发展：生理特性，还有科技。五幕结构能够大行其道，很可能不只是因为它们创造了一套戏剧模板，使作家们能够创作出成功的故事。不能久站和人类膀胱的容量，很可能也让观众有了频繁休息的需要。还要考虑到，用于夜间照明、照亮室内表演的蜡烛也有一定的持续时间，由于上述种种原因，五幕就变成了最容易被人接受的故事框架。

可以说，五幕剧这一形式在欧仁·斯克里布（1791—1861）的作品中达到了顶峰，这位法国大师发展了，甚至可以说是创造出了"pièce bien faite"，即"精品戏剧"。斯克里布的多产（他"写"了400多部作品，收录在不下76卷的作品集中）在很大程度上可以被解释为，他雇用了一班后辈，他们按照他打磨到完美的公式去进行创作——就像今天的詹姆斯·帕特森这类作家一样。[17] 斯克里布围绕莎士比亚的经典形式构建他的作品，每一幕都以转折点或命运的逆转来结束。他坚持使用热门时事题材，并要求结局是"按照诗意的正义，公平地分配奖励"——这一安排被认为是加强了"当今的道德"。[18]

尽管其剧本的时事性意味着他的作品已经过时，但斯克里布是一位重要人物，可以说是第一位给出批量编剧模板的人。作家们对正统的敬畏，以及可以理解的自命清高，使斯克里布的声誉受了影响，还掩盖了这样一个事实，即斯克里布的作品结构极佳，充满了华美的修辞手法，而且——在当时看来——非常有趣。他的成功、广受欢迎和对娱乐至上的关注使得他——甚至在他自己那个时代——成为被人揶揄的对象。萧伯纳不屑地质疑道："如果一个人可以像莎士比亚、莫里哀、阿里斯托芬或欧里庇得斯那样写作，何必还要像斯克里布那样写作？"[19]——但斯克里布的影响力被严重低估了。

易卜生在年轻时执导过斯克里布的 21 部戏剧[20]，斯克里布对这位 19 世纪戏剧巨匠的影响显而易见。易卜生的五幕剧《人民公敌》令人不可思议地遵循了这一原型，他的四幕剧（《海达·盖布勒》）和三幕剧（《群鬼》）也是一样。事实上，正如斯蒂芬·斯坦顿教授指出的[21]，易卜生"创立了新的戏剧艺术流派"，他在很大程度上沿用了斯克里布的结构，只是用"严肃的讨论代替了最后一幕的传统展开"[22]。萧伯纳也口是心非——他不仅明知斯克里布对易卜生的影响[23]，而且他本人的作品也跟斯克里布的剧作有着惊人的相似。

假使没有斯克里布，就不会有易卜生或萧伯纳（至少他们的作品就不会是现在这样了）。很能说明问题的是，"精品戏剧"一词在 20 世纪 60 年代成为粗制滥造的代名词[24]——使得特伦斯·拉蒂根*等人被逐出了英国舞台。这种心态延续至今——有些人总是怀疑，技巧一定是纯正性的敌人。这对戏剧和斯克里布来说都是一种遗憾，斯克里布不仅对易卜生和萧伯纳产生了影响，还对从 T. W. 罗伯逊到奥斯卡·王尔德、从布尔沃-利顿到 J. B. 普里斯特利的历代剧作家产生了影响，这表明无论他的作品有多么过时，都应该对他的重要地位给予更高的承认。

三幕剧在 19 世纪的复兴，并非对莎士比亚式戏剧的背离，而

---

* 特伦斯·拉蒂根（1911—1977），英国 20 世纪最重要的剧作家之一。

是为了与舒适度和技术的发展相一致。《暴风雨》里的风暴不再单靠文字描绘出来——如今你可以坐在暖气房里的天鹅绒座椅上，沉浸在舞台技术的魔力中，由舞台机械和复杂灯光组成的各种舞台特效都可以任人支配。突然间，去剧院看戏变成了更加友好的提议，即使没有华丽的场面（这种感觉肯定很像我们见证宽银幕或3D的出现），不那么频繁的幕间休息也带来了更为舒适的体验——离题的干扰大大减少。伴着三幕剧的复兴，电影刚好也在同期问世，正因如此，电影结构以及随后的电视剧结构的演变，都得益于戏剧——戏剧是影视作品最方便合用的参照样板。

正如我们看到的，成功的三幕作品在形式上模仿了更大的结构，其实在三幕作品中，主人公的旅程会因五幕形式的要求，更为清晰地显现出轮廓来。在好莱坞范式下苦苦挣扎的编剧常常发现，五幕形式能为他们赋予对中间部分的掌控力，否则他们就很难表达。明智地加以运作，就能形成一个更为强大的结构，创造出合格的、扣人心弦的转折点，增加叙事的张力，反过来消除新手编剧最常见的问题之一：松松垮垮、断断续续、混乱而难以理解的第二幕。

但五幕还有其他用处。随着我们深入挖掘，五幕形式可以让我们发现最不寻常——和最复杂的——潜在模式。

4

改变的重要性

他找出马桶水箱后面的枪,镇定下来,往洗手间门口走去。在意大利小餐馆里,索洛佐和麦克拉斯基不耐烦地坐着。他回到桌旁,坐了下来,一列地铁从头顶隆隆驶过,但他除了自己的心跳声,什么也听不到。食客们漫不经心地继续交谈着,列车呼啸而过,他站起身,拔出枪,停顿了一下,然后朝两名客人头上各开一枪。一团血雾爆开,一张桌子翻倒,迈克尔·柯里昂的生活被永远改变了。

迈克尔杀死了一名腐败的警长和他的黑帮朋友,这是好莱坞电影标志性的一幕。但它的标志性不仅体现在《教父》上。看看迈克尔的神情吧。注意他的眼神,以及眼神背后的冲突,即忠诚守法的战争英雄与他即将成为的杀人犯之间的冲突;作为未来在家族企业之外的儿子,与使他永远无法摆脱犯罪行当的杀人举动之间的冲突。从他扣下扳机的那一刻起,迈克尔的命运就已经注定了。过去的他和未来的他之间的冲突,还有他为了从一种状态过渡到另一种状态所采取的决绝行动,被完美捕捉到了。[1]

其实，这是每一部电影里都会有的一幕。阿尔·帕西诺在这一刻描绘出了所有戏剧据以建立的本质：改变，以及人物为了实现改变而必须经历的内心挣扎。

我们已经看到，在立体化的故事里，主人公踏上了克服缺陷的旅程。他们习得了要实现目标所需的品质，或者换句话说，他们发生了改变。因此，改变与戏剧性的欲望密不可分：如果一个人物想要得到些什么，他们就必须改变自己，才能得到它。

在亚伦·索金的电影《好人寥寥》中，卡菲中尉（汤姆·克鲁斯饰）为自己设定的目标是扳倒腐败的杰瑟普上校（杰克·尼科尔森饰）。卡菲是一个自以为是、肤浅、被宠坏的男孩，他把自己刚起步的事业建立在帮委托人做辩诉交易、逃避法庭惩处上。但他想要将位高权重的军官杰瑟普绳之以法，因为后者的欺侮导致一名新兵死亡。除非卡菲长大成人，克服自己的缺陷，敢于在法庭上与杰瑟普争锋，否则他将无法实现自己的愿望。他的缺点是，在大人的世界里，他只是个孩子，而他想要的是正义。为了得到它，他必须改变——成为一个男人。这就是一种以特殊形式表现出来的、完全建立在改变之上的原型。

《绝命毒师》中虚构的反英雄沃尔特·怀特说得好。他试图向对化学不感兴趣的理科生们解释什么是化学，他说：

> 嗯，从技术上讲，它是对物质的研究。但我更愿意把它看成对改变的研究。现在这样想想看。电子，改变它们的能量水平。分子呢？分子会改变它们的键。元素，它们相互结合，变成化合物。嗯，这里面充满了活力，不是吗？它是溶解，然后析出，一遍又一遍。它是生长，然后腐烂，然后转化。[2]

　　　　　　　　　　　　　　　　　　　进入故事之林

改变是生活的基石，因此也是叙事的基石。迷人之处在于，就像故事本身一样，改变也有一套潜在的模式。在每一个原型故事里，都可以找到一个模板（或其幻影），一套始终不变的范式，它能帮我们解开结构之谜。

这种模式是什么，它是如何运作的？

改变范式

可以将雷德利·斯科特和卡莉·克里的电影《末路狂花》分解成五个不同的阶段：

1. 两个女人出发去野营。路易丝是个拘谨和压抑的人，而塞尔玛是个纯真的人，活在她认为幸福的残酷婚姻中。她们中途在一家酒吧停留休息，结果有人企图强奸塞尔玛。路易丝与袭击者对峙，开枪打死了他。（激发事件）

2. 路易丝立即决定逃离犯罪现场，前往墨西哥。塞尔玛急于自首，回到丈夫达里尔的身边，但在一通电话里，她第一次看清了丈夫达里尔的真实面目，她同意跟路易丝一起逃亡。她们决定逃往墨西哥，逃避法律制裁。

3. 两个女人开始放松和享受。在塞尔玛的怂恿下，她们接上一个英俊的男孩（布拉德·皮特饰），路易丝第一次与她的男友（迈克尔·马德森饰）联系，请求帮助。当晚在一家汽车旅馆，两个女人都发生了性关系。第二天早上，路易丝跟她的男人做了最后告别，塞尔玛发现她的情人拿走了她的钱，她决定依靠自己。在逃亡途中，她没有收入，也无人接济，于是抢劫了一家超市。警方已经在为谋杀案追查她们的下落，因此有了第一条明确的线索。

4. 警方开始逼近。路易丝坚持说，她们不能穿过得克萨斯州，这表明多年前她在那儿被强奸过。她们的目标几乎遥不可及，一名好色的油罐车司机的追踪，让她们变得越发不幸，于是她们在夜里开车行进，半真半假地考虑着向警方自首的念头。结果，她们意外暴露了自己的行踪。（危机）

5. 在无所顾忌的情况下，她们向油罐车司机发起报复，将他引入陷阱，然后炸毁他的货物。她们被警察逼得走投无路，要么面对当局的强权，要么……她们两人手拉手，加速行驶，驶向悬崖，落入峡谷。

两名遭到残酷的父权社会压迫的普通女性，在小资生活之外，从某种——我们被告知——不是自杀，而是更优雅、更伟大的事情当中找到了满足。编剧、演员和导演采用了所能调动的所有技巧，让我们相信这个结局——主人公们的缺陷得以克服——是一种升华、一份褒奖。

结 构

我不知道编剧卡莉·克里是否有意将她的剧本写成五幕，但不难看出，这部电影可以划分为典型的几大阶段。值得注意的是，在这样做的过程中，出现了一种潜在的对称统一性。"第三幕"持续了40分钟，被一个中点分割开来，而其余各个部分的持续时间为20分钟。

影片描绘了塞尔玛从一个依赖他人的小女孩成长为一个自由的女人，而路易丝也经历了类似的旅程，但方向不同——也是从压抑走向自由。塞尔玛学会了独立自主，路易丝学会了分享的能力。

她们走的是平等而相反的道路。此外，如果我们同意核心人物存在缺陷——塞尔玛是个天真无邪的人，而路易丝是个厌世、愤世嫉俗的人——那我们就会看到，故事的基本架构不仅是围绕着对立面建立的，而且两个人物都以同样的方式克服了她们的缺陷，达成了自我实现。

但目前更重要的是，她们是按照一套相同的基本模式来改变的。这种模式围绕着人物的核心缺陷或需求建立。只要我们记住，在每个故事的开始，这些要素都是人物意识不到的，那就有可能描绘出这些缺陷是怎样被人物认识到，并通过行动最终吸收的。

塞尔玛 —— 路易丝

第 1 幕

纯真 —— 愤世嫉俗

警醒 —— 警醒

- 激发事件 -

新世界 —— 新世界

第 2 幕

想报警 —— 想逃跑

犹豫不定 —— 犹豫不定

她们同意一起去墨西哥

第 3 幕

在车里唱歌 / 塞尔玛与 JD 关系紧密 / 路易丝联系了吉米

- 中点 -

与男友发生关系

塞尔玛独立——路易丝放手——抢劫

第 4 幕

恐惧未来

退回从前的自我

－ 危机 －

我们究竟要不要拥抱新的自我？

第 5 幕

坚持新的自我

炸毁油罐车

自杀 / 升华

情节要点多数是共同的——只是方向不同，因为塞尔玛学会了更加自信，而路易丝学会了放手。她们平等而相反的反应相辅相成，最后两人都找到了内心的平衡，变得完满*。

拿任何一部立体化的电影为例，描绘出人物在每一幕中发生改变的方式——他们如何意识到，并最终吸收掉他们的缺陷——你都会发现类似的设计。这是一种模式，实际上是一幅改变之路线图，它描绘出人物对其缺陷的认识不断加深，他们逐渐接受、犹豫不定，最后焕然重生。从本质上讲，它看起来像这样。

---

* 同样的模式在《哈姆雷特》等作品中的运用，见附录Ⅱ。——原注

进入故事之林

改变之路线图

第 1 幕

不曾发觉

渐渐发觉

觉醒

第 2 幕

怀疑

克服不情愿心理

接受

第 3 幕

用认知进行尝试

中点——关键的认知

认知之后的尝试

第 4 幕

怀疑

越来越不情愿

退步

第 5 幕

重新觉醒

重新接受

完全掌握

或者以图形来表示如下:

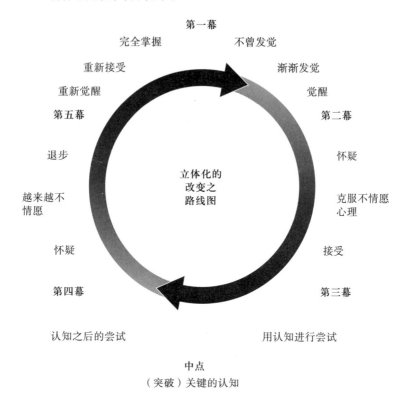

第一幕

完全掌握　　　　　不曾发觉

重新接受　　　　　　　　渐渐发觉

重新觉醒　　　　　　　　　觉醒

第五幕　　　　　　　　　　第二幕

退步　　　　　　　　　　　怀疑

越来越不　　　立体化的　　克服不情愿
情愿　　　　　改变之　　　心理
　　　　　　　路线图

怀疑　　　　　　　　　　　接受

第四幕　　　　　　　　　　第三幕

认知之后的尝试　　　　　用认知进行尝试

中点
（突破）关键的认知

　　　《宋飞正传》用"没有拥抱，没有学习"这样一句口头禅，巧
妙地嘲讽了编剧的一大俗套 *，当剧本编辑胆敢问出"你的角色学到
了什么"的时候，好多编剧都会翻白眼。但正如前面的范式所表
明的，学习是**每个**立体故事的核心：这就是人物发生改变的**方式**，
他们学习克服自己的缺陷；此外，他们似乎是按照同一种模式来
学习的。他们不曾意识到的缺陷浮出表面，暴露在新世界中，人

---

* 指不在剧中强行加入亲情友情、人生哲理这样的俗套剧情元素。

物就此采取措施，探究克服缺陷的后果，怀疑和犹豫，最后人物决心征服它，拥抱崭新的自我。

你在《舞国英雄》《街区大作战》《窃听风暴》中可以看到同样的设计。你不仅能在大卫·黑尔的《锌床》中看到它，在某种程度上，你可以从他所有的作品中看到它。这些电影之所以不同，是因为人物的缺陷不同——在《舞国英雄》中，斯科特必须学习勇气；在《街区大作战》中，摩西与自己的懦弱做斗争；在《窃听风暴》中，维斯勒掌握了同理心。在《E. T. 外星人》的开头，杰克斥责他的弟弟埃利奥特惹恼了他们的妈妈。"见鬼，"他说，"你为什么长不大？换位思考一下别人的感受吧。"这就是埃利奥特的缺陷——他必须学会共情，他必须踏上一场旅程，最终让他能够放他最亲密的朋友离开。每一幕都是这场斗争的不同阶段。他逐渐地、按部就班地克服了这一缺陷，其模式与《末路狂花》完全相同。[3]

将这一模式颠倒过来，就有了《麦克白》和《教父》，按照同样的设计，他们的善良遭到了腐蚀。在原型中，每个人物都有一项缺陷，"路线图"表明了他们如何克服这一缺陷。* 太牵强吗？看起来的确很简单，容易得不像真的，不过试着研究一下几乎所有的电影吧，从《卡萨布兰卡》到《钢铁侠》，从《朱诺》到《育婴奇谭》，从《非洲女王号》到《007：大战皇家赌场》。在莎剧中模式也同样存在，正如在黑尔的《锌床》、考夫曼的《成为约翰·马尔科维奇》和德尔·托罗的作品中一样。

但原因何在？这种统一的结构怎么可能存在呢？

---

* 见附录V。——原注

克里斯托弗·沃格勒和英雄之旅[4]

1973 年的时候，按票房收入计算，《美国风情画》刚刚成为有史以来最成功的电影。其创作者乔治·卢卡斯开始思考故事的本质。他提问：大型神话故事在哪里？当今的西部片在哪里？[5] 他发现了人类学家约瑟夫·坎贝尔的作品，坎贝尔研究过不同文化中的成长故事，乔治·卢卡斯意识到，坎贝尔对神话的荣格式解释跟自己的一部新作之间有相似之处。他将这两者融合在一起，取得了非凡的成果。[6]《星球大战》诞生了，同时也诞生了一个威胁要吞噬整个电影业的怪物。

20 世纪 70 年代之初，正是美国电影异常活跃的时期。任何一个能产生《五支歌》《出租车司机》《唐人街》的时代，都是健康的时代。但除了少数几个（具有里程碑意义的）例外，这些电影作品并未专注于好莱坞最擅长的事——赚大钱。因此，当一个如饥似渴的行业看到《星球大战》变得疯狂流行，然后得知它是根据模板构建的，因而可以复制时，一切都失控了。这是一场淘金热。突然间，有了一幅"地图"，如果你不按照地图来做，那你的作品就很难拍摄完成。但这并不是一幅容易读懂的地图，就像许多勘探者发现的那样，走捷径令人难以抗拒。

就在这时，迪士尼公司年轻的剧本分析师克里斯托弗·沃格勒登场了。他将坎贝尔的神话研究巨著《千面英雄》提炼为七页的备忘录[7]，又及时出版了《作家之旅》一书，成为影响一代电影制作人和管理人员的模板。从此，纯正派的愤怒被激发出来，许多编剧开始觉得，如果你不按这套迅速成为点金石的配方来创作，你的剧本就不会被拍摄出来：对他们来说，沃格勒把灵感变成了

　　　　　　　　　　　　　　　　　　进入故事之林

一个按组件拼装的计划。其实并非如此，但因为从《星球大战》到《狮子王》的电影旅程结构似乎真能点石成金，许多人觉得就是这么回事。

那沃格勒究竟讲了些什么？刻薄的人会称之为"傻瓜化的坎贝尔学说"。他给出的原则是简单化的、归纳性的，却包含了一些至关重要的东西的内核——就连作者本人似乎都没意识到这一点。沃格勒根据坎贝尔1949年提出的观点，创造了一个**"单一神话"**（*monomyth*）的结构模型。[8]

坎贝尔认为，在古文明的所有传统故事（通常是关于人类行为各个方面或自然现象起源的超自然故事）中，可以找到一个同样的基本模式。这种单一神话十分简单："一名英雄从常规世界冒险进入神奇地域。在那里遭遇了神奇的力量，取得了决定性的胜利。英雄从这场神秘冒险中归来，带回了惠及同族的力量。"坎贝尔发现，所有神话中都有寻找神奇灵药的探险，为将灵药送回家乡，后来还会经历战斗。

我第一次看到沃格勒（还有坎贝尔）的作品时，还是一名年轻的剧本审读员，我颇为鲁莽地否定了它。我当时正在创作《东区人》，根本看不出英雄之旅怎么能用在洗衣店里的保利娜·福勒身上。等我开始更加认真地探索结构理论时，我又重温了它。它确有缺陷，过于简化[9]，但它对撬开结构设计的一些关键要素不无帮助。沃格勒的模型包含12个关键阶段：

1. 在平凡的世界里引入英雄，在这里
2. 他们收到冒险的召唤。
3. 他们起初不愿或拒绝响应这一召唤，但是

4. 受到了导师的鼓励

5. 越过了门槛，进入了特殊的世界，在那里……

6. 他们遭遇了考验、盟友和敌人。

7. 他们来到最深处的山洞，越过第二道门槛……

8. 他们在那里经受最严酷的考验。

9. 他们得到了回报，然后……

10. 在返回平凡世界的归程中遭到追击，经历了精神上的死亡，然后……

11. 他们越过第三道门槛，得以复活，因这一经历而改变。

12. 他们带着灵药归来，这是一件能造福平凡世界的宝物。

当初我将它迅速否定的部分原因是，就像弗赖塔格一样，它暗示着：最强的戏剧点、最严峻的考验，是在影片的中间——这意味着一段后退的旅程，其间反派的力量并未不断增强。同样，我不明白，怎么可能会有两种不同的编剧范式。应该要么只有一种，要么一种也没有才对，不是吗？

但只要简单的两步，就能破解这个谜团。第一步是尝试将这两种范式融合到一起——给沃格勒的成果赋予分幕的结构。沃格勒本人建议，套进三幕的形式比较合适，但五幕模式再次表现出更强的启发性：

第一幕

1. 在平凡世界里引入英雄，在这里

2. 他们收到冒险的召唤。

第二幕

3. 他们起初不愿或拒绝响应这一召唤，但是

4. 受到了导师的鼓励

5. 越过了门槛，进入了特殊的世界，在那里……

第三幕

6. 他们遭遇了考验、盟友和敌人。

7. 他们来到最深处的山洞，越过第二道门槛……

8. 他们在那里经受最严酷的考验。

9. 他们得到了回报，然后……

第四幕

10. 在返回平凡世界的归程中遭到追击，经历了精神上的死亡，然后……

第五幕

11. 他们越过第三道门槛，得以复活，因这一经历而改变。

12. 他们带着灵药归来，这是一件能造福平凡世界的宝物。

第二步是将它运用到现有的作品上——实际加入一种性格缺陷。[10]

在巴兹·鲁尔曼的《舞国英雄》中，斯科特·黑斯廷斯是一名优秀的舞者，但他在情感方面是残缺的——他是个自恋者、工作狂、独来独往的人。他急于赢得泛太平洋舞厅冠军，却不知道自己更迫切的需求是亲密关系。这就是他的缺陷——如果你把"灵药"一词换成"亲密关系"，就会发生一些有趣的事。

第一幕

我们在斯科特有限的世界里，见识了雄心勃勃、刚愎自用、情感迟钝的斯科特，这个人痴迷于以自己的方式取胜。

他遇到了业余舞者弗兰，她大胆地邀请他共舞——他收到了"勇敢起来"的召唤。

第二幕

他起初很不情愿，拒绝了这一召唤，但在她的人格力量的鼓励下，他……越过门槛，在比赛中与她共舞。

第三幕

通过继续与她跳舞／调情，他遭到同行的嘲笑，他经历了考验，赢得了盟友，惹来了敌人……直到他跨过第二道门槛，终于有勇气站在批评过他们两人不是合适舞伴的舞蹈权威面前，他经受了最严峻的考验，将权威们抛在了身后。

他拥有了弗兰——他的奖励，他向她袒露了自己的脆弱。他学着用心跳舞，尝试用新的方式看待世界，但……

第四幕

在回到平凡世界的归途中，他被怀疑、不安和不确定的感受所袭扰，因为他发现，他新学到的勇敢带来的压力，比他想象的更难处理，还有同行带来的压力和失败的风险。他担心自己永远也无法跟弗兰一起在比赛中取胜，于是拒绝了她，面临精神上的死亡。

第五幕

斯科特必须在获胜和体验真爱这一亲密关系之间做出选择。他跨过第三道门槛，经历了复活——最后坚定地站在令他苦恼的人面前，在决赛中与弗兰共舞——他放弃了规则，随着他内心的节奏起舞。

> 他被这一经历所改变，带回了灵药——能造福平凡世界的宝物。

在清晰而恰当地划分成五幕之后，你会看到，英雄或家乡所需要的灵药、不易获得的宝物，正是主人公克服其缺陷所需的要素。影片由此变成了为解决斯科特特有的问题而寻找答案的故事。

对学会自己做主的塞尔玛和学会放手的路易丝来说，也是一样：故事形态是围绕着她们如何找到、取回并最终掌握在生活中一直躲着她们的品质而构建的。她们起初是有缺陷的，后来她们找到了灵药，学会了如何使用它，最后是圆满的结局。

沃格勒的功绩在于，他首先从现代的观影经验中发现了坎贝尔的原则，并开始探究通用的结构这一理念。但他的工作令人沮丧，部分原因在于，沃格勒本人除了注意到它与"单一神话"的相似之处，再未尝试深入挖掘。一部分原因在于，他自己的阐释往往是混乱的；另一部分原因在于，（除了一些故弄玄虚的含糊其辞）他没有真正尝试去理解**为什么**。[11]

与迎接其到来的欢呼声相反，沃格勒的范式本质上不过是从主人公角度去看的三幕结构，并不是比这更复杂或新颖的东西。它最重要的贡献或许是作为一种工具，帮助我们回答最重要的问题"为什么"。通过更深入地研究它与"传统"结构都具备的一个关键特征——"中点"或"最严酷的考验"，我们离解决这个问题更近了。

中点的重要性

我们知道，《教父》的中点是迈克尔枪杀警察，他的生活从此永远改变了；我们知道，《泰坦尼克号》的中点是船撞上冰山的时刻。但它究竟是什么？它如何将传统的好莱坞三幕原型、沃格勒的成果和莎士比亚的五幕结构结合起来？它到底为何存在？

在我们讲过的改变范式中，中点对应着沃格勒所讲的"最严酷的考验"的时刻。在"英雄之旅"中，是主人公进入"敌人的巢穴"并盗取"灵药"的那一刻；在我们的范式中，是"巨变"的时刻。[12]它未必是最富有戏剧性的时刻，但它是一个至关重要的点。正如《麦克白》所表明的，这是一个无法回头的点。一个崭新的"真相"首次出现在我们的主人公面前，主人公夺得了宝藏，或者找到了治愈他们缺陷的"灵药"。但有一点要注意……在故事的这个阶段，主人公们还不太清楚，该怎样对待它才是对的。因此，"回归之旅"建立在英雄对自己拥有"灵药"如何做出反应，以及他们能否学会以明智和有用的方式掌握它上。

在《非洲女王号》中，汉弗莱·鲍嘉和凯瑟琳·赫本分别扮演船长和传教士，他们迫于非洲腹地的纳粹大屠杀，不得不携手合作。尽管他们彼此反感，但他们还是决定沿着危险的河流，去炸毁一艘德国战舰。影片刚好进行到一半时，他们驶过了一个重兵把守的要塞，这很可能会让他们送命。但尽管困难重重，他们还是成功了，他们为自己的好运感到欣喜若狂，于是两人第一次拥吻在了一起。

就像《末路狂花》一样，两名主人公是明显的对立面——他，粗俗而世故；她，高雅而压抑。从情感上来讲，这一幕标志着他们第一次完全克服了自己的缺陷：他表现出温柔，她表达出了欲望。紧接着他们的反应是面露尴尬，否认发生过任何事情。他们想做回从前的自己，却做不到，木已成舟，两人都必须承受他们的吻带来的后果。此外，影片还加剧了险情——德国人这时发觉了他们的存在，我们的两位主人公必须学会**吸收**他们新形成的亲密关系，同时被愤怒和无情的敌人沿着河流一路追赶。

所以，中点就是主人公拿到一种强效"药物"，却没有正确使用它的必要知识的时刻。他们如何拓展这一知识，构成了影片后半部分的基本主题。精心设计的中点会有一定的风险／回报比：人物有了重要收获，但在此期间，他们周围的危险就会增加。这是一个可以将风险陡然提升的障碍，在此过程中，主人公们不得不通过改变来克服这个障碍。这种改变标明了主人公无法回头的那个点——它是外出寻找"解决方案"之旅的终点，也是他们回归之旅的起点。

梅尔·吉布森的《启示》里有一个非常直白的例子，整个故事就是围绕着往程和归程而展开的。主人公虎爪是一名年轻的战士，他被俘虏，被带到数百英里*外的地方去献祭，而他怀孕的妻子被留在后方等死。影片刚好进行到一半，在献祭时，他逃了出来（第一次充分展现出他的勇气），带伤飞奔回家，去营救被他羞辱过的、凶残的、报复心切的那些部落成员追捕的妻子。他在故事的开头是个男孩，缺乏勇气。当然，故事结束时，他成了男人。这部影片以适度的戏剧性展示了改变范式，重要的是，最大的改变看起来就发生在故事的核心部分。

---

* 英里是英美制长度单位，1 英里约合 1.61 千米。

这一点在电视剧里也同样成立。《主要嫌疑犯》的前三季都是由两部分组成，每个前半部分的结尾——其实是每个故事的中点——都会令你对简·坦尼森发出警告，因为她面临的新障碍，改变了整个调查的思路。中点出现得太过频繁，不可能是巧合。的确不是。理解了它们的真正含义，就能打开一扇门，这扇门的背后是故事之所以是现在这种形式的原因。

进入故事之林

5

我们怎样讲故事

《汤姆·琼斯》总共有 198 章，分为 18 卷，前 6 卷在乡村，之后 6 卷在旅途中，最后 6 卷在伦敦……刚好在小说的中间部分，大多数的主要人物都到过同一家酒馆，但他们没有凑到一起，那样会使故事过早结束……作家兼评论家戴维·洛奇说："对称性，对小说作者来说，比读者意识到的还要重要。"[1]

E. M. 福斯特的《印度之行》围绕着一名当地医生和一名来到印度的英国妇女在马拉巴尔山洞中发生的暧昧"事件"展开。小说中的一切都是从这一时刻开始，然后螺旋式上升：山洞中的这场笼罩在神秘中的遭遇，正好在全书进行到一半时发生。同样重要的事件在小说中颇为常见，表明某种在结构上具有重要意义的事正在发生。荷马的《奥德赛》为什么分为 24 卷——前 12 卷描述了奥德修斯从特洛伊返回伊萨卡的过程，其余各卷则是为了夺回他的王国？为什么维吉尔《埃涅阿斯纪》的安排与之如此相似？蒙德里安说："艺术家本能地在平衡中创造关系——完全的和谐就是艺术的目标。"[2]同样，我们必须小心过度简化，但"中点"这种东西的存在表明，故事倾向于对称，也许每个故事的中心都有独特的重要性。

这似乎有违直觉，但通过观察中点在其他形式的故事中的作用——在平面化的和多主角的故事中的作用——就能更为深入地探究和发现，事情是否仅仅是巧合。

平面故事中的"中点"

我们已经确定，变化是所有戏剧的根源，但同时也注意到，在平面化的故事中，主角是不会改变的。但戏剧不能没有改变，可以说戏剧**就是**改变，所以在侦探始终保持不变的世界里，是什么给戏剧的引擎提供了动力？

在《神探可伦坡》或《摩斯探长》的经典剧情中，主角寻找的是他们正在调查的犯罪背后的"真相"。当内在的主角踏上发现自己真实身份的旅程，并在这一过程中治愈自己时，完全外在的主角则了解到他们正在调查的犯罪的真实性质，并在抓住罪犯时治愈了世界。他们的内心或许不会改变——改变的是他们对某种情况的认识。

与其说是缺陷，不如说是这些人物在认知方面的不足，随着故事发展，这种不足得到了改善。在旅程开始时，摩斯对凶手一无所知——但到了最后，就了如指掌。这种改变也有一套模式。在《军情五处》（本·理查兹编剧）第三季结尾那一集[3]，我们的主人公亚当得知他的妻子菲奥娜和同事丹尼遭到了绑架。同样，我们可以将这个故事分解为传统的五幕形式。

第一幕

亚当告诉菲奥娜，"就算别人把整个世界拿来，也不会把她交换出去"。菲奥娜在与丹尼执行例行任务时，被北非恐怖分子绑架。（激发事件）

第二幕

绑匪要求英国政府立即从伊拉克撤出所有部队——首相必须在当晚的峰会上宣布这一消息。菲奥娜和丹尼拼命向他们的同事发出求救信号。最后亚当得知同事被抓，但他本人也被另一名绑匪哈提拉俘虏。

第三幕

军情五处起了疑心，开始系统搜寻他们失踪的同事。在这一集进行到一半的时候，他们设法在亚当和哈提拉身上安装了窃听器。此时军情五处知道了恐怖分子是什么人。（中点）

丹尼和菲奥娜试图逃跑，但再次被抓。丹尼为救菲奥娜而遇害，而亚当被迫在电话里惊恐地听着。

第四幕

哈提拉执意要亚当带她参加政府会议，她要亲眼看到首相宣布消息。亚当试图"策反"她，但进展缓慢，随着时间推移，他发现了更糟的事。原来恐怖分子对政府公布消息并无兴趣。哈提拉肚子里缝了一颗炸弹，她是有意欺瞒，让亚当带她去见首相。（危机）

第五幕

亚当了解到哈提拉的真正动机，说服了她，让她说出了菲奥娜的下落。在危急关头的追捕中，他扭转了局面，拯救了妻子和国家。

这个故事不仅遵循经典的结构，我们还应看到，这些人物的"认知"的变化方式符合真实世界的情形。在故事开始时，亚当一无所知；在第二幕结束时，他对自己的对手有了初步的了解；在中点处，绑匪的身份被揭露出来；在第四幕结束时，他发现他和首相都站在人体炸弹旁边。如果用图形来表示的话，就是这样：

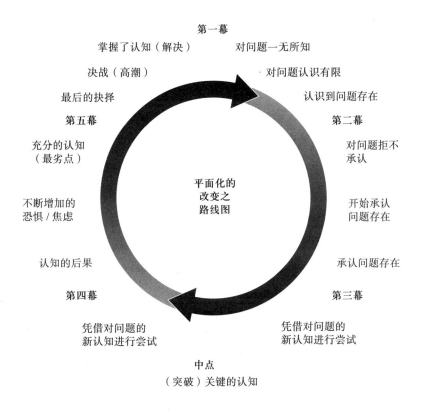

第一幕
掌握了认知（解决）　　　对问题一无所知
决战（高潮）　　　　　　　对问题认识有限
最后的抉择　　　　　　　　认识到问题存在
第五幕　　　　　　　　　　第二幕
充分的认知　　　　　　　　对问题拒不
（最劣点）　　　　　　　　承认
不断增加的　　　　　　　　开始承认
恐惧／焦虑　　　　　　　　问题存在
认知的后果　　　　　　　　承认问题存在
第四幕　　　　　　　　　　第三幕
凭借对问题的　　　　　　　凭借对问题的
新认知进行尝试　　　　　　新认知进行尝试
平面化的改变之路线图
中点
（突破）关键的认知

因此，平面故事的中点就是主人公开始真正了解敌对势力性质的那一刻——军情五处发现并确定，是谁将亚当、菲奥娜和丹尼绑架的那一刻。这就是"揭示真相的时刻"。

同样是在这一刻，詹姆斯·邦德——发现自己被俘，一束激光从他的双腿之间升起——发现了金手指的真面目[4]，而汤姆·克鲁斯发现他所在的律师事务所（《糖衣陷阱》）其实是一家不法机构。往往是在这一刻，主人公掌握了他们解决问题、完成任务的办法。它可以是他们追逐的客体（《007之俄罗斯之恋》中的莱克特解码机），也可以是追逐的主体（《007：大破天幕杀机》中哈维尔·巴登饰演的席尔瓦）。在侦探片中，它是让故事改头换面的信息，是查明罪犯身份的第一条明确的线索；而在阿加莎·克里斯蒂的作品中，它往往是谋杀本身——这里的谋杀并不像人们设想的那样，是激发事件，而是留给波洛，待他对这场谋杀首次产生怀疑的那一刻，让他大显身手的机会。[5]

这是惊悚片进行至中途的阶段——追求目标的外出旅程的结束，以及回归旅程的开始。从这一刻起，主人公的冒险变得截然不同。在平面化与立体化的电影中，都有这样意味深长的一刻。这就是揭示真相的时刻。

但其他类型的故事呢？罗伯特·奥特曼的多主角电影，或者塔伦蒂诺打破形式的《低俗小说》真的也遵循这种模式吗？

多重主角

乔治·卢卡斯的《美国风情画》讲述了四名青少年柯特、史蒂夫、"蛤蟆"和约翰在1962年一天夜里的故事。那是在J.F.肯尼迪遇刺前不久，影片似乎暗示着，美国的纯真也行将逝去。影片以卢卡斯本人长大成人的加州小镇莫德斯托为背景，叙事动力围绕着柯特突然决定不陪最好的朋友史蒂夫去东部上大学展开。在那个时代的摇滚乐的烘托下，影片既充满怀旧的情怀，又预示着行将发生的悲剧。（我们从影片富有感染力的结束语中得知）"蛤蟆"将在越南被报告失踪，而约翰将命丧酒驾司机之手。

每个人物都有自己的行动号召，每个人都被扔进了森林，这既是隐喻性的（超酷的约翰·米尔纳不得不照看一个12岁的女孩；超级注重安全的柯特发现，自己犯了一夜的罪），也是字面意义上的（"蛤蟆"和史蒂夫发现自己被遗弃在森林中，这时影片刚好进行到一半）。面对他们的对立面，每个人都以自己的方式学习和改变着，本打算留在美国小镇的柯特决定离开，去上大学，而本打算离开的史蒂夫则决定留下。

尽管这些人物被相同的时空进程捆绑在一起，但每个人都有自己的故事，每个人都有自己的激发事件、转折点、危机、高潮和解决。先是每个人物轮番演完自己的第一幕，然后影片才进入集体的第二幕——如此循环，直至影片结束。那影片的中点又是怎样的呢？那个时候，约翰正在镇上的汽车坟场与12岁的卡罗尔谈话，那不只是死亡的象征，也是片中人物不再装模作样，首次吐露真情的一刻——约翰说出了真相。一个人物的中点也有效地充当了其他所有人物的中点，从这一刻开始，四名青少年都必须以自己的方式，承认他们的真相。这是感人的一幕，出色地奠定了影片的调子。那关于我们的模型，它告诉了我们什么？

拥有多重主角似乎很复杂，因为单个故事可以通过多种方式衔接起来——通过题材（subject matter）（《为人父母》），通过地域（《餐馆》），通过人物的互动（《人生交叉点》），通过主题（theme）（《巴别塔》），或是通过所有这些的任意组合。在其最复杂的形式——群像式电视剧,《白宫风云》和《急诊室的故事》第一集都是不错的例子——中,作品似乎有一种松散、凌乱、警句式的表达方式。但仔细观察就会发现,同样的结构规则依然适用。从激发事件到解决,所有关键的故事成分都在,但每一部分都由不同的人物来承载——叙事的接力棒会随着他们各自的小片段依次播放而不断传递:激发事件会影响格林医生,中点是海瑟薇护士,高潮部分是本顿医生。就这样,片段化呈现的不同人物会聚到一起,造就出我们可以辨识的故事形态。

甚至在一部探究苏联不同地区经济政策的小说(弗朗西斯·斯普福德的《红色的繁荣》)里,你也会看到相同——但非常复杂——的原则。各个主角都有自己的故事和自己的章节,拼凑在一起,创造出一幅俄罗斯经济由形成到崛起再到毁灭的图景。看似随意的东西其实是稳固和确定的。经典的故事形态似乎无法偏离。但那些看似是在嘲弄形式的作品呢?

昆汀·塔伦蒂诺和罗杰·阿夫瑞的《低俗小说》,讲述了三个各自独立的故事。南瓜和兔宝贝抢劫了一家餐馆;文森特不得不带他老大的女友米娅出去吃饭;布奇没能放水输掉一场拳击比赛。它似乎蔑视叙事惯例,不按时间顺序排列事件,但仔细观察其结构,就会发现一些非常熟悉的东西:

序幕

兔宝贝和南瓜决定抢劫他们所在的餐厅。

第一幕

朱尔斯和文森特为他们的老大马塞勒斯执行了一场刺杀。

不太情愿的文森特透露,他被要求带马塞勒斯的妻子米娅出

去吃饭。（激发事件）

第二幕

布奇收到了打拳击比赛的钱。文森特把米娅带到了杰克兔斯利姆餐厅。他们一起跳舞，暗生情愫。

第三幕

文森特回到米娅家。米娅注射毒品过量，文森特冒着巨大的风险，将一大针肾上腺素注入她的心脏。（中点）

布奇坑了马塞勒斯，不仅没在比赛中放水，反而将对手打死。当他意识到，自己落下一块寄托了极大情感价值的手表时，他中止了自己的逃亡。回到家里，他发现文森特正在等着为马塞勒斯找回颜面，于是杀死了文森特，结果后来遇上马塞勒斯本人。

第四幕

马塞勒斯和布奇被"泽德"囚禁，泽德鸡奸了马塞勒斯，布奇目睹了这一场景。布奇救出马塞勒斯，因此重获自由，可以回到女友身边。女友问"泽德是谁"，这一问话引出了那句堪称不朽的机智回答——"泽德死了"。（危机）

第五幕

我们回到序幕中的餐厅。南瓜和兔宝贝拔出枪来，却被朱尔斯和文森特给震慑住了，原来他们也在那儿吃饭——他们奇迹般地复活，准备择日再战。

《低俗小说》重新编排了叙事的时间顺序，有意营造出一场"英雄之旅"。它在主角（主要是布奇和文森特）之间交接接力棒，通过将文森特的死亡挪到他在餐厅的对决和获胜之前，塔伦蒂诺和阿夫瑞创造出典型的行动号召、冒险、死亡和重生的结构。每个主角都有自己明确的三幕故事，但通过穿插和重新排序，编剧创造出一个整体的五幕"总体形态"——与其他故事的形态相同。其中心位置是一个标志性场景，文森特将肾上腺素注入米娅的心脏，呼应了影片所拥抱的真相——生命对死亡的胜利。当然，这与常跟死亡打交道的杀手世界截然相反，它让观众处于特殊的爽点上，这个中点恰如其分地预示着极为巧妙的大团圆结局。

因此，这种范式为平面化、立体化和多主角模式提供了骨架，无论是以类型片还是艺术片的形式呈现，每个故事的"真相"都会在中途与主角劈面相逢。

故事的形态

拿任何一部莎剧，或者我们提到的任何一部电影为例，比较一下它的第一幕和第五幕、第二幕和第四幕，以及第三幕的前后两个部分。所有部分都构成了至少彼此相似的镜像，中点的两侧反映出相反的心理状态，往程的每一点都在归程中留有镜像。现在再看一下改变范式，注意一下第一幕和第五幕也是镜像关系。这种对于对称性的渴望让人很难忽略。

在我们看过或提到过的所有故事——无论是平面化还是立体化的故事当中，都有一些数量惊人的共同要素：

- "家园"受到威胁
- 主角有某种缺陷或问题

- 主角动身出发，去寻找治疗方法或解决问题的关键
- 恰好在中途，他们找到了治疗方法或关键
- 在归途中，他们被迫面对采用这种方法的后果
- 他们面临字面意义上或隐喻层面上的死亡
- 他们重生为新人，完全掌握了治愈的能力，在此过程中，

"家园"得到了拯救

这表明，存在着一种底层结构。它非常简单：

往程—归程

这种形态常常表现为字面意义上的往程与归程，观众很容易
发现：它是俄耳甫斯与欧律狄刻的故事——沉入冥界，取回最重
要的东西，送回生者的土地。在神话中，这一形态比比皆是，从
珀尔塞福涅到伊阿宋莫不如此；它也是巴斯特·基顿冒险进入联
邦据点偷回他的火车头"将军号"的故事。人们从小就熟悉了这
种故事形态：

杰克很穷，他爬上一根豆茎，发现了巨人和下金蛋的鹅，
他带回蛋，打败了巨人，不再受穷。

一条龙抓走了公主。一个人冒险出去，杀死了龙，带回
了公主，结果发现龙并未完全死去……

对这一形态加以提炼，就会变成这样：

- 问题出现

- 主人公们踏上旅程

- 他们找到解决方案

- 他们返回

- 问题得以解决

 灰姑娘找到了她与王子的爱情，把它带回了家。汉塞尔和格蕾特在战胜女巫的过程中找到了勇气，也把它带回了家。忒修斯杀死了牛头怪，珀尔修斯杀死了戈尔贡。人们需要火……一个男人需要一个女人……一个女人在寻找爱情……在故事进行到一半时，找到了缺少的东西，这种模式一再出现。即使主人公不必在字面意义上杀死一条龙，或者从众神那里盗取火种，他们也总要离开家园，去解决他们在家园中发现的问题，然后将解决方案带回家，也即：往程—归程。

 有些故事似乎并不符合这种形态。《拯救大兵瑞恩》《现代启示录》《E. T. 外星人》《教父》的结构，都是主人公直到最后才得到他们想要的东西，而不是在影片的中途。为什么它们，还有许多其他影片，都是在往程的终点收尾？

 答案很简单，原型化的"往程—归程"结构，被埋藏在更为明显的外出旅程中。在《拯救大兵瑞恩》进行到一半的时候，这队士兵得知了瑞恩的下落，也知道继续进行下去，很可能有去无回。他们还是决定继续，因为希望和勇气占了上风。在《现代启示录》进行到一半的时候，"酋长"坚持继续执行常规任务，搜查一艘舢板。而威拉德射杀了一名无辜的乘客，否决了他的意见。在《E. T. 外星人》的中段，E. T. 往家里打了一通电话；而在《教父》中，正如我们所见，迈克尔在电影中段实施了血腥的谋杀。

所有这些事件的共同点现在应该很清楚了，我们知道，每一部电影的中点都是这样的时刻：每一位主人公初次拥抱让他们成为完整的人并完成他们的故事所需的品质。也正是他们发现关于自身的真相的时刻。在典型的剧本中，这一真相将是与他们从前的自我截然相反的一切的体现。主人公将接受这一真相，并尝试在故事的后半部分消化并理解它。

因此，在立体化的戏剧中，中点是人物了解到自己能做到何种地步的地方，而在平面化的戏剧中，得到揭示的是对手（或人物自身的困境）的真相。观众常常会在同一时间看到这两种情况。在《教父2》中，迈克尔在中点那里发现了弗雷多的背叛，并决定（不过我们是后来才知道的）除掉他。

在某种程度上，所有故事都旨在寻找它们所探讨的主题的真相。正如感知行为包括寻求被感知事物的"真相"一样，讲故事也模仿了这一过程。因此，故事的"真相"就在中点处。主角在这一节点上的行动将是克服障碍，消化真相，踏上归程——了解这一"真相"真实含义的旅程。

因此，"往程—归程"结构存在于所有的原型故事中。要么按字面意思呈现（《杰克与豆茎》），要么隐藏在故事的表层之下，作为内在变化的一部分（《E.T.外星人》和《教父》），要么体现为对信息的探查、取回和据以采取行动（《军情五处》）。

从所有故事里，应该都能找到下面这种为人熟知的故事形态的某些相似之处。

- 主人公们遇到难题

- 他们离开自己熟悉的世界

- 他们踏上旅程

- 他们找到了他们要找的东西

- 他们将它带回

- 将其取走的种种后果

- 他们克服了种种后果，解决了他们的难题[6]

我们在前文探讨过，故事中的人物往往被丢进与他们相信和代表的一切相反的世界，激发事件体现了主人公缺乏的所有特征。在我们举的每个例子里，中点似乎都包含了那种缺失品质的本质——它与主人公最初的状态相反。这就是他们寻找的"真相"，或者正如约瑟夫·坎贝尔所说，是藏在敌人洞穴里的灵药。

故事形态使个体得以找到、占有和吸收他们内心缺失的东西。在平面化的作品中，它是揭示如何抓住骗子或治愈病人的重要线索；在平面化和立体化的作品中，它都是主人公必须学习的真相的体现。小说家希拉里·曼特尔在写"进入森林"的典型旅程时，专门提到了童话故事：

> 进入森林的旅程是从出生到死亡再到重生的心灵之旅的一部分。樵夫的孩子汉塞尔和格蕾特尔熟悉森林的边缘，但不熟悉它的核心地带。白雪公主被遗弃在森林里。在森林深处，我们会遭遇什么？文明及其不满消失不见，只剩非理性和若隐若现的东西。在村子里的时候，我们人缘欠佳，搞得我们神经兮兮，但森林释放了我们彻头彻尾的疯狂。鸟儿和动物与我们交谈，亡灵也在说话。小屋透出的微弱烛光，只

是淡去的回忆。我们迷失在越发浓重的黑暗中,伸手不见五指。我们失去了对我们身体边界的所有感觉。我们融入了树木,融入了树皮和树液。我们从这绿色的血液中汲取新的活力,得以治愈。[7]

曼特尔的话远远超出了她的本意,涵括了**所有**故事的形态,即人如何通过迷失而被找到这一长盛不衰的模式。因此在某种程度上,所有的故事都是进入森林的旅程,我们去寻找我们缺失的部分,将它找回,使我们自己重归完整。讲故事就是这样,既简单又复杂。就是这样一种模式。这就是我们讲故事的**方式**。

不过我们必须更加深入地挖掘,挖掘到微观结构——讲故事的那些较小的、看似无关的方面。我们会从中发现,结构不仅是一种巧妙的、适应性强的、可以一再重复的模式,像雪花一样有着错综复杂的结构,它还是人物、对话、主题、体裁的根源:一切的根源。"剧本即结构。"《虎豹小霸王》的编剧威廉·戈德曼如是说[8],但不光剧本如此,所有的叙事都一样。通过发现如何以及为何如此,或许我们就能回答,我们**为什么**要讲故事。

　　　　　　　　　　　　　　　　　　进入故事之林

第二幕

林地，白昼

6

分形

　　艺术诞生于秩序与混乱之间的持续斗争,同时也凝缩了这场斗争。艺术寻求秩序或形式,即使是在描绘混乱的时候。这种张力在希腊雕像[1]和波洛克与纽曼的色域绘画中都能看到,在这两者之间的每一场可想到的艺术运动中都曾有所停留。这种张力产生于我们这一与生俱来的冲动——我们想将对立面调和到一起。

　　当弗里德里希·尼采在《悲剧的诞生》中宣称"艺术的不断发展要归功于阿波罗-狄奥尼索斯的二元性"时,他是在含蓄地宣称,他相信形式与内容、头脑与心灵、纪律与欲望之间的张力,是戏剧结构的组成部分。

英国编剧教父吉米·麦戈文说过："一部剧本要写两遍。第一遍，你要把你所有的激情、愤怒、能量和挫折感都倾泻出来。然后你再回过头去，用你的脑子写。"[2] 如果失去了心灵，那你最终得到的不过是一本说明书；如果失去了智力的有意塑造，那你得到的是《在路上》。有人会说，这两者也都是某种艺术，但杜鲁门·卡波特对凯鲁亚克作品著名的尖刻评价"那不是写作，那是打字"，也适用于这种极端的情形。伟大的艺术需要两者兼备。

那杰克逊·波洛克和"行动绘画"又怎么说？乍一看，波洛克的抽象表现主义似乎毫无章法，但深入挖掘之后，也会发现其中的潜在结构。波洛克的画是"分形"的——作品的微小部分模仿了整体的结构，简单的几何图案在不同的缩放比例下重复出现。不妨想象一下，你在观看一张树枝的照片：如果去掉所有关于比例或背景的知识，你就无法分辨出你看的是树枝、树杈还是树干，每个单元都在复制更小和更大的单元。

戏剧也是如此。故事由幕构成，幕由场构成，而场由更小的单位构成，称为小节。所有这些单位都由三个部分组成：就像是三幕整剧的分形版本。[3] 正如一个故事会包含一个背景、一场激发事件、一场危机、一个高潮和一个解决一样，幕和场也会如此。

三段式形式最直观的体现，就是开头、中间和结尾，背景、对抗和解决。有这么一个讲过上千次的故事：男孩遇到了女孩，男孩失去了女孩，男孩又得到了女孩——《四个婚礼和一个葬礼》《当哈利遇见莎莉》《诺丁山》都是这种类型。令人着迷的是，这种结构的微缩版本在细胞的层面上，发挥着完全相同的功能。故事就是由这种"神秘手段"塑造成形的，叙事结构在一场场、一幕幕的戏里无限重复着。

通过先观察"幕",后分析它们的先后顺序如何影响其意图,再深入到"场"的微观研究中,我们应该就能对这种分形结构是如何运作的,有一个更加清晰的认识,这样一来,我们就能揭示出,隐藏在自由而混乱的表象——其实正是艺术的奇思妙想——下面那个井然有序的世界了。

7

幕

　　《夺宝奇兵》有一套典型的故事结构,由七个明确的阶段组成。在第一幕中,印第安纳·琼斯与纳粹考古学家贝洛克的竞争已经埋下了种子。在第二幕中,他被赋予了寻找约柜的任务。在第三幕中,他与前女友玛丽昂会合,他们同意一起寻找约柜。在第四幕中,他找到了约柜,却把它输给了对手。在第五幕中,他夺回了约柜,却在第六幕中再次失去了它,更糟的是玛丽昂被绑架了。在第七幕中,他救回了约柜和玛丽昂。贝洛克被打败,印第安纳赢得了女友的爱。*

　　"进入森林"的形态显而易见,它有着清晰而典型的中点,就是在一个非常黑暗的洞穴里(这也许是巧合)找到了约柜。这个中点恰好出现在第四幕的一半处,为故事赋予了典型的对称结构,这一结构从激发事件(与贝洛克的竞争这一安排)与危机点(贝洛克从印第安纳的眼皮底下偷走了约柜和玛丽昂)的镜像关系中得以确认。每一幕都有一个清晰的、限定性的情节单元,主要围

---

* 更多详细的结构解析,见附录Ⅰ。——原注

绕着在不同地点获得、失去和重获《圣经》中的宝物构建而成。

在互联网上粗略搜索一下，就能找到五种看起来还不错的幕结构，都号称是斯皮尔伯格的大作采用的结构——每一种都截然不同。我不知道编剧劳伦斯·卡斯丹是否安排了七幕，当然，在我看到的剧本上，也没有特别标明。那我们怎么知道有这么多幕呢？答案取决于一个重要的结构问题：你如何定义一幕？

之所以能将"幕"分辨出来，是因为它模仿了整个故事形态的三段式结构。我们在前文讲过，幕被戏剧性的欲望所约束，转折点使人物转而追求新的目标。此外，分形理论决定了，每一幕都将包含故事的全部基本要素：主角、反派、激发事件、旅程、危机、高潮，偶尔还会有解决。由单一的欲望确定的一幕进行到此就会结束，无论欲望实现与否。

以卡斯丹的剧本第一幕为例：

> 1936年，考古学家印第安纳·琼斯在秘鲁的丛林里，寻找隐藏在机关重重的神庙中的黄金神像。他找到神像，走出神庙，却遇到了对手——考古学家雷内·贝洛克，后者从他那儿偷走了神像，把他留在那里等死。印第安纳乘上一架等候着的水上飞机逃走了。

故事的所有要素都在：

> 主人公——印第安纳·琼斯
> 反派——贝洛克
> 激发事件——发现神庙

欲望——夺回金像

危机——贝洛克让他大吃一惊

高潮——贝洛克偷走了神像

解决——印第安纳逃过一劫

另外还有一个中点：从机关重重的神庙里取回神像，这又是对"进入森林"的呼应。这是一个非常简单的三段式单元，完全模仿了故事整体的形态。这就是分形，较小的单元在结构中不断重复，从而建立起较大的整体——就像波洛克的画，或者就像分子和原子。

第一幕	第二幕	第三幕
转折点 1	转折点 2	

《国王的演讲》第一幕有着惊人的相似性。它有三个迥异的阶段：伯蒂在温布利做了糟糕的演讲，他的妻子寻找治疗的方法，未来的国王和罗格首次会面。它是整部电影的缩影——它有自己的激发事件（演讲）；它有自己的危机（伯蒂选择要不要去）；它有自己的高潮（与罗格的争执），还有自己清晰可辨的中点——伊丽莎白在黑暗的地下室里，寻找有可能帮助她的澳大利亚治疗师。

最后一幕也是如此——国王去罗格家请他回来，他们在威斯敏斯特教堂排练，随后国王做了令人揪心的最后一场演讲。此外，它也有一个恰到好处的中点："我有我的声音！"

因此，幕就是整体的分形构造单元。一旦弄清这一点，许多其他结构元素就会清晰浮现，因为它们是以同样的三段模式构建的。它们是什么，为什么会这样？

问与答

在三幕剧中，第一个和第二个转折点，大体上对应着激发事件和危机点，第一幕是故事的背景，最后一幕是故事的高潮。因此，激发事件和危机点是直接相关的。但经过何种方式？危机点总是体现在最初的戏剧性爆发出现时，主人公所做决定的最糟后果[1]。

在结构严谨的故事中，这个决定会不可避免地让人物直面他们最大的恐惧：这一阻碍将迫使他们面对自己潜在的缺陷。如果某个人物对承诺持谨慎态度，那么危机将迫使他们面对失去爱人的后果（《卡萨布兰卡》）；如果某个人物性格自私，他们就会面对自私可能导致失去什么的后果（《玩具总动员》）；如果某个人物胆小怯懦，他们将不得不面对怯懦可能带来的损失（《诺丁山》）。

原型就是用这种方式来运作的：场、幕层面的结构和故事情节合谋，使主人公们面对他们最黑暗的恐惧，或最薄弱的环节——在危机点来临的那一刻，迫使主人公面对它。《玩具总动员》刚开始时，胡迪很自私，害怕被抛弃，但他伪装成一名无私的领导者。然后巴斯出现了，尽管带有一定的偶然成分，但胡迪对于把巴斯推出窗外负有责任，由此促成了一场流亡之旅（进入森林），这场旅程直到胡迪必须在危机点做出选择——要不要争取其他人的合作——时才宣告结束。危机"告诉他"，如果他不改变，不变得真正无私（而不仅仅是表面如此），那他就会永远失去他的朋友。

有时，用问答的形式来思考结构问题，会更容易一些。问：麦克白决定杀死苏格兰国王的最坏后果是什么？答：他的盟友和拥护者将会集结起来向他复仇。好的结构会提供一个危机点，迫使主人公在新旧自我之间做出抉择。需要记住的是，麦克白的缺陷其实是他的谦卑（这个故事是黑暗的倒转），到最后一幕，他通过彻底陷入狂妄自大，克服了这一缺陷，他相信"妇人生的都不能"伤害到他。从谦卑的战争英雄到十足的暴君，麦克白走完了他的旅程，并且，因为这是一部悲剧，他最终死去了。

　　问答结构不仅能将多个故事联系到一起，它还出现在每一幕里。在《末路狂花》中，两名女性在没有男人陪伴的情况下，在郊外酒馆停留（小型的激发事件），最糟的结果就是其中之一会成为强奸未遂的受害者，另一个向罪犯开枪（小型的危机）。在影片的最后一幕中，炸毁别人油罐车的最糟结果，就是警察追得你无路可逃。在这两幕里，第二个转折点作为典型的危机点发挥着作用，给主人公们提供了一个典型的选择：是自首，还是逃亡？在这两幕戏里，主人公最终的选择都是逃避法律的制裁。

　　一旦理解了这种三段式结构，另外两点就变得显而易见：所有的幕都有相同的基本形态，但根据它们出现在故事中的先后顺**序**，具有不同的意义。位于故事开头的三段式形态，会转化为激发事件；在中部，它会构成中点的基础；在末尾，则会形成高潮。这就是戏剧形式的魅力——简单的结构细胞有机地融合在一起，构建出极其复杂的单元。

8

激发事件

> 科尔曼：你的任务是乘坐海军巡逻艇前往农河。在努蒙
> 巴寻找库尔茨上校的下落，追踪过去，沿途尽可能地多了解
> 情况。找到上校，不择手段地渗透进他的队伍，终止上校的
> 指挥权。
>
> 威拉德：终止？上校？……
>
> 军中文员：用造成极大伤害的方式终止。
>
> ——《现代启示录》
> 约翰·米利厄斯和弗朗西斯·科波拉编剧

在《现代启示录》中，在越战中出现炮弹休克的伤员威拉德上尉被召唤到总部，赋予一项任务：沿河而下，刺杀一名不服从军令的上校。如果说所有的故事都是一场探寻，那激发事件就像这样：邀请人物踏上旅程。它们告诉主人公："这就是你的目标。"

如果说，故事就是"从前，发生了一些事"，那激发事件就是启动这个故事的"事情"。但总是这样简单吗？

在彼得·威尔1985年的电影《证人》中，一个安曼教派的男

孩在火车站洗手间目击了一起凶杀案。警探约翰·布克（哈里森·福特饰）被指派处理此案，但他惊恐地发现，他的上司麦克菲就是凶手。当麦克菲得知他的恶行被人发现之后，试图杀死布克，布克被迫带着男孩和他的母亲逃离城市，到安曼社区避难。

编剧手册倾向于认为，激发事件就好比一场爆炸，将人物所在的世界炸得四分五裂，但如果是这样的话，《证人》的哪一部分是所谓的"行动号召"呢？

*

如前所述，第一幕以三段式的形式存在，模仿着更大的整体结构。

1.背景（包括小型激发事件）

2.对抗（冲突，以危机点告终）

3.（高潮和）解决

在《星球大战》中，莱娅公主逃离了达斯·维德的势力，她派遣机器人3PO和R2D2向外界求救。与此同时，在塔图因星球上，卢克·天行者发现生活令人沮丧——没有人拿他当回事。卢克发现了求救信号，但他什么也没做。只有当他的继父继母被残忍杀害之后，他才决心离开自己的星球，寻求复仇。

在《热情如火》中，两名乐手杰里和乔身处一家地下酒吧，遭遇警方搜查。他们手头拮据，试图借一辆车去参加另一场演出，却意外目击了情人节大屠杀*。意识到他们的生命受到威胁之后，他们决定扮成女孩，加入一支女子乐队，逃往迈阿密。

从这两部电影里，可以看出三个明确的阶段。在两部影片的第一幕里，主人公都会：

- 意识到外界不再是自己熟悉的世界。
- 他们要做出如何应对的决定，并采取一系列行动，结果引发了危机。
- 危机将迫使他们做出决定，这个决定推动着他们进入了全新的世界。

分形的故事结构立即显现出来——这一模式在《证人》中非常明显地发挥着作用。在第一幕的第一阶段结束时，布克警探接手了安曼教派男孩目击的那场凶杀案。第二阶段的高潮是揭示出原来麦克菲就是凶手。用典型的术语来说的话——如果我们想把第一幕里的某个特定时刻确定为激发事件的话，那它就是第一幕里的危机点（第二个转折点）。[1] 就像所有有效的危机点一样，它颠覆预期，是扣人心弦的悬念，是从前的事情的对立面。正是在这一刻，布克面临着抉择：要不要迈出第一步，走出自己有限的世界，走进充满新奇体验的森林。分形结构再次展现出它的神秘性。

值得注意的是，这与我们在第四章探讨过的"改变之路线图"十分一致。如果说，这种范式的第一幕是从"不曾发觉"，经由"渐

---

* 1929 年 2 月 14 日，美国芝加哥发生黑帮枪击杀人事件，造成七名帮派分子死亡，引起社会广泛关注。

渐发觉"，发展到"觉察（新世界的一切）"，那么激发事件的结构**功能**——把主角丢到一个陌生的世界——就会更加一目了然。

《末路狂花》也是如此。影片开始时，两个女人正在进行一次野营旅行。在路边的酒吧停留，是踏入陌生世界的非常明显的一步。当她们开始放松享受时，她们开始摆脱从前的自我——但这是戏剧，每一个行为都会导致一个后果。塞尔玛引起本地一个乡巴佬的注意，他粗暴地袭击了她。危机由此产生。在选择杀死他还是警告他滚开时，怒火中烧的路易丝朝他头部开了枪，她们逃离了现场。两人都被丢进一个完全陌生的世界——再次进入森林之中。

有时，激发事件并不会立刻让人看得清楚分明，因为观众并不会从一开始就知道，这个角色会经历怎样的旅程。罗伯特·雷德福的电影《普通人》讲述了少年康拉德·贾勒特因兄长死去而遭受创伤，寻求精神帮助的故事。当观众意识到这是一场治愈之旅时，这场进入森林的旅程——还有启动它的那一刻——才变得清晰可辨。是什么催生出这一旅程？第一幕的第一阶段结束时，康拉德因母亲当着他的面倒掉他的早餐而陷入新的创伤，这反过来又引出一段内省的心灵旅程，其高潮是他在闪回中回忆起哥哥的死亡。对康拉德来说，他要做出这样一个选择——是继续痛苦下去，还是寻求帮助。[2]如果说，激发事件是"**什么事**"，那这段闪回显然就是康拉德寻求帮助的动机，是最终让他找回内心安宁的"**怎样做**"。事实上，这三个部分是相互关联的——它们也应该是相互关联的——但问与答，全部结构的根源，就内在于这一幕的危机和高潮之中。

在这个公式里，激发事件给了我们两个要素。第一幕在危机点处提出一个问题：主人公会不会与从前的自己决裂？而且，如前所述，为了让故事真正启动，主人公这时就要做出如何应对的决定。那场"爆炸"以及因它而生的欲望，往往发生在第一幕，体现在危机和高潮之中。把这些要点当作"**什么事**"和"**怎样做**"来看待，或许不无帮助。危机就会变成"**什么事**"——"问题是什么"。而高潮则是"**怎样做**"——"我要这样应对"。

这个决定往往是简单而迅速地做出的。在《现代启示录》中，很明显，威拉德——通过接受对方提供的一支香烟——已经响应了他的行动号召。从三段式的角度来看，做出这一决定，往往发生在第三阶段——第一幕的高潮部分。但讲故事并不只有这一种方式。正如我们看到的，分幕结构的魅力就在于，它像音乐一样可以千变万化。最常见的一种变化——我想说，也是最常被人误解的一种变化——就是约瑟夫·坎贝尔所说的"拒绝号召"。透过五幕形式的棱镜去看，它的真实本质再次变得清晰可辨。

延缓征召

在《夺宝奇兵》中，琼斯对贝洛克的反感在第一幕就被激发出来，但在第二幕结束时，琼斯被赋予任务之前，这种反感没有宣泄的方向。我们知道琼斯在第一幕结束时就厌恶贝洛克，但这时，故事尚未成型。直到第二幕，琼斯开始寻找拉神之杖时，他们才变成对手，因为直到这时，他们才同时参与了影片的主要情节。从技术层面来说，琼斯的行为是延迟的回应——反感在第一幕就被唤醒了，但直到第二幕结尾才有了宣泄的方向。《永不妥协》也有类似的模式：第一幕围绕着埃琳拼命找工作展开，但影片真正的故事，即对化学犯罪的探讨，直到第二阶段结束时，才进入观众的关注焦点。这是一种非常流行的技巧——在BBC的《火星生活》中，它实际上是剧情安排的一部分：在第一幕里会发生一起犯罪，萨姆或吉恩会拒绝加入调查，直到进一步的转折点带给他们参与调查的动机，那会成为第二幕的结尾。

为什么会有这种长时间的拖延？"改变之路线图"阐明了其中的基本模式。在第二幕里，主人公先是"拒绝改变"，后来才"投身其中"。[3]在《末路狂花》中，塞尔玛起初不肯陪她的朋友去墨西哥。直到影片开始40分钟后，她丈夫给她打了一个屈尊俯就、厌女的电话，她才投入到旅程之中。

在立体化的戏剧里常常可以看到，主人公在第一幕结束时开始他们的旅程，但潜在的变化过程直到第二幕的转折点才会开始——如果你喜欢的话，可以称之为**暗藏**的"拒绝召唤"。在《证人》中，约翰·布克在第一幕结束时逃进了安曼社区，但又过了20分钟，他把枪交给瑞秋时，从自私走向无私的潜在旅程才真正开始。这是莎士比亚的常用手法：麦克白在第一幕结束时就有了弑君的念头，但他一直犹豫到第二幕结束。哈姆雷特父亲的亡灵在第一幕结尾要求复仇，但直到第二幕结束时，哈姆雷特才下定决心实施计划（"就用戏剧这东西"），诱骗克劳狄乌斯。在《李尔王》中，第一幕结束时，李尔离开了甘纳雷尔，但直到第二幕结束时，他才发现自己遭到两个女儿的背弃，这才开始了他走向荒原上风暴中心的真正旅程。[4]

因此，激发事件并不是编剧学问里简单的"爆发"——它们是结构的表现，是我们如何安排世事的产物。就像其他幕一样，它们由正题、反题和合题组成——是一种自身就包含了完整结构的三段式形式。如果对故事结构有疑问，拿童话故事来加以验证总有帮助——它们几乎包含了我们所讲的每个故事的基因。就以《杰克和豆茎》为例：

> 1. 父亲去世后，家中一贫如洗，杰克的母亲让他到市场上去，卖掉他们的奶牛黛西。
>
> 2. 在去市场的路上，一个神秘的陌生人引诱杰克，让他用奶牛换一些魔豆。杰克的妈妈怒不可遏，将魔豆扔出窗外。
>
> 3. 一夜之间，一根巨大的豆茎直接长到了天上。

哪一部分是激发事件？如果不得不单独强调某一个方面，那激发事件就是让人们离家，冒险进入森林的邀请，就是拒绝第一阶段的正题，采纳新世界的合题。这里就是进入森林（或爬上豆茎）的旅程开始的地方。但这些事件也不一定是"爆发"——《弗尔蒂旅馆》中没有爆发，只有不断恶化的复杂局面。好莱坞倾向于走极端，故事完全可以从巴兹尔不喜欢的一名客人出现开始讲起。不一定非得从大场面开始演起——也可以是透进阳光的第一道裂缝。[5] 按照这一思路，我们可以认为，激发事件只不过是主人公在任何故事里做出的第一个重要选择。

对激发事件的研究向我们揭示的是分形故事形态无处不在。每一幕里面都有两个转折点，后一个转折点就像一场爆发，邀请主人公进入一个陌生的世界。在第一幕里，第二个转折点被称为激发事件，如果是在倒数第二幕里，它被称为危机点。从结构上看，它们是一回事——都是摆在主人公面前的选择，它们的名称和作用随着它们在故事中的位置而改变。在任何故事的前半部分，它们引领着人物深入森林；在后半部分，它们标志着回归。

所有的危机点，就像所有的选择一样，都是进入一个不同世界的邀请。激发事件只是第一个邀请。但这种邀请不只发生在总体的故事和各个幕里，分形模式在戏剧的基本构件中——在"场"这种微观结构中——也继续存在，并且不断复制。

9

场

戏剧就是剔除了枯燥成分的生活。

——阿尔弗雷德·希区柯克

杰克·克拉布活到了 121 岁。那部讲述他从生到死的故事的影片，时长 139 分钟。就算比普通的电影更长，《小巨人》的编剧们也只有 60 多秒的时间，来讲述他生命中的每一年。[1]

当然，他们不会那样做，因为那不是编剧的工作（顺便说一下，这部电影有五名编剧，其中包括出演本片的明星达斯汀·霍夫曼和费·唐娜薇，这也许能在一定程度上解释其不合理的片长）。编剧的任务就是把他们要讲的故事提炼到一个舒适的时长，通常是 1 小时或 90 分钟，办法是有所选择地聚焦于最重要的时刻。他们会找出这些时刻，他们会提炼和浓缩，他们会雕凿和琢磨。他们会尝试以小见大——通常会呈现在一个连贯的因果链条中——具体采用何种方式，取决于故事的类型和体裁。

所有的戏剧结构都建立在改变这一底盘上。正如我们看到的，完整的改变通常被称为"戏剧弧线"。正如故事由幕构成，幕由场构成一样，这些单位中的每一个都代表着不同的改变。故事作为整体，阐释了完整的改变，幕展现了主要的改变，场展现了次要的、个别的时刻。后者——有机体的众多单个细胞——才是编剧努力的重点，因为每一个细胞都是改变的单元。正确地选择和构建这些单元，你就能创作出一部可信、刺激、感人的作品，在描绘生活的小小片段时，就能把握住其整体的本质。

但它们是如何运作的？深入探究底层，会告诉我们什么？不只有"改变"在微观层面上是如何运作的，还有它反过来会揭示出更普遍的戏剧形式是什么内容。

就像完整的故事或幕一样，场也是有内部结构的。它们从背景转入冲突再到危机，然后再到高潮和解决。场，就像幕和故事一样，有它们自己的三幕结构，并完全模仿原型故事的形态。

正如在每个故事中，主人公为追求目标而与反派战斗一样，场也复制了这种结构。《东区人》中的劳伦·布兰宁想喝酒，或者《白宫风云》中的巴特勒特总统想起床，仅有这些是不够的。戏剧要有一场接一场的冲突。如果劳伦想喝酒，那凯特必须不给她倒；如果巴特勒特总统想起床，那他的妻子必须不让他这么做。要使戏剧发生，主角必须直面一个跟他平等而相反的欲望。主角和反派的目标在每一场戏里都有直接的冲突——两者又成了对立面。

因此，主角和反派都有自己的目标，就像在一个完整的故事里一样，只有一方可以胜出。如果劳伦或巴特勒特夫人希望获胜，那她们就需要一个转折点。这些转折点写得怎么样，就像对展示部分的掌握程度一样，是衡量编剧水平的标志。它们是重要的结构工具，它们在"场"中如何发挥作用，将有助于我们理解它们在所有的戏剧——也是在所有的故事——中如何发挥作用。

　　　　　　　　　　　进入故事之林

转折点

　　每场戏都有一个转折点，原因很简单——场之所以存在，**就是因为**它们有一个转折点。所以编剧才会选中它们，来讲述他们的故事：转折点是改变的单位，是人物生活中的关键时刻。

　　下面这场戏出自托尼·乔丹编剧的《东区人》。卡特和佐伊这两姐妹一直在争吵。佐伊想去西班牙，卡特不想让她去。佐伊告诉姐姐卡特，她打算跟哈里叔叔一起移民，姐姐卡特反应激烈，不让她走。两人在印度餐馆里发生激烈争吵。在酒精的刺激下，这场争吵又在艾伯特广场上爆发了。

　　第33/60场。桥街外围

　　夜晚23：30

　　（佐伊冲出餐馆，卡特追了出来。）

　　卡特：佐伊，过来！

　　佐伊：不！我受够了，你总责备我！

　　卡特：我不是在责备你。

　　佐伊：当着所有人的面，让我丢脸。

　　（卡特在桥上追上她，"维多利亚女王"酒吧传出喧闹的声音。）

　　卡特：听我说，好吗？

　　佐伊：我要去，你阻止不了。

　　卡特：你想打赌吗？我们一起去问问爸，好吗，听听他怎么说？

　　佐伊：你为什么不让我一个人待着？

卡特：因为你不能去西班牙！

佐伊：我能去。

（佐伊大步离开，卡特一把抓住佐伊的胳膊，佐伊转身将卡特推开。）

佐伊：离我远点！

卡特：不！

佐伊：我的生活，你说了不算。

卡特：你不能去西班牙，就是这样。

佐伊：为什么不能去？

卡特：因为我说不行，可以吗？

佐伊：你说的每件事，我都必须照办，是吗？

卡特：不……但是……

佐伊：［打断道］轮不到你告诉我该怎么做，你又不是我母亲！

（佐伊再次转身，这次她大步离开。）

卡特：［在她身后大喊］我是！

（佐伊停住脚步，回望着卡特。）

画面淡出。

尽管场是任何剧本的主要组成部件，但它们可以分解成更小的单元，通常称为小节。托尼·乔丹的这场戏——其实也是所有场次的戏——是由一系列的行动和回应组成的，每一个都构成了一个独立的"小节"：

卡特：听我说，好吗？（行动）

佐伊：我要去，你阻止不了。（回应）

卡特：你想打赌吗？我们一起去问问爸，好吗，听听他怎么说？（行动）

佐伊：你为什么不让我一个人待着？（回应）

　　两个人物都在追求平等而相反的欲望目标。一个人物做（或说）了一件事，另一个人物做出回应。这一情况贯穿了整场戏，直到一个关键时刻：

卡特：你不能去西班牙，就是这样。（行动）

佐伊：为什么不能去？（回应）

卡特：因为我说不行，可以吗？（行动）

佐伊：你说的每件事，我都必须照办，是吗？（回应）

卡特：不……但是……（行动）

佐伊：[打断道] 轮不到你告诉我该怎么做，你又不是我母亲！（回应）

（佐伊再次转身，这次她大步离开）

卡特：[在她身后大喊] 我是！（出人意料的回应）

　　所有的"场"都是在行动 / 回应 / 行动 / 回应的基础上进行的，直到突然遇到一个出人意料的回应：一个人物实现了他的目标，另一个人物实现目标无望的时刻。这就是转折点的含义。

　　如果说，场是戏剧结构的缩影，那么场的转折点就对应着幕和故事中的危急时刻。像任何危机点一样，它们要求主人公做出选择。对这一选择提出的问题——"他们会怎么做？"——给出的答案，将构成下一场的背景。三幕结构在细胞层面上再次得以重现。

但为什么说，它会迫使人物做出改变呢？就因为转折点会让人物直面不做改变的后果。正如在《好人寥寥》的宏观结构中，除非丹尼尔·卡菲长大成人，否则他无法扳倒杰瑟普上校，所以在这里，卡特面临着失去佐伊的前景，除非她说出真相。卡菲在最后一幕里的危机是，要么继续做一个男孩，靠辩诉交易为他的委托人谋求轻判，要么作为男人，在法庭上与杰瑟普正面交锋。卡特在这场戏里的危机是，要么说出真相，要么继续激起她女儿的愤怒。对卡菲和卡特来说，他们在宏观和微观层面上面临的选择，都是要不要杀死旧我，重获新生。这两个人物应该走的路，一定是更难走的那一条——如果做出**正确的**选择，两个人都有更大的概率失去一切。卡菲可能会输掉官司，失去检举揭发的机会，而卡特有一个更阴暗的秘密要揭露——她不仅是佐伊的母亲，而且（就连观众也不知道）道貌岸然的哈里叔叔是一个恋童癖，多年前他强奸了卡特，成为佐伊的父亲。选择了这条更难走的路，她可能会被迫透露她最大的、最痛苦的秘密。

晚进早出

威廉·戈德曼说过："不到最后一刻，我决不进入'场'……一旦这场戏完成，我就马上离开。"[2] 多数编剧都熟悉"晚进早出"的箴言，作为一种编剧手法，它创造出巨大的叙事动力，但它也有有趣的副作用——它使场的结构更难被人发现，因为在实践中，一些要素往往是缺失的。

只要结构得当，那么每场戏里都有三样东西可以略去不提，它们往往也会被省略：背景，可以从前一场戏里承接过来；高潮和解决，都可以在后续情节中展现。其实，可以让每一场戏都仅由对抗时段组成。做得好的话，一部戏就会围绕着看似永无休止的一系列的对抗／危机展开，就像法语中的元音省略一样，将非必要的字母剔除。这就是英国电视剧《街道》的主创吉米·麦戈文不断使用的技巧，在亚伦·索金的《白宫风云》中也取得了惊人的效果。一个绝佳的例子是《在两名枪手的阴影里》第二部分[*]的第一幕。第一场戏以总统中枪的消息结束，之后就变得越来越戏剧化。

有些人将这种技巧称为"上旋"（top-spin），因为它营造出极其强大的叙事动力。每场戏都以一个问题结束——有些问题是"这是怎么回事？"，但更重要的问题是"他们要如何摆脱困境？"。通过在危机点切换场景，编剧创造出一个答案紧跟着问题，之后又有问题的序列。

这种技巧为何有效？

E. M. 福斯特说："故事只有一个优点，那就是让观众想知道，接下来会发生什么。反之，它只能有一个缺点，那就是没能让观众想知道，接下来会发生什么。"[3]通过在危机点切换场景，每场戏的结尾都需要一个解释，从而激发出观众的好奇心和期待，延迟了满足感，让观众继续看下去。惊悚小说作家李·查德将这种制造叙事动力的技艺一语道破："你在书的开头提出或暗示出一个问题，并有意识地不揭示答案。这也许会让人觉得廉价和功利，

---

[*] 《在两名枪手的阴影里》分为两部分，分别是《白宫风云》第 2 季的第 1 集和第 2 集。

但它绝对有效。"[4]这就是前文说过的探案和医疗故事的骨架。

之前我们将激发事件定义为一个问题，由危机点为之提供答案，但实际上，所有的故事都依赖于问与答的重复。查德一点儿也不功利，他只是对叙事有着透彻的理解。"晚进早出"这一技巧只是加快了这一进程的速度，迫使每一场戏在它的"最劣点"被切断。

《火星生活》的联合编剧、英国电视界最成功的编剧之一阿什利·法罗[5]，从《东区人》中学到了他的技艺。他解释了他是如何掌握该剧的写作方法的："起初我并不知道怎样写《东区人》，直到我开始想象每场戏结束时的鼓声。"法罗并未刻意点明，但他在无意中发现了一个重要的结构真相。他发现，在每一集里标示着悬念的标志性鼓声，与内在于每一场戏里的"出人意料的回应"、转折点或危机点，在本质上并无不同。悬念**就是**危机点，危机点**就是**悬念。

当卡特告诉佐伊，她就是佐伊的妈妈时，佐伊得到的"出人意料的回应"是典型的颠覆预期——不育人物的生活中的爆发，使他们的旅程偏离了方向——对于看着《神秘博士》《蝙蝠侠》（电视版）或周六上午卡通片长大的一代人来说，这是一种再熟悉不过的技巧。从本质上来讲，所有的"场"都是用小小的激发事件构建而成，它们串联在一起，组成了一个故事。每一场的危机点都是一场小小的爆发，扰乱了人物的生活，让他们设想出一个新的计划（或愿望），来解决这个问题。

因此，激发事件并不仅仅局限于戏剧开篇那一幕。它们以分形的形式，不仅出现在每一幕的结尾，还出现在每一场戏里。颠覆预期是所有原型戏剧中的一种基本设计：我们被引向一条道路，期待着某件事，但转过一个拐角之后，发现我们面对的是它的反面。这就是对"正题/反题"的实践。

　　　　　　　　　　　　　　　　进入故事之林

10

合在一起

它讲述了一个极不时髦的人如何被引入一个特权世界，从而创建了这个星球上最酷的俱乐部的故事。在此过程中，他失去了唯一的朋友，尽管得到了过于丰厚的回报，但仍然无法得到女孩的青睐。《社交网络》是亚伦·索金和大卫·芬奇虚构的故事，讲述了马克·扎克伯格在被女友甩掉之后，如何在朋友爱德华多的帮助下创建脸书的故事。这是一出现代悲剧，具有"进入森林"的结构：邀请马克进入其白人精英世界的温克尔沃斯双胞胎兄弟，代表了马克本人缺少的每一种品质。但这种结构最引人瞩目的特点之一，就是第一幕和最后一幕之间的关系非常清楚和直接。

第一幕

1. 马克被埃丽卡甩了

2. 开发 Facemash*——招募爱德华多

---

* 字面含义为"面孔迷恋"，脸书网站的前身，页面显示某人的面容，用户可选择"迷恋"（mash）或划走。

3. 温克尔沃斯双胞胎兄弟邀请马克加入他们的行列

第五幕

1. 温克尔沃斯双胞胎兄弟起诉马克
2. 开发脸书——解雇爱德华多
3. 试图与埃丽卡交"朋友"

它们互为镜像。

每一幕都是一个独立的分形单元，由相同的基本成分组成。但你把这些分形单元并排摆放在一起，就会发生一些令人激动的事，它们就像一个活的有机体，每个单元都有独特的功能，去支撑更大的整体结构。看起来，随着各个幕连接到一起，它们会呈现出一种整体的对称，每一幕都会衍生出自己特殊的功能，以帮助支撑更大的结构。虽然很少有作品能达到完美的状态，但反复修改往往能雕琢作品，使其更为清晰地再现经典的形态——让每一幕都各司其职。不过，体现在每一幕中的独特成分是什么？

第一幕

在任何第一幕中，三段式结构通常都具有清晰而明确的目的，微小的危机点为下一幕和整个故事提供催化剂。如前所见，它会与整个故事的危机点有直接和明确的关系。在《教父》中，迈克尔·柯里昂以"清白"之身参加了兄长的婚礼。他无意进入家族企业，直到他父亲遭到枪击。这一行动不仅通过提出"他将如何

　　　　　　　　　　　　进入故事之林

回应"的问题,将迈克尔带入第二幕,它还构成了整个故事的主线。迈克尔必须找出,是谁背叛了他的父亲。在第一幕的结尾,人物站在森林的边缘,即将开始他的旅程。

第二幕

在第二幕开始时,人物往往会根据他们最初的性格缺陷,来追求解决问题的短期方案。迈克尔也许意识到了一个新的世界,但他进入这个世界,只是为了保护他的父亲。第二次"激发事件"——他发现父亲遭人设局,面临进一步的暗杀——才真正改变了他。从结构上看,直到这一刻,主人公才被迫意识到,从前的局面再也无法维持下去了:塞尔玛不能再像个小女孩;丹尼尔·卡菲不能再像个小男孩;闪电麦昆不能再像个捣蛋鬼。因此,第二幕里有它自己的行动号召和危机,会迫使我们的主人公在新旧自我之间做出选择。在《教父》中,迈克尔发现,在骗过有意刺杀他父亲的刺客之后,他并不害怕,而是感到振奋。他进入了森林。

第三幕和中点

并不出人意料的是,故事的中点也是第三幕的中点,再一次地,单独的一幕展现出整个故事的形态。在两者当中,你会看到同样的模式——人物在前半部分还害怕的东西,现在他能热切地接受了。我们在前面已经看到,中点是故事的"真相"[1],是主人公必须接受的真相。

"它是主人公发自内心的英勇气概突然爆发，或者预兆性的印象涌入灵魂；是一场崇高斗争的第一大战果，或一场致命的内心冲突的开始。"[2] 古斯塔夫·弗赖塔格在《戏剧技巧》中对中点（或如他所说的"高潮"）的描述，按现代的标准看，可能有些怪异，但并未失之准确。在这个阶段，在森林的中心，人物拥抱了他们的崭新自我。获得的知识永远不会失去；他们曾经"寻找"，如今已经"找到"，再也无法回头了。迈克尔·柯里昂鼓起勇气，开枪打死了警察，然后尝试体验了这场改变所能带来的回报——他与田园牧歌般的西西里岛上的一名美女成婚。但事情永远不会那么简单：改变必将再次到来。迈克尔的新婚妻子被人谋杀了——这就是第三幕的危机点——像任何合格的危机点一样，它迫使迈克尔直面他先前的行为。他必须再次做出选择：是停下脚步，做回从前的自己，还是喝下他找到的黑暗"灵药"，在它的魔力作用下，往家走去。

第四幕

第四幕的危机点当然就是整个故事的危机点。对主人公来说，这是他们面临抉择的时刻：是拥抱改变并取胜，还是拒绝变化并失败。这是"最劣点"，是一切成空、获胜无望的时刻。空气中弥漫着字面或隐喻层面的死亡气息，这并不罕见。从《麦克白》到《玩具总动员3》，再到《海扁王》《漫长美好的星期五》《肖申克的救赎》，死亡笼罩着一切。[3] 原因还是出在结构上。

进入故事之林

面对最终的危机，结构向主人公提出一个简单的问题：你是要重蹈覆辙并死去，还是要改变和活下去？旧我（或迈克尔·柯里昂这个例子中的父亲）死去，以便新人存活。这是主人公面临的最大考验。迈克尔是否准备好了继承父亲的衣钵，用他学到的冷酷手段为父报仇？他是否有足够的力量，把他从森林中心学到的东西带回家？

第四幕的一个有趣的副产品，是《美国战队》中所说的"自白"的大量出现——就是布洛菲尔德或金手指告诉我们，他们实施计划的"方式"和"原因"，或者主人公解释其动机的那一刻。如果说戏剧是由黑暗趋向光明的旅程，那么这场讲话就可以看作最后一块拼图：在最后的"战斗"打响之前，到了这一刻，我们终于真正理解了人物的动机（如菲利普·克洛代尔的《爱你长久》）。一些编剧对自白抱有严重怀疑——原因我们将会在第 13 章谈到。

于是，唐·柯里昂死在了果园里，一份邀请函递到迈克尔手上。他是否愿意接受，如果接受，他会成为什么样的教父？

第五幕

主角通常带着明确的目标进入最后一幕：击败对手，战胜他们的心魔，赢得奖赏，回家或者得到女孩。换句话说，第五幕的"次要目标"与故事的主要——初始——目标是相同的。他们回到了出发的地方，带回了他们必须交给部落的真相——并且不见得是部落想要听到的真相。如果他们现在必须面对的反派非常典型，那么他们将是主角的缺陷的化身，使得内在和外在的斗争合而为一。主人公利用他从中点获得的知识，通过了第四幕的考验，尽管形势不利，但他们有能力打败敌人，克服自身的缺陷，并因此变得完整。迈克尔·柯里昂汲取了敌人所有的邪恶，变得比他们更像恶魔。当他的孩子接受洗礼时，迈克尔也在血泊中接受洗礼。他已经克服了他灵魂中的最后一丝善良，达成了一种黑暗的完整。

分形结构与改变

只要在故事结构中寻找对称和平衡，就会发现任何戏剧的第一幕和最后一幕之间，有着明显的关联。如果说改变范式是真实存在的，那它应该在这里有所体现。

在每一个完整的故事中，都有两个主要的转折点：一个是号召主人公采取行动，第二个是向主人公展示接受这一号召的后果。这时，这个后果应该作为阻碍出现在主人公面前，让他做出最后的选择。如果我们接受分形理论，那它决定了同样的结构也会出现在微观层面，不光第一幕是这样（我们在分析激发事件时已经看到），最后一幕同样如此。如果我们是对的，那最后一幕会呈现出同样的三段式结构，这一结构是这样的：

1. 面对最糟糕的情况，主人公摇摆不定，不确定该如何行动，直到出现新的"行动号召"。一个机会出现了，邀请他们重新致力于改变。

2. 他们做出选择，接受号召，投身于必须不懈追求合理结果的行动方案，这反过来又将他们引向……

3.最后的抉择：他们需要完成最危险、最重大的任务，来克服他们的缺陷。

这正是《教父》中的情况。在弥留之际，唐·柯里昂告诉儿子，他们当中有一个叛徒，此人会接近迈克尔，提出要做一笔交易，到时就知道谁是叛徒了。用改变之路线图里的术语来说，之后便是非常清楚的三个阶段。

再度献身——在父亲的葬礼上，家族的中坚力量泰西奥找到迈克尔，他提出要做交易的中介。他就是他们当中的叛徒。迈克尔决心采取行动。

实施——迈克尔杀死了泰西奥，然后在儿子受洗时，杀死了所有敢于质疑他的人。

掌握——他的妻子凯问他是否杀了他的姐夫。迈克尔看着她的眼睛，告诉她没有。对妻子说谎是最大的罪恶。迈克尔已经掌握了邪恶。

第五幕的第一个转折点，是出现了实现改变的机会（一个小型的"激发事件"）和／或下定了这样做的决心。

在《末路狂花》的第五幕开始时，她们知道没有逃走的可能。她们本可以自首，但她们看到了油罐车司机……

在《E.T.外星人》中，埃利奥特静静地哀悼着E.T.的死亡。这时，这个生物的心脏开始发亮……

在《舞国英雄》中，斯科特了解到，他父亲总为不曾跳出自己的舞步感到遗憾。他是想变得勇敢，还是在恐惧中度过一生？他会与蒂娜共舞，还是与他的真爱弗兰共舞？

第二个转折点是一个小型的最劣点，包含了最困难的选择。

在《末路狂花》中，两个女人被警察逼进大峡谷的角落。她们可以投降，也可以接受另一种逃避的方式……

在《E. T. 外星人》中，埃利奥特必须选择与最亲密的朋友告别。

在《舞国英雄》中，斯科特不顾一切地选择了与弗兰共舞。但插头被拔掉了，音乐停止了，他们的比赛被暂停。在斯科特的父亲，然后是弗兰的父亲和祖母，然后是全体观众的掌声中，斯科特终于学会——在没有音乐伴奏的情况下——按照自己内心的节奏去跳舞。

还可以看到，最后一幕的三段式形式，往往会反映出每一部电影第一幕的结构，几乎一模一样。

在《教父》中：

第一幕

1. 婚礼——迈克尔对凯很诚实

2. 庆贺生命

3. 父亲遭到枪击

第五幕

1. 叛徒被揭露

2. 大肆杀戮

3. 葬礼——迈克尔对凯说谎 [*]

在《末路狂花》中：

第一幕

1. 顺从父权制和社会规范

2. 被男性压制和恐吓

3. 她们逃离犯罪现场

第五幕

1. 警方找到了她们

2. 她们压制并恐吓一名男性

3. 拒绝父权制和社会规范

在《E.T.外星人》中：

第一幕

1. E.T. 被困在地球上

2. 逃避官方

3. 埃利奥特结识了 E.T.

第五幕

1. 埃利奥特的哀悼

2. 逃避官方

---

[*] 更深入的示例，见附录V。——原注

3. E. T. 回到家中

在《舞国英雄》中：

第一幕

1. 斯科特自私地跳着自己的舞步

2. 他拒绝与弗兰共舞

3. 他选择与弗兰共舞

第五幕

1. 他选择与弗兰共舞

2. 他与弗兰共舞

3. 他与弗兰一起，随着自己内心的节奏起舞

　　揭示出每一幕内部的这种小型故事结构，具有更为广泛的意义。如果你拿任何一个典型的故事，想象着从中点将它折叠起来，就会更清楚地看到，故事对对称性的渴望有多么强烈。不仅第一幕的第一部分和第五幕的最后一部分互为镜像，第四幕也是第二幕的镜像，第三幕的前后两半在中点处一分为二，也互为镜像。

　　在第二幕里，当主人公走向并拥抱承诺时，第四幕却反其道而行之，面对压倒性的困难，承诺受到了考验，随着最劣点的临近，主人公考虑起了放弃。

　　再看一下路线图：

　　不仅要注意每一部分的三段式结构，还要注意：如果你将图表一分为二（沿着中间竖直画线），其中一半与另一半绝对是相互关联的。不仅开头和结尾互为对照（不曾发觉／完全掌握），第三

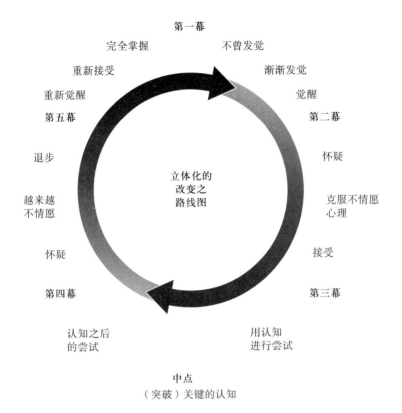

第一幕

完全掌握　　　　　　　不曾发觉

重新接受　　　　　　　　渐渐发觉

重新觉醒　　　　　　　　觉醒

第五幕　　　　　　　　**第二幕**

退步　　　　　　　　　怀疑

越来越
不情愿　　　　　　克服不情愿
　　　　　　　　　心理

怀疑　　　　　　　　接受

第四幕　　　　　　　　**第三幕**

认知之后　　　　　　用认知
的尝试　　　　　　　进行尝试

立体化的
改变之
路线图

中点
（突破）关键的认知

幕的前后两半也是如此——第二幕和第四幕变成了同一旅程的相反版本。

　　第一幕和第五幕、第二幕和第四幕，以及第三幕的前后两半都在中点附近相互呼应、相互映照。此外，在完全典型的剧本中，第二幕的危机所起的作用就像激发事件——与它的镜像，即第四幕的危机点直接相关。在故事结构中是这样，在故事的参与要素中也是这样。如果说，达里尔是《末路狂花》第二幕结尾时被塞尔玛轻视的人，那么在第四幕结束时，达里尔将在追踪塞尔玛和路易丝方面发挥重要作用；罗森克兰茨和居伦施特恩在第二幕陪同哈姆雷特，在第四幕，哈姆雷特杀死了他们。在每个层面上，都能发现相同的结构关系。在每一部剧本的前半部分，都会出现这样的问题："做出这一决定最糟糕的后果是什么？"答案会在后半部分出现："就是**这个**。"

在写《教父》的剧本时，弗朗西斯·福特·科波拉和马里奥·普佐（他在小说中采用了非常类似的结构）是否意识到了这一点？当然，多数编剧都不曾意识到。那为什么说这种对称性、这种秩序是必不可少的呢？

在看影视剧的时候，我们都知道，什么时候**感觉**是对的。如果我们感觉不对，最好的情况是我们不满意，最坏的情况是无聊透顶。这可能有许多原因，但往往是因为作品的秩序有问题。我们感到有些东西不对劲，因为它根本不符合应有的结构。有时候，这是一种有意的选择——在科恩兄弟的作品（《米勒的十字路口》《老无所依》）中，这种秩序紊乱是一种标志——但更多的时候（《绝地战警2》《野兽家园》），乏味是由形式的失败造成的。在经典的莎剧中，你会看到三段式的形态出现了五次——每一幕都有自己的正题、反题、合题。莎剧给人的**感觉**是对的。因此，并不为怪的是，就算莎士比亚没有明确何时进行幕间休息，他作品的编订者们也能确定——它们就在每个三段式单元的末尾，是自然形态和节奏的一部分。

不过——这是一个重要的告诫——伟大的作品很可能并不符合上述要求。我们一直在讨论的分形模式是理想化的模式，例外情况也不难发现。有些电影（《安德烈·卢布廖夫》《周末》《白丝带》）有意颠覆这种模式（这一话题将在后文深入讨论），但也有许多电影在结构上并不完美。有的干脆没有第三幕的后半部分，没有第四幕（《狮子王》），甚至没有第五幕。有的可能有七幕，却成为有史以来在商业成功方面排行第四的电影。毕竟，在一部剧本的中间部分，编剧想要有几幕，就可以有几幕，就像故事依赖于结构一样，结构也依赖于每个故事的要求。很少有完美符合要求的作品，不过话说回来，又有多少艺术作品是全无瑕疵的？它们的感染力有一部分就在它们的不完美之中。

还需强调的是，多数编剧很明智地不去进行这样刻意的思考，他们不会坐下来查看图表。令人着迷的是，原型结构往往是在不知不觉中产生的。我们的大脑分为左右两个半球，左边负责秩序、结构、逻辑，右边负责想象力和创造力。正如我们能使两边和谐运作时，我们的能力才能得到最好的发挥，故事本身似乎也倾向于类似的平衡。讲故事就是要将对立面融合在一起，平息内部的秩序与混乱之间的冲突。

无疑，这种事不光发生在完整的故事和它的分形小结构上。对立的关系是我们真正感受戏剧的基本方式。这就是我们接下来必须考察的，因为它是一切的关键。

第三幕

森林

11

展示和讲述

我如何在画面中表达，她对我有情绪？

我不会说："她对我有情绪。"

我会说："她用脚掌敲打着地面。"[1]

——"街道"乐队，迈克·斯金纳

大众汽车"柠檬"的单页在广告史上占有一席之地。在"二战"结束仅仅 15 年之后，多伊尔·丹恩·伯恩巴克广告公司要向美国这样一个将尺码和重要性关联起来的国家，推销一款德国迷你轿车，由此催生出营销界所称的"创意革命"。他们改写了广告的面貌，通过展示而不是讲述来做到这一点。

看看这则广告，问问你自己："我的大脑会立即尝试做些什么？"大脑会试图使图像和标语之间的关系变得合理。它也许会问："这辆车怎么会是柠檬？"不久之后，也许还会提出另外一个问题："为什么他们这样形容自己的产品？"这是一种基本的叙事技巧，它会强迫你阅读下方的文案，希望文案能把这种看起来奇奇怪怪的并置现象解释清楚。这则广告吸引了你，它促使你去完成这项工作。因此，它的结构——因为它激起冲突和对解决冲突的渴望——本质上是戏剧性的。

皮克斯的编剧兼导演安德鲁·斯坦顿是个电影迷，除了《雷恩的女儿》，他看过大卫·里恩的每一部电影。1992 年的时候，影碟光盘大为盛行，他终于能看到他的偶像的这部作品了。他说："就像云开雾散一样。"[2] 尤其是一个连续镜头——两场戏之间的一个剪辑片段——为他揭开了戏剧结构的奥秘。在第一场戏中，婚姻不幸的罗茜·雷恩试图告诉她的牧师，她在性爱方面感到沮丧，生活中应该有更多的东西。但这是在战前的、天主教氛围浓厚的爱尔兰，牧师说出了严厉的警告之词："罗茜，不要纵容你的愿望。你情不自禁地萌生了这些愿望，但不要纵容它们，否则你就会得到你想要的东西。"影片立即将画面切换到：一名高大英俊的陌生人从公共汽车上下来，在大海的映衬下，他的身影十分醒目。斯坦顿领会到了里恩想要传达的信息——"这个男人正是罗茜想要的，他会带来麻烦"。

影片并未向你**讲述**这层联系。是斯坦顿自己悟出来的，就像任何观众一样——影片向你**展示**了。由这一刻开始，他渐渐理解了戏剧结构中最基本而重要的原则之一：编剧是展示而非讲述，结构就是以这样一种方式呈现图像，让观众不得不去了解它们之间的关系。斯坦顿偶然发现了电影理论家们熟知的"库里肖夫效应"。

库里肖夫效应

20世纪初，俄罗斯导演列夫·库里肖夫拍摄了一位俄罗斯下午场的偶像明星，分别盯着一碗汤、一具棺材和一个女孩。观众们对这位演员毫不费力地唤起饥饿、悲伤和欲望的能力大加赞赏。他们不知道的是，库里肖夫每次都使用了相同的演员镜头——只是把画面剪切到了不同的对象上。[3]

库里肖夫发现，电影这种非凡的新媒介，利用了人类对世界施加秩序的需要。如果观众看到不相干的图像，他们会把它们组装进一套有意义的秩序里。这是一个真理，是所有电影"语法"的根基。

斯坦顿与《海底总动员》的联合编剧鲍勃·彼得森一起，为这种并置的潜在结构重要性创造了一个术语——"二加二的统一理论"。如他所说：

> 讲得好的故事永远不会给你四，而是给你二加二……别给观众现成的答案；要给观众一些片段，强迫他们自己总结出答案。观众潜意识里有一股为娱乐而努力的渴望。当他们

自己找到答案时，他们会得到一种刺激和愉悦的感觉。[4]

这是一个意义深远的声明，不只适用于动态影像。

> 加里·戴维斯好像在问我们，是否做好了跳舞的准备，然后敦促温布利球场的观众隆重欢迎金·怀尔德登场演出……她出现了，挥舞着一条红头巾，深深弯着腰，好让摄像机拍到乳沟。"很高兴来到这里。"她说。一两首歌之后，我们这排观众议论起了餐饮服务人员，他们正在分发啤酒和放凉的热狗，他们穿的衣服好像是马瑟韦尔球队队服的颜色。我们没有得出重要结论。[5]

1988 年，当 DJ 兼记者约翰·皮尔在温布利球场点评金·怀尔德（她为迈克尔·杰克逊做暖场演出）时，他说明了展示和讲述之间的区别。**用叙述的方式**写"金·怀尔德很无聊"比较容易。的确，在新闻业（特别是给那类小报供稿），这样写或许比较好，但它不怎么深刻，不怎么吸引人。而皮尔通过图像的并置将无聊戏剧化，通过这样做，他迫使读者参与其中。**他用模仿的方式**书写，迫使读者在金·怀尔德和餐饮服务人员之间架起桥梁，从而自行刻画出活动现场的生动画面。皮尔使用的是电影语言。

在起步阶段，电视背弃了这样的语言，而是采用了更像"舞台拱门"的方法[*]：摄像机是观众的一部分；情节是从舞台上观察到

---

[*] 古希腊和古罗马剧院中，观众坐在大拱门前观看表演。这里指将摄影机置于观众席，使观众透过固定的镜头观看台上表演。

的、与观众分隔开来。它忽视了库里肖夫和爱森斯坦（蒙太奇之父，蒙太奇其实是库里肖夫效应所致）的工作，部分原因是这些理论仍然相对晦涩，但也是因为技术还达不到，无法经济地传达快速剪辑、并置的电影语言。

虽然技术上已经发生了变化，但令人惊讶的是，仍然有很多人认为，电视剧就应该直白地拍摄。虽然美国的有线台电视剧在很大程度上已经从这种暴政中解放出来（得益于更高的预算和技术），但在编剧手册中，坚持用对白来表达故事的情况仍然屡见不鲜。同样的信念支撑着那些哀叹电视上缺乏戏剧的评论家的悲鸣，他们声称电视和戏剧是天作之合。[6] 但他们错了，电视上不存在戏剧的原因很简单——行不通。戏剧无聊、浮夸、痛苦，因为它并不是为电视这个媒介而写的。电视剧就像电影一样，依靠图像的并置来传达一种精神状态。戏剧主要是一种语言讲述的媒介，并不依赖于画面。戏剧运作的方式应该会让这一点显而易见：没有特写镜头；几乎没有时间或空间的分割；依靠自白来传达感受，而优秀的电影制作者通过对画面的操纵来营造感受。戏剧并不比电视差，也并不比电视低劣——只是它的效力仅限于现场表演[7]。

电影，然后是电视，解放了模仿，并无情地利用了模仿的潜力。在这样做的过程中，它完全改变了世界听取自身故事的方式。动态影像的发展就好比分子科学的发现，它开启了艺术的原子时代。看看下面这幅画吧，创作者是抽象表现主义的先驱之一威廉·德·库宁。

同样，在你的大脑消化它，试图整理和理解其中的形体时，不妨对自己加以监督。它们是面孔？裸体？女人？然后，当你得知这幅画的标题是《挖掘》时，问问你自己是如何重新评估和重

新整理你的想法，以呈现意义的。将不同事物融合在一起的诠释行为，在你的脑海中创造出了画面。

当马塞尔·杜尚以可疑的天才[8]，将小便池放在画廊里，并命名为《泉》时，他只是在延伸这一过程——让画廊本身成为作品的画框。《泉》的表现力来自它的环境，来自它不属于那里的事实。两个对立面被并置在一起，艺术从并置中呈现出来。这种诠释就是艺术。

这是一个可以被人滥用和混淆的过程，正如最糟糕的现代艺术所证明的那样，你当然可以把任何东西并置在一起。利用人类融合对立面的欲望，可以是有利可图的生意，但如果它是以技巧和洞察力完成的，它也可以是有意义的。当这些形态凝聚在一起，并从它们的联系中唤起真相时，观察者就会获得一种压倒性的强大体验。

出色的戏剧家是知晓这一点的，所以他们充分利用了这一点。动态影像就其本身的定义而言，无法处理我们看不到的东西。对编剧而言，有两种方法可以解决这个问题。他们的作品可以向我们讲述，也可以将复杂的情感体验转化为画面。

当然，它应该做的是后者。正如 E. M. 福斯特所说："在戏剧中，所有人的幸福和不幸，都必须而且的确是以行动的方式呈现出来，否则它的存在就不为人知。"[9]在纯粹的影视作品中，感情、反思和动机——其实是所有的内心生活——都是通过行动来表达，从而由观众从背景中推断出来。编剧根本不能写"大卫盯着火堆，在考虑是投票给工党还是保守党"，因为观众推断不出来。当然，编剧可以让大卫说："我一直在考虑怎么投票。"但如果他们写的是"大卫盯着火堆"，并且在此之前有一场戏，此人意识到，他一直肯定某个党派的理由其实并不成立，那么观众就会以模仿的方式看懂这一幕。他们不需要被**告知**，而且这场戏会更富有感染力，因为观众是自己琢磨明白的。正如艺名为"街道"的歌手迈克·斯金纳所说，你明明可以展示出她在用脚掌敲打地面，干吗还要告诉观众她在生气呢？我们看到她的脸，我们看到她的脚，自然就**知道**了。

因此，精彩的影视作品通过其结构——画面出现的顺序，来揭示故事的内容。人物要通过行为来揭示，不要对他的动机做出解释说明，人物做事，我们通过他们做的事来了解他们。只要人物有明确的目标，他们在实现目标时所选择的行为方式，就会揭示出他们是什么样的人。主角与电影本身莫名相似，当他追求自己的欲望时，就会将自己的内心、目的、本性投射到观众身上。当他停止行动时，他就不再被揭示，观众不再活跃，因此也不再关心。

观众**喜欢**工作，工作如同胶水一般，将他们粘在叙事上。在侦探片里，观众的理解冲动绝对是推动叙事的核心，不过所有的影视作品都是如此。正如《火线》的主创人员大卫·西蒙所说：

> 观众喜欢沉浸在一个新的、混乱、可能危险，而他永远不会亲身经历的世界。他喜欢看到他不懂的方言或习语。他喜欢被人相信，他能凭借自身的本领去获取信息，只凭自身的智慧来指引自己建立联系。大多数聪明人看不得电视，因为电视往往是一个居高临下的媒介，它会立即解释一切，不提供模棱两可的东西，还会使用对话，来缓和不同世界的人实际沟通交流的特殊方式。它最终要求来自不同地方的人物用跟观众相同的方式说话。当然，这很糟糕。[10]

糟糕的编剧解释，出色的编剧展示[11]。

安德鲁·斯坦顿指出，他的"2+2=?"理论——展示和讲述——不光适用于画面。

> 我想堕胎，但我和我的男朋友在怀孕方面有困难。

美国喜剧演员莎拉·西尔弗曼的这个笑话，建立在典型的颠覆预期上。不过你看看任何笑话，或任何戏剧中的任何场景——对立面的并置，语言或视觉或两者兼有，这不只是"展示而非讲述"的核心支柱，也是所有幽默和所有叙事的核心支柱。某种东西直面它的对立面，使得我们重新衡量我们对那个"东西"的看法。正如我们在本书第二幕中指出的，场的结构是正题/反题/合题的最小适用版本，每场戏的危机点都是一个激发事件的缩影。看来，这个单元——某物面对其对立面——对讲故事具有核心意义。

最高明的颠覆预期不只发生在人物身上，还发生在观众身上。在亨利-乔治·克鲁佐 20 世纪 50 年代的杰作《恶魔》中，一位外省校长的妻子和情妇合伙杀死了他。她们成功了，但尸体先是消失了，然后又回来纠缠她们。心脏脆弱的妻子受惊而死，我们得知，情妇和校长——原来校长根本没有死——一直在策划这件事。

《第六感》和《时时刻刻》也采用了完全相同的伎俩：观众被迫相信呈现给他们的事件版本，但后来才得知，关键因素跟它们表现出来的样子完全相反——在这两部电影中，主人公都死了，观众被操纵着，形成了相反的认知，直到最后的场景，才揭开真相。

这就是库里肖夫效应。在所有这些故事中，观众被告知关键的事实，然后被邀请去推断其中的联系。这是对正题/反题的强化，使得冲击变得更为强烈——这正是莎拉·西尔弗曼那个笑话的机制。这也是一种戏剧结构的核心技术，从古希腊悲剧流传至今。在《俄狄浦斯王》中，俄狄浦斯去寻找导致底比斯瘟疫的原因——结果发现就是他自己。同样的基因也在《谍影重重 3》和《人猿星球》的骨髓之中。在乔叟的《赦罪教士的故事》中，三个人计划寻找死神，却发现了一堆钱。在《罗杰疑案》中，凶手变成了故事的叙述者，而这本小说事后来看就是一封遗书。

亚里士多德在《诗学》中写到了这种效果："正在进行的行动发生了相反的变化……合乎可能性或必然性。"他还引用了林叩斯的故事来强调他的观点。这位英雄被带往刑场，后面跟着准备行刑的达纳斯，"结果由于先前的事件，达纳斯被杀，而林叩斯得救了"[12]。这又是突转（peripeteia），是命运的逆转，世界突然显示出原貌的反面。对希腊人来说，它总是与发现（anagnorisis）或"发觉"（discovery）相伴，某个人物的无知被认知所取代。亚里士多德指出（我认为他是对的），这是戏剧结构的一个基本单元——某物直面它的对立面，然后被揭示出，原来它是另一种东西。

运用突如其来的启示、最后一分钟的转折，似乎与埃里克·侯麦或英格玛·伯格曼的电影有天壤之别，而且很容易被认为是一种俗套的技巧——可能是因为它是肥皂剧情节中反复出现的主题（"你不是我母亲"——"我是"）。但《东区人》使用和发挥这种技巧是有原因的。并不是说，希腊悲剧及其悬念流传至今的直系后裔，充其量只是情节的反转。它是这样，但不仅仅是这样。

在一场戏开始的时候，人物在相当坚实的基础上建立起来，追求一个他们认为会恢复世界秩序的目标。就在他们认为自己可能有所收获的时候，发生了一些事，使他们的世界再次陷入动荡。发现自己身处一个未知的世界，人物不得不再次提出这个问题："我到底该如何脱身？"场和故事形态直接彼此呼应。颠覆预期实际上是小型的"进入森林"之旅。实际上，人物在每场戏里都会"进入森林"。

所以，"森林"就是对立面的爆发：无论体现为激发事件、幕转折点、中点、危机点还是场转折点，它都是搭建所有戏剧的基本构件。这些构件创造出了某种东西和它对立面的对峙。库里肖夫偶然发现的东西，远不止一种机智的剪辑技术：他发现了这个简单的、基本的构件，尽管从未完全领会。接下来的一切——人物、对话、多主角、主题悬置、电视结构——都是从这里开始。当两个对立面正确地并置在一起时，就会引发爆炸，故事也就活了。

第四幕

归程，夜晚

12

人物和人物塑造

外景：1979年，伦敦，一栋楼俯瞰着剑桥广场。车流从旁边悠然驶过。

室内：俯瞰车流的房间。公职机构的装饰，实用，单调。一张层压板桌子，四把椅子——桌子中间摆着一个烟灰缸。

托比·埃斯特哈斯进入会场，衣着整洁，身姿挺拔。他拿了一个文件夹，坐下的时候把它小心放下，把所有的东西都整理得井井有条。他看了看他的怀表，不耐烦地抬起头来。

罗伊·布兰德，不修边幅，粗枝大叶，嘴里叼着一支烟，退到房间里。他反复咳嗽，但没有留意埃斯特哈斯。他也坐到桌旁。

珀西·阿莱恩雷厉风行地走进来，坐到首位。他没有跟任何人打招呼。

比尔·海顿慢条斯理地走进来，不太稳当地端着一杯茶，茶托放在杯子上面。整个人没精打采。他试着用脚后跟把门带上，但没有成功。他坐了下来，漫不经心。

埃斯特哈斯起身关门。又坐了下来。没人开口。

阿莱恩给他的烟斗点火，刚一点着，就抬起头来。

阿莱恩：好了。我们这就开始。

——约翰·勒卡雷的《锅匠，裁缝，士兵，间谍》，

由阿瑟·霍普克罗夫特为 BBC1 改编，1979 年

所有伟大的戏剧都是以人物为基础的，所有长盛不衰的戏剧都是以人物为基础的，所有流行的戏剧都是以人物为基础的，所有合情合理的戏剧都是以人物为基础的。如果没有可信、富有活力、令人兴奋、活生生、引人共鸣的人物，戏剧就不会成功。但是，是什么造就了伟大的人物？结构在保证他们的成功方面，起了什么隐秘的作用？

基本原则

我们都是一样的——但我们又各不相同。每个人或多或少都有相同的基本心理构成——我们都有能力去爱、嫉妒、生育、防备、敞开心胸、报复、行善。我们都有关于父亲、母亲、孩子和爱的经验或认知，我们以不同的比例展现这些特征和影响，这种比例取决于我们的为人和职业。正如所有人看似一样，却完全不同，我们的心理构成也是如此。

每个人的着装风格不同，每个人开着不同的车或使用不同的交通工具，或者使用不同的电话，或者用不同的方式接听电话。我们都做类似的事情，但每个人都以自己独特的方式行事。如果

　　　　　　　　　　　　　　　进入故事之林

有人给我们 1000 万英镑，我们会用不同的方式花掉它。这就是性格的标准定义，不过它是一个不错的定义：每个人都以独特的方式，克服相同的障碍，并在这样做的过程中留下他们独有的印记。

这适用于**任何**障碍：我们以不同的方式冲咖啡、吃饭或开车。《锅匠，裁缝，士兵，间谍》中的人物进入房间的方式都不同。我们在面对障碍时，做出的每一个决定或行动都是一种选择，它会通过我们的行动，揭示出我们的个性。

记住，在每一场戏里，主人公都会遭遇一场小小的危机，必须就如何克服它做出选择。遇到颠覆预期的事——对他们制订好的计划是一个打击——人物必须选择新的行动方案。在这样做的过程中，他们会更多地暴露出自己的个性。我们的主人公打电话给他的女朋友，讨论周末的计划，她告诉他她要离他而去，那他也许会砸了她的车，也许会祝她好运。我们的女主人公继承了 100 万英镑，那她可能会成为吸毒者，也可能会再赚 1000 万英镑。他们的选择将说明他们的性格。在 BBC 系列剧《萨达姆家族》的开篇，萨达姆·侯赛因叫来他最好的朋友，拥抱他，然后拔出枪，朝他的头部开枪。尽管这次颠覆预期转到了观众身上，但结果是一样的，一个触目的直接动作，无须借助言语，就告诉了我们他是什么样的人。他想向伊拉克人民展示，他完全是冷酷无情的，还有什么方法比射杀他爱的人更好呢？按照他的逻辑，如果他有能力这么做，他就有能力做成任何事。但他也有能力爱护自己的家人。在这一矛盾中，蕴含着人物塑造的真相。

人物塑造

两名牛仔被困在一个峡谷的悬崖上。在他们后方，警卫团正在逼近；在他们前方，数百英尺*下面是一条湍急的河流。他们面临着严峻的选择：

布奇：见鬼！好吧，依我看，我们要么打，要么投降。要是我们投降，我们就会去坐牢。

桑丹斯：那地方我已经去过了。

布奇：但要是我们想打，他们就可以原地不动，把我们饿死，或者抢占有利位置——朝我们开枪。他们甚至可以引发山体滑坡，来攻击我们。他们还能怎么做？

桑丹斯：他们可以向我们投降，但我不指望这个。（他观察着警卫团的部署。）他们要抢占有利位置，好吧。最好做好准备。（他给自己的枪上了膛。）

布奇：基德——下次我说"我们**去**个像玻利维亚那样的地方"的时候，我们就去个像玻利维亚那样的地方。

桑丹斯：下次一定。准备好了吗？

布奇：（看着深邃的峡谷和远处的河流）不，我们要跳下去。

桑丹斯：（低头看了看之后）我们才不要呢。

布奇：不，不会有事的——只要水够深，就摔不死我们。他们永远也跟不上我们。

桑丹斯：你怎么知道？

---

* 英尺是英美制长度单位，1 英尺约合 0.3 米。

布奇：没必要的话，你会往下跳吗？

桑丹斯：有必要，可我不打算跳。

布奇：我们必须跳，不然就死定了。他们只能原路返回。来吧。

桑丹斯：只要干脆利落的一枪，我只想要这个。

布奇：来吧。

桑丹斯：哼！

布奇：我们必须跳。

桑丹斯：不！离我远点！

布奇：为什么？

桑丹斯：我想跟他们打！

布奇：他们会杀了我们！

桑丹斯：也许吧。

布奇：你想死？！

桑丹斯：（朝下方的河水挥舞着他的手枪）**你呢**？！

布奇：好。我先跳。

桑丹斯：不行。

布奇：那你先跳。

桑丹斯：我说了，不行！

布奇：你怎么了？

桑丹斯：（尴尬得要命）**我不会游泳**！

布奇：（冲着他的搭档大笑）什么？你这疯子——说不定这个**高度**就能把你摔死！

桑丹斯摇了摇头，他在考虑真跳下去躲避追兵的疯狂行径。他抓住布奇递过来的枪带，跟着他跳了下去，嘴里发出哀号。

桑丹斯：哦……该——死！

——威廉·戈德曼《虎豹小霸王》

你丈夫与人通奸。他是美国总统。如饥似渴的媒体邀请你发表意见。

你和你的弟弟正在竞争工党的领导权，你的经验要丰富得多，大家都希望你获胜。如果你输了，你会做何感想？你会对他说些什么？

我们希望被人感知到的外表与我们的真实感受之间的冲突，是所有性格的根源。桑丹斯·基德和布奇·卡西迪"是一种人格的两面。他们是同一名主人公"，编剧导师罗伯特·麦基说。他暗指的——尽管没有详尽地探讨——是内在冲突在人物塑造中的核心重要性。

你只要看看上个世纪的一些杰出人物，就能观察到人物的形象与他们的行为之间的不协调。托尼·布莱尔宣称他是社会主义者，却主持了自由市场资本主义的大规模扩张。约翰·F.肯尼迪的民主理想主义并没有延伸到他对待女性的态度上，也没有延伸到他扩大越战一事上。这并不是要谴责他们，我们所有人——所有伟大的虚构人物亦然——的核心就是冲突。史蒂夫·乔布斯，用他的传记作者的话来说，"是一个反物质主义的嬉皮士，他的一位朋友想把一些发明免费送人，而他利用这些发明赚取了钱财；他是一名禅宗信徒，曾去印度朝圣，后来认定自己的使命是创办一家企业。"[1]

无论是真实的还是想象的伟大人物，都会自觉或下意识地跟自己交战。正如法国哲学家蒙田雄辩地指出的那样："我们，不知

进入故事之林

何故，内心有些两面性，所以我们不相信我们相信的东西，并且不能摆脱我们谴责最多的东西。"正如罗纳德·里根虽然被视为"美国之友"，却在幕后过着近乎孤独的生活一样，我们在小说中也会发现同样的二元对立。从哈克贝利·芬和杰伊·盖茨比，到《广告狂人》中的唐·德雷珀和《黑道家族》中的托尼·索普拉诺，冲突是他们的活力之源。

我们所有人的内心都存在着矛盾。我们都是动物，但我们都有理性。我们都要保证自己的生存，我们还必须生活在社会中。为了让这些动物和理性的本能相互适应，我们对我们的许多感受或想说的话做了限制——它们在社交场合下根本不会被人接受。你只要看看互联网上的留言板或者匿名的博客，就会看到取消这种社交限制之后，会发生些什么：身份的缺失会让内心的动物摆脱束缚。自由主义的网站往往是最令人反感的膝跳反射式通信 * 的发源地，这并非偶然。只要快速浏览一下《卫报》的官方网站，你就会发现，自由人文主义的堡垒离骂战仅有一线之隔。剥离掉个人的身份认同，你就会看到像是秽语症动物园一样的东西。去除掉对宽容、理解的表面需要，你就会释放出潜藏于内心的无力、愤怒和暴躁这些真实感受。

没有人能够幸免。在公开场合，我们倾向于把自己当作公民道德的典范——在法国，没有人支持维希政权；在南非，没有人投票给民族主义者。当读者贝丝·德鲁斯在 2011 年 9 月给《卫报》写道："我喜欢维多利亚·贝克汉姆上周展示的第二个时装系列，但要这么说出来，心里又有点不痛快。我正常吗？"她只是说出

了我们所有人为管理别人对我们的看法所做的努力。我们更为阴暗的感受——充满于各个网站的愤怒或羞耻——很少会公然展示出来，因为多数人群会认为不可接受。不过当然，我们大多数人是有这种能力的。拉丁谚语说："我寻求并赞同较好的路线，但我会走较差的路线。"正如圣保罗在《罗马书》7：19中简明扼要地指出："故此，我所愿意的善，我反不做；我所不愿意的恶，我倒去做。"

我们隐藏我们阴暗的冲动，我们为别人可能会怎样看待我们殚精竭虑，正是这种焦虑为时尚、音乐和艺术提供了养分。资本主义以此为生，不仅利用我们求新求变的需求，还相当出色地利用了相反的需要。近年来的"内疚的快乐"现象，就是清晰而生动的例子，表明人们意识到停止耍酷，伴着 ABBA 乐队的歌曲跳舞，才是真正的解放。但酷就像新一季的流行趋势，往往是最主要的驱动力。我们为了让自己相信自己的出色，付出了极大的努力。很少有评论家在宣布他们的偏好时，不留心关注时尚，消费者也是一样。[2]

在奥利弗·斯通的《尼克松》这部时有精彩片段的影片末尾，尼克松总统盯着肯尼迪的照片，诉说着："他们看着你的时候，他们看到的是他们想要成为的样子。他们看着我的时候，他们看到的是他们真实的面貌。"一个人物是什么人和他想成为什么人之间的冲突，是现实生活带给戏剧的礼物。编剧们一直知道，当他们笔下的人物以他们自称不赞成的方式行事时，当他们撒谎时，当他们自我破坏时，还有行事与他们有意宣称和信仰的东西相反时，他们会更加有趣，写起来更令人兴奋，给人的感觉更真实。

近来最成功的两部电视剧，就是围绕着这种二元对立构建的。

《欢乐合唱团》是关于释怀、从同侪压力中解放自我、表达自己内心的。《广告狂人》则截然相反：为追求表面的完美，所有人的情感都被压抑了。这两部剧互为镜像，但它们又是同一个时代、同一个社会的产物，这多么让人着迷（也很能说明问题）。它们就像是同一部剧，只是互相颠倒。

为什么在立体化的人物内心当中，冲突必不可少？如果戏剧结构内在于人类的思维之中，这或许意味着，所有伟大的戏剧和人物塑造中呈现的悖论，可能有其心理学方面的基础。

人物塑造的心理学基础

我们是动物，因此我们的原始本能是为了生存和延续我们的血脉。我们所有人在某种程度上都被这种非比寻常的强大动力所驱动，它是如此强大，既能支配又能压制有意识的行为。我们或许并不总能意识到这些冲动，但在某种程度上，它们总是存在的。

1943 年，亚伯拉罕·马斯洛发表了《人类动机理论》，他在书中阐述了他对人类基本的原始驱动力的分析。他把它称为"需求层次"。

马斯洛并非没有批评者，但很难反驳的是，在某种程度上，这些需求能够而且的确起到了激励的作用。人总是在寻求"安全"[3]，而对食物、水、性爱、安全、自尊和自我实现的原始冲动，从根本上说，正是这种压倒一切的生存欲望的自私表现。

但具有讽刺意味的是，寻求安全，需要自觉或不自觉地压抑其他那些欲望，这样才能在群体当中生活。无节制的性欲，或对

自我实现
道德、创造力、自发性、接纳性、体验目标、意义、内在潜力

自尊
自信、成就、他人的尊重、成为独一无二的个体的需要

爱与归属感
友情、家人、亲密关系、连接感

安全和安全感
健康、工作、财产、家庭、社会稳定

生理需要
呼吸、食物、水、庇护所、衣物、睡眠

复仇的渴望，根本不符合社会依赖的共识——甚至还会危及人们寻求的安全。因此，这种欲望必须受到压制，于是在我们希望别人看待我们的方式与我们不愿意承认的更深层次的情感之间产生了冲突，这种冲突既存在于我们身上，也存在于他人身上。

这种冲突——我们我们个体求生的本能与由此引发的群体共存难题之间的矛盾——恰恰是西方所有主要心理学理论的核心。它首先由西格蒙德·弗洛伊德表达出来，然后由他的精神后裔辩论、否定、阐释或扩展。弗洛伊德认为，冲突本质上是超我（"父母"）与本我（"子女"）之间的斗争，人的理性、理智、有秩序的一面与非理性、动物、放荡的一面之间的斗争。

卡尔·荣格自己的哲学（起初他是弗洛伊德的学生）建立在

类似的二元性之上，同样的冲突也是其著作的基石。荣格认为，每一种心理力量都有其对立的力量，无论是阴和阳、女性意象和男性意象，还是最切题的人格面具（个人向世界展示的外表）和它的阴影（隐藏在外表下面的无意识冲动）。弗洛伊德和荣格的继承人，无论是埃里克·埃里克森的规范性冲突理论（给了我们身份危机）、个体心理学流派的创始人阿尔弗雷德·阿德勒（给了我们自卑情结），还是罗洛·梅（存在主义精神分析之父）——都是在这种心灵的二元性上，提出和建立他们的理论。

这些理论引人注目的地方，不在于它们的差异（差异有很多），而在于它们有多少共同点。它们不仅都表明，人类生活在一种冲突重重的、神经质的状态中，原始的欲望与社会接受的行为之间存在着冲突；而且还都默认，这些神经官能症需要被整合和克服，以便实现"幸福"。对弗洛伊德来说，这意味着将性冲动升华为适合于社会并且能为个人带来回报的工作；对荣格来说，这意味着人格面具必须直面并整合它的阴影。

当我们回想起，所有原型故事都是走向圆满的旅程——从黑暗到光明的行程——并且涉及对立面的和解，就不难发现心理学和故事理论之间的联系。在我们自己的范式中，有缺陷的、自相矛盾的英雄踏上了圆满之旅，在旅途中整合了他从别人那里学到的教训。无论是在小说中还是在心理学中，皆大欢喜的大团圆结局都涉及个人解决冲突，学习整合和平衡对立的力量。正如所有的故事都寻求从混乱中恢复秩序一样，人也在追求平息内心汹涌的冲突。或者，正如 F. 斯科特·菲茨杰拉德说的那样："对一流智慧的检验是能否在头脑中同时抱有两种对立的想法，并依然保持运作。"他也可以简单地说成"一流的人物"。哈姆雷特在谈到他

的朋友霍拉旭时说"那样的人是有福的":

> 能够把感情和理智调整得那么适当,
> 命运不能把他玩弄于股掌之间。

矛盾的重要性

> 它不是微笑,而是蒙在尖叫上面的罩子。
>
> ——朱莉·古德伊尔[*]

迈克尔·柯里昂是一个不断处于战争之中的人物——不只是与他人的战争,还有与自己的战争。他在影片中点处留下的形象——他自认为是某种人,却又在与内心截然不同的自我进行着斗争——在所有立体化的戏剧中,都是一种普遍的核心形象。在为《社交网络》创作电影原声时,特伦特·雷兹诺想要寻找一个主题,它要能把握住虚构的马克·扎克伯格的心灵。他选中了一个哀伤的钢琴主题,充满忧郁,但又用一种持续悸动的电子音乐加以衬托。[4]孤独和潜在的愤怒,这一组合准确刻画出了他的心灵。

豪斯是个厌世者,为了救人不惜一切代价;大卫·布伦特相信《办公室》里的每个人都爱他,以掩盖内心可怕的孤独感。你看得越多,就越能意识到,内在和外在自我之间的冲突,绝对是成功塑造戏剧人物的核心。[5]

---

[*] 朱莉·古德伊尔(1942—),英国女演员,出演过《加冕街》等剧集。

巴兹尔·弗尔蒂是有钱人，熟知生活中美好的事物。他是个以自己的服务能力为荣的人，厌恶工人阶级的人。他也是一个奋斗中的庸人，是妻管严，是托基市一家廉价旅馆的经理。(《弗尔蒂旅馆》)

梅因沃林上尉是军人，是成功的公众人物，是受人尊敬的典范。他也是一个有趣的人，一个被困在无望婚姻中的地方银行经理。(《老爸上战场》)

唐纳德·德雷珀是一个富有、老练的花花公子，他掌握着他看到的一切，拥有一切，但他也是一贫如洗的"穷白鬼"(white trash)，是一个失落、一无所有的人。其实，他根本就不是唐纳德·德雷珀。(《广告狂人》)

在《致命武器》《48小时》和每一部"搭档"系警匪剧中，这种矛盾就像在《虎豹小霸王》里一样，被构建成两个角色。[6]在最极端的情况下，一个角色希望被人看到的样子跟他们真实身份之间的差距，可以通过将一个角色分裂成两种身份，来进行戏剧化的表现。我们由此进入了超级英雄的领域——《超人》、《蜘蛛侠》、《美国队长》、《蝙蝠侠》(还有《无敌浩克》作为黑暗的倒转)。所有这些都是围绕着一种人格隐藏在另一种人格中的想法而构建的。

当然，这也是它们获得成功的根源——还有比这更容易引起孩子们共鸣的吗？孩子们常常感到无能和无力，父母坚持要求严格的就寝时间，还有谁能比那些看似寻常，暗地里却神通广大的人更能让他们认同？

J. K. 罗琳提炼并灌装了这一配方，以《哈利·波特》征服世界。

有趣的是，超级英雄悖论最现代的表现是《嗜血法医》，这个角色和剧集与《蝙蝠侠》最黑暗的版本莫名相似。一名连环杀手成为我们这个时代的超级英雄，或许是令人信服的。

但没有哪部剧集比《办公室》更无情地利用了我们是谁和我们想成为谁之间的差距。制作该剧十年后，里基·热尔韦反思道："把它拍成一部伪纪录片，这非常重要，要是没有这一点，它就只是一伙人无所事事。但只要你打开摄像机……它就能解释一切。"[7]摄像机允许展现人物的真实自我和他们的外在面貌，它的主题就变成了神经质、不快乐的人希望被人看到的样子。[8]热尔韦和斯蒂芬·麦钱特将悖论融入了这部过去十年内最成功的剧集的基因里。大卫·布伦特就像是千禧年的梅因沃林船长——他绝望的孤独感加强了他绝望的表现。

布伦特有一种真实感，它建立在这个简单的事实之上：无论是在虚构作品中，还是在我们身上（如果我们诚实的话），我们都是分裂的。但矛盾不仅是基础心理学理论和人物塑造共有的要素，它还是结构设计固有的组成部分。

　　　　　　　　　　　　　　　进入故事之林

13

人物和结构设计

> 关系，容易进入，很难维持。为什么这么难维持？因为谎言很难维持！因为如果你做自己，那你谁也得不到。你必须撒谎，才能得到某人。你维持自己的外表，按你的本性说话办事，那你谁也得不到。当你与某人初次见面的时候，你见到的并不是他们本人。你见到的是他们的形象代言人！
>
> ——克里斯·洛克*《更黑更暴力》（HBO，1999年）

《火线》第二季里的齐基·索博特卡，是一位备受尊敬的工会活动家的有缺陷、能力不足的儿子。由于无法赢得父亲那样的名声，他试图让自己和他人相信，他是一名一流的罪犯，以此来激励自我。但他在犯罪方面就像在生活上一样无能，他那些穷凶极恶的计划越是出错，他就越像是一个笑话。他人的嘲笑越发强化了他证明自己的欲望。他心目中的自己和他的真实自我之间的差距，造成了典型的神经官能症，由于他无法调和这两者，所以他的结局只

---

* 克里斯·洛克（1965— ），美国脱口秀演员。

能是悲剧性的。这是一个原型故事：某人必须放弃由自我驱动的目标，才能达成更令人满足的"需要"，他发现自己做不到这一点，因此受到了惩罚。不过它也告诉了我们一些有关人物塑造的内容。

脸书和"我的空间"（Myspace）是什么？不过是广告，是我们希望别人看到的样子。你在Sky+*上仍未观看的节目是什么？正是对我们或许真正想成为什么人的嘲弄性提醒。人物"**想要**"的，是他们表面上、有意识地渴望着的某物，他们认为自己需要拥有它，才能向世人展现自己，它是他们有意识地希望如何表现自我的投射。对公民凯恩来说，这欲望就是获得权力；对盖茨比来说是获得财富；对托尼·索普拉诺来说是获得"尊重"。

洛基想赢得世界冠军，闪电麦昆想赢得活塞杯，因为它们会强化他们有意识的公众形象、他们的外壳、他们的面具、他们的超我——他们想让别人看到的"性格"。他们不想输，是因为他们担心这会暴露他们的弱点、他们的软肋，即本我。具有讽刺意味的是，他们害怕的正是能使他们变得完整的部分。所以，他们恐惧的对手——他们必须克服的"怪物"——正是他们自己缺乏的东西的化身。

具有十足真实感的人物，要有一副外在的面貌。它由人物认为有益的要素构成，但正如我们发现的那样，它们实际上会给他们带来坏处。闪电麦昆乐于被人认为是高傲和冷漠的（这是他的性格），但这些正是使他陷入困境的因素。《诺丁山》中的威廉·撒克或许跟《赛车总动员》中的主人公截然不同，但他的胆怯、害

---

* 英国广播电视公司Sky推出的数字录影服务，允许用户有选择地预订、回放和录制多个电视节目，略过广告等。

羞和矜持——将他困住的外在面貌——正是妨碍他赢得安娜·斯科特的东西。正是这副外在面貌引出了问题。正因如此，《一曲相思情未了》中的杰克·贝克失去了苏西·戴蒙德，就如同迈克尔·柯里昂的同情心让他为父亲报仇一样。

相反，人物有可能认为是弱点的某些特质，如果他们当真认识到了它们的存在，就会变成带来救赎的要素。是闪电麦昆的无私和同情心拯救了他的灵魂,而（因为这是黑暗的倒转）迈克尔·柯里昂的无情确保了他的继承权。[1]因此，人物想要的和他们的外在面貌之间的关系，他们需要的和他们的内在弱点——换句话说，就是他们完整的性格——之间的关系，不可避免地与戏剧结构有所关联。

这是如何实现的呢？在《一曲相思情未了》中，杰克·贝克（杰夫·布里奇斯饰）是一个自私的、以自我为中心的混蛋，无法应付亲密关系或维持任何形式的人际关系。不过，尽管我们意识到他有很大的缺陷，但我们也清楚，他有表达爱的潜力。他照看住在楼上的小女孩，尽心照顾生病的狗，正如在影片开场时与他睡过的女人提醒他的那样，他并不是完全自私的——他有一双"妙手"。迈克尔·柯里昂或许排斥家人的暴力信条,但他向凯（黛安·基顿饰）解释他们是什么人的时候，所表现出来的坚强意志揭示出他未来自我的种子。内在的冲突从故事开始的时候就存在，它就像火绒一样，随时可以被点燃。匈牙利评论家拉约什·埃格里说:"剧作家呈现的每个人物，都必须包含其未来发展的种子。"在戏剧开始的时候，男孩必须要有潜在的恶行，在戏剧的末尾，他才会变成罪犯。

随着故事发展，**需要**取代了**想要**，帮助人物维持其外在面貌的特征，慢慢被内心"更好"的天使所改变。人物在激发事件中意识到自己的需要，在第二幕结束时拥抱了它，在中点处首次赢得胜利；所以，才会有塞尔玛在发生关系之后有所领悟的表情，以及在更黑暗的旅程中，迈克尔·柯里昂在"需要"首次战胜"想要"时，痛苦与力量兼具的表情。潜意识被挖掘出来，浮出表面，开始接手掌控局面。

在中点过后，主人公必须学会如何将如今居于主导地位的崭新自我与旧的自我融合到一起。对他们来说，换上一种全新的人格是不够的——他们必须学会如何将新的优点与旧的优点融为一体。[2]然后，在旅程接近尾声时，两方面就会达成平衡。这就是辩证法——它是正题和反题再次寻求合题的过程。如果用图示来表示，外在面貌和缺陷之间的关系看起来就像这样：

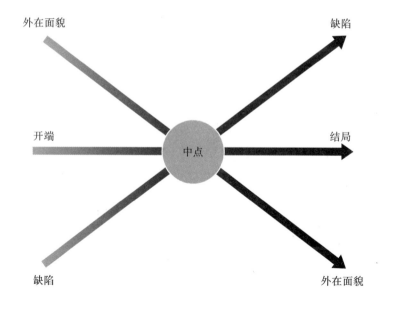

用数学来表示人物，当然是荒谬的，但为了便于说明，姑且让我们说，塞尔玛在开始旅程的时候，是 25% 的女人，75% 的小女孩。随着故事的发展，这一比例逐渐变化，最终是 75% 的女人和 25% 的小女孩。其实，这就是幕结构的辩证性质：在一个编排得当的剧本中，你可以看到人物的改变有着非常清晰的模式。如果我们承认，在中点这个地方，人物的需要首次战胜他们的欲望（其实这是对立体化的作品里中点功能的绝佳定义），那我们就能用图示的方式，将人物的变化过程描绘如下：

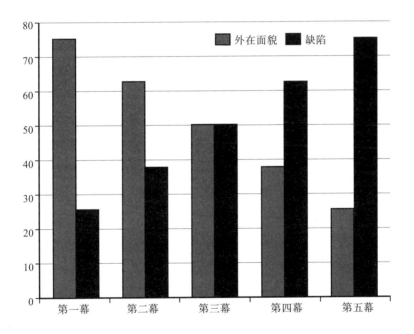

想想麦克白，想想他内心的毒素是如何一幕幕地滋长，直到将他淹没。想想《律政俏佳人》中的艾丽，这个晕头转向的傻瓜发现，自己正孕育出一个杰出的法律头脑。影片开始时，她一身粉色，发型夸张，96分钟后，她的发型无可挑剔，衣领上留有一抹粉色。当正题遇到反题，两者相互作用时，请注意观察，在每一幕中，随着内在冲突的性质（以及她的服饰）发生变化，两者是如何此消彼长的。

这是对人物塑造的一种极度简化的看法——有血有肉的人会让事情变得更为新奇复杂——但它包含着一个潜在的、意味深长的真理。这是一句老生常谈：人物和故事是一回事——故事就是人物的所作所为，因而人物想要的东西能够揭示出他们是什么样的人。我们可以看到，人物在追求目标时表现出来的特征（包括有意识和无意识的特征），与结构直接相关。在故事的不同阶段，这些特征会以不同的比例出现。看似是个人性格的随机表露，实则与某个模式密切相关，这个模式建立在对立面之间的冲突上，还追求完美的对称。

在原型结构的故事中，人物在追求目标时表现出来的品质，将破坏其达成目标的能力，而这些品质从一开始就会有无意识的对立面，倘若结局是救赎，那么这些对立面就会来救赎他们。在悲剧中，情况刚好相反。杰伊·盖茨比塑造了一个完全虚构的自我，来赢得黛西·布坎南，但将她推开的正是创造出他的幻想的那些冲动。

所以人物和结构是不可分割的，一个是另一个的表现。但如果结构真的这样模式化，这样可简化，那就会有一个直接的问题随之而来：既然所有的结构都遵循一套相同的原型，那我们如何解释无限多样的人物性格呢？

14

人物的个性化

一个阴茎短小的男人建了一栋摩天大楼，一个害怕性爱的女人当了修女，一个自我嫌恶的男人做了喜剧演员——所有这些都是我们熟悉的戏剧（如果不是夸张的传奇剧的话）套路，但每个套路都包含着一个真理。人们构建一副公开的面孔，以应对在他们内心肆虐的冲突。戏剧当中也是如此。吉米·麦戈文的《神父同志》里的神父是同性恋，《大西洋帝国》里的清教徒禁酒令执行者是个性变态。人物们做了一些表面功夫，来掩盖他们内心的恐惧——我们都是这样。

因此，人物的外在面貌是内心冲突的外在表现。但如果只是所有具备隐藏弱点的人都有着坚强的外表，那不同的人物类型将会寥寥无几。我们如何解释这个明显的悖论呢？如果构思得当，那么人物不仅符合故事的范式，也会是故事设计的有机组成部分。《证人》《搜索者》《诺丁山》的核心人物都是对亲密关系感到恐惧的人，但约翰·布克、伊桑·爱德华兹和威廉·撒克截然不同。故事结构如此模式化，想来是无法带来多种多样的人物吧？

答案相当直截了当：编剧用不同的方式，**装扮**他们笔下的角色——人物的行为怪癖、能说会道的程度、环境和背景，对人物的区分都有很大的帮助。但如果把四个具有同样的根本缺陷和内在冲突的人物捆绑在一个结构格子里，他们怎么会如此迥异呢？幸运的是，冲突会以许多不同的方式表现出来。

人们创造出一种能使他们安全的人格面具，他们努力获得他们认为能支持这种自我形象的地位和成就。从虚构作品的角度来看，他们想要得到的，是他们误以为会使他们趋于完整、平息内心冲突的欲望对象。这是一种熟悉的虚构设计：公民凯恩试图控制令他感到恐惧的世界；盖茨比想要用财富来掩盖他可怕的贫穷；托尼·索普拉诺散发着暴力的气息，来掩盖他的脆弱；唐纳德·德雷珀捏造了一个假身份，来掩盖其截然不同的为人。正如我们所看到的，这些人物的假面并没有给他们带来幸福。那他们为什么还要选择这些？关于人物的个性化，我们又会从中得到什么启示？

自我防御机制

神经症是你不知道自己正在保守的秘密。

——肯尼斯·泰南[*]

面对极端的压力，有些人物会笑，有些人物会哭，有些人物会理性思考，有些人物可能会责备他人。这是人物塑造的基石，但它也是心理学理论的核心。

---

[*] 肯尼斯·泰南（1927—1980），英国著名戏剧评论家、剧作家。

弗洛伊德认为，自我有防御机制，它是为处理内在的冲突而存在的。这些机制是因公众形象——超我——与本我或内心的愤怒之间不断斗争，而产生的神经官能症的发泄途径。他认为，当本我冲动（做爱或报复的欲望）与超我（告诉他们这是不可接受的冲动）发生冲突时，就会产生不满、焦虑和神经官能症。为了处理这些不适的感受，自我就创建了防御机制——它并不是通往幸福的长久路径，而是心理上的"应对系统"，使得个人能够在日常的基础上"凑合"过去。

肯尼斯·泰南说："神经症是你不知道自己正在保守的秘密。"我们采用许多不同类型的防御机制，来处理这些"秘密"带来的问题，西格蒙德·弗洛伊德和他的女儿安娜[1]在其开拓性的工作中，确认了许多问题的存在。它们通常被归入四个不同的类别[2]：

1. 病理性的（如妄想性投射）
2. 不成熟的（如消极攻击）
3. 神经症的（如疑病症）
4. 成熟的（如幽默／利他主义）

多数特征是人们熟知的：在朋友、同事和那些有自知之明的人身上可以看到。但在那些过着公共生活的人身上，它们也许更容易被人发现，部分原因是名声往往会激化它们的表现，部分原因是神经官能症患者更有动力去寻求名声和赞赏。就我们的意图而言，重要的是，它们在戏剧中也会有所表现，教人一望便知：

理智化——专注于非情绪化的方面（《曼哈顿》）

压抑——抵制快乐的本能（《告别有情天》）

退化——回到发育的早期阶段（《大寒》）

升华——将负面情绪转移到另一个对象上（《巧克力》）

合理化——用似是而非的道理远离创伤（《离开拉斯维加斯》）

隔离——将感受与想法和事件相分离（《搜索者》）

投射——攻击他人以弥补自己的过错（《黑道家族》）

否认——拒绝承认情感上的创伤（《罗斯玛丽的婴儿》）

移置——将内在的敌意等转移到不同的目标上（《猛龙怪客》）

反向形成——相信与自己的感受相反的东西（《撞车》）

　　简而言之，有缺陷的人物有十分广泛的选择，他们可以从中选出一种，构建出一副外在的面貌。人物对自己爱无能的情况做何反应？他们是否……

将它理智化？	责备同伴？
把它当成笑话？	离群索居地生活？
埋葬所有的欲望？	不承认有任何问题？
表现得很幼稚？	跟妓女睡觉？
建了一栋摩天大楼？	攻击他人？

　　人们尝试用各种各样的行为方式来掩饰创伤（或者在戏剧的世界里，掩盖人物的缺陷）。对亲密关系的恐惧，可以让人物戴上许多不同的面具：《搜索者》《证人》《诺丁山》的主人公截然不同，却仍是同一潜在缺陷的产物，原因就在于此。

　　从故事的角度来看，自我防御机制是人物为隐藏内心而佩戴的面具，它们是我们初次进入故事时看到的人物的组成部分，也是将会——如果原型正确无误——褪去的那一部分。[3] 如果你接受了这一点，那你渐渐就会看到，故事形态的心理学根源有多深：对于人物（以及人物代表的我们）来说，原型充当了解决神经症冲突的样板。

是什么导致了这种神经症冲突？答案揭示了一些最常见的戏剧技巧，并提出了关于展示部分的性质与重要性，以及作为整体的戏剧结构的重要问题。

神经症冲突的起源和橡皮鸭

所有立体化的人物在我们第一次见到他们时，都是有缺陷的。从心理学的角度来说，他们是神经症创伤的受害者：他们想要的和需要的不匹配；他们功能失调，而为了应对这种功能失调，他们启用了防御机制，这种做法在短时间内有所帮助，但如果持续下去，会造成深重的伤害。这种创伤往往起源于影视剧或戏剧开始之前，主人公在屏幕外遭遇的经历。

在《东区人》中，卡特被她的叔叔哈里强奸；在《沉默的羔羊》中，克拉丽斯目睹了焚烧羔羊的过程。兄弟的早逝是《与歌同行》和《灵魂歌王》的推动力——一个是在序幕中看到的，另一个是在闪回中看到的——但在最常见的表现形式中，创伤的根源至少要等故事进行到三分之二（甚至是末尾）的时候才会被揭示出来。这是拼图的最后一块，对主人公的真实面貌——还有他们为什么会是现在这样，给出了神奇的解释。

就此，电影导演西德尼·吕美特和编剧/合作者帕迪·查耶夫斯基想出了一个很妙的说法，至今无人能比。他们俩将其命名为"橡皮鸭"时刻[4]，这是他们的行话，说的是发生在人生早期的某一件事，据说能"解释"清楚此人为何是现如今这个样子。毫不奇怪，这一表达方式的意图是玩世不恭的——他们觉得，通过披露"有人在他们儿时偷走了他们的橡皮鸭"，来解释他们如今有心理变态的倾向，未免太过轻巧。但他们的玩世不恭并未阻止它成为常见的戏剧主题[5]，而且在高手那里，的确可以把它用得意蕴深长。在《末路狂花》中，路易丝曾在得克萨斯州被人强奸；在《公民凯恩》中，是凯恩与"玫瑰花蕾"的分离；在《卡萨布兰卡》中，是伊尔莎在巴黎离开里克；而在《雨人》中，是兄弟俩曾在婴儿时被拆散。

这也是所有采用"周期性"结构的电影的基石。在这些影片中，我们一开始对主人公一无所知，并且这些电影创造的改变，并不是发生在人物的内心，而是发生在对观众的缓慢披露，披露主人公究竟是什么样的人上。改变不是发生在主人公身上，而是发生在我们观众身上。无论是艺术片（《我走我路》和《红色之路》）还是主流片（《蕾切尔的婚礼》和《谍影重重3》），都是围绕着向我们彻底披露主人公是什么样的人的那一刻而构建的。当然，所有影片都是严格按照改变的范式来进行的。

大多数电影至少在第四幕结束前，不会将这一刻提前揭晓——部分原因是为了帮助创造神秘感和观众对整个故事的期待；部分原因在于，故事**正是**人物走向这一刻的旅程。故事再次与心理学理论相吻合：人物被带上一场承认和吸收他们往昔创伤的旅程。通过面对他们遭受创伤的原因，并与之达成和解，他们终于可以继续前进。

　　　　　　　　　　　　　　　　　　　进入故事之林

因此，"橡皮鸭"时刻就是人格分裂最初发生的时间，出生时的健康个体与后来成为的受损个体之间的分裂，渐渐得以发展。它就是触发心理防御机制的事件——其实就是这个时刻催生出了神经症，后来形成了人物的外在面貌。

> 凯恩被剥夺了爱，所以他创建了一个帝国。
> 路易丝因为在得克萨斯州发生的事而变得强硬、冷漠和控制欲强。
> 里克·布莱恩粗鲁而自私，因为伊尔莎在巴黎抛弃了他。

在运用得宜的情况下，"橡皮鸭"时刻可以是强有力的戏剧手段，但若是弄巧成拙，它会导致剧情过度夸张、高谈阔论和陈词滥调。（在《大白鲨》中，昆特关于鲨鱼袭击"印第安纳波利斯号"的演讲，在这两者之间画出了一条非常细微的界线。）大卫·马梅特不无嘲弄地将其称为"我的小猫之死"演讲——在一出戏里，通常在进行到四分之三的时候，编剧会用一通漂亮的自白打断情节的进行。它的开头往往是这样："我小时候，有一只小猫……"

剧作家西蒙·斯蒂芬斯注意到了同样的"剧本创作学徒喜欢写古老的家族秘闻的倾向，这些秘闻往往在戏剧进行到五分之四的时候，在酒后的忏悔之词中被揭开"。像马梅特一样，他对此也不屑一顾，称之为"戏剧惰性"[6]。奥森·威尔斯本人将"玫瑰花蕾"称为"廉价小册子版的弗洛伊德"。可以说，将主人公在银幕之外遭受的创伤揭示出来，如果能为当前的故事情节提供信息，并创造出一个积极的目标，那它就是有效的，就像在《末路狂花》中那样。为了取得引人注目的现代风格，可以把《社交网络》视为人物之间就"橡皮鸭"时刻究竟是什么的长时间争论。当它作为背景故事出现时，所起的效果就不是那么好了。但它到底应不应该存在？

马梅特执意要求编剧们加以抵制："当电影变成叙事而不是戏剧时，当它代替了观众的想象力时，观众的兴趣就会丧失……展示部分、背景故事、叙事和人物塑造这些垃圾，将读者的兴趣焊接到当前正在发生的事情上。这样做实际上是让演出停了下来。"[7]他正确地嘲笑了过度诠释的文化，这种文化充斥着糟糕的叙事，将观众推开，拒绝用足够的智慧去对待观众，拒绝让观众自己去算 2 加 2。

马梅特指出，正如 E. M. 福斯特之前也曾指出的那样[8]，我们唯一感兴趣的应该是接下来会发生什么。看过 23 部电影之后，我们对詹姆斯·邦德的背景几乎一无所知。[9]我们不需要知道——他是纯粹的剧中人，我们知道他是什么人。一个人物的背景故事越少，观众就越容易认同他们——我们就越是会感觉到，他们就跟我们一样，而不像别的什么人。我们有可能**想要**知道得更多，但正是这种**不知道**让我们能继续看下去。它使我们能够充分体验自己的旅程，并积极参与到人物追求目标的过程当中，他们的缺陷被纳入到他们的外在面貌中，他们的需求被纳入到他们的欲望中，所有戏剧的目标都得到了实现——一个丰满、复杂、立体的人物出现在我们面前。

埃尔热笔下的丁丁绝对没有明显的性格，而他周围却有异常丰富的原型库，这是有原因的——对于小孩子来说，穿上丁丁的灯笼裤，成为冒险的英雄，是多么容易啊，因为这个人物像极了他自己。大卫·芬奇在谈到罗伯特·德尼罗在《出租车司机》中的标志性角色时说："我不知道特拉维斯·比克尔是哪里人，也不知道是什么让他做出那样的事情。我不知道，我也不关心。这正是他让人信服的原因。"[10] 他的观点虽然简单，却很重要。如果一部电影能正常运作，那么主人公**就是**我们自己。我们对他们了解得越少，我们就越能——像《成为约翰·马尔科维奇》中的人物一样——钻进他们的头脑，将他们的经历变成我们自己的经历。

真正的原型剧给人一种平和的感受，故事就像暂时起效的药膏，清除了[11] 我们内心的苦恼。我们边看边疗伤，不是因为作品阐述了解决冲突的需要，而是因为它允许我们亲身演绎这一过程。安排不当的背景故事抑制了这一过程，破坏了我们感同身受的能力。这就是为什么结构完美的电影能深深地影响我们，如果人物和结构是一体的，那就无须多做解释。原型解决自身问题的深刻效果在无意识层面上带给我们的触动，远非语言所能尽述。当然，这也是为什么我们会觉得，凌乱的结构如此令人不安，而这也是正当的——因为给人带来平和的感受，并不总是每一位艺术家的目标。

15

对白和人物塑造

邦德：你希望我说话吗？

金手指：（回头看，笑）不，邦德先生。我希望你去死。

——理查德·迈巴姆与保罗·德恩《007之金手指》

每一句话语，尽管是无形的，但在某种程度上，都是对意图的表达。对白的三个最重要的功能——人物塑造、展示部分和潜台词——正如我们将要看到的那样，都是人物欲望的产物。因此，对话既是结构的产物，**也是**结构的重要组成部分。

"展示，不要讲述"长期以来一直是编剧的格言。大卫·黑尔不无矛盾地指出，"讲述，而不展示"（就是说，电影既是语言媒介，也是视觉媒介）才是更真实的方式。[1] 他说得对，但不是他认为的原因。语言的得体是很重要，可以取得令人目眩神迷的效果——对白可以成就或搞砸一部作品，但这并不意味着电影是一种语言艺术。

《爵士歌手》是第一部带有同步声音的全长电影，它在1927年问世后，改变了一切。在它上映之前，观众通过将因果关系运用到画面的并置上，来推断其意义。但随着声音的出现，极不寻常的事情发生了——同样的观众发现，在画面和对话之间，建立起了类似的关系。列夫·库里肖夫的研究是在电影史发端的时候进行的——那时电影是纯粹的视觉媒介[2]——但声音的发展的重要优点之一，是人们认识到（但从未如此清楚地阐释出来），库里肖夫效应同样适用于对白。

对白在塑造人物的外在面貌方面，起着至关重要的作用，除非他们放松警惕，否则人物会按照他们希望被人看到的样子说话。但面具有脱落的趋势，在言语的背后可以瞥见更真实的意图，这一点发生在库里肖夫效应发生的时候——当话语与行动并置的时候。如前所述，当一个人物的言行相互矛盾的时候，戏剧立刻就会变得活灵活现，因为人物言行之间的差距，会让观众活跃起来。当言行相悖并有效并置时，观众马上就会更加投入。如果对白只是讲述，这种情况就不会发生。

因此，好的对白是行为的展现，而不是对行为的解释。优秀的对白向我们展示了，这些人物是什么样的人。讲述**就是**展示——它揭示了性格。

通过对白塑造人物

把政治家接受电视采访的文本誊写下来，几乎可以肯定的是，它会充满速记和修改，因为说话者会产生新的想法，打断了旧的想法，他们会寻找合适的词句——事实上，往往也有合适的论点。将它逐字逐句地记录下来，看起来会很乱。

好的对白并不像对话——它会呈现出对话的假象，服从于人物塑造和结构的要求。对白也不是叙事，它不是用来承载故事的：对白是人物对叙事的反应——他们对阻碍他们前进的障碍做出的反应。因此，说话是另一种形式的"做"——它是用来围绕障碍物进行谈判的工具，每个词都像指纹一样，让我们可以追踪它们。正如《吸血鬼猎人巴菲》的主创与《复仇者联盟》的导演乔斯·惠登所说：

> 在你场景中的每个人，包括你的坏人身边的打手，都有一个理由。他们有自己的声音、自己的身份、自己的历史。如果任何人说话的方式只是在为下一个人的台词做铺垫，那么你就得不到对白：你得到的是声音……如果你不知道每个人是什么人，他们为什么会在那儿，他们为什么会有这样的感受，他们为什么会做出这样的事情，那你就有麻烦了。[3]

对白必须让每个人物都富有个性，为了做到这一点，它必须完全接受人物塑造的原则。好的对白既能传达一个人物**想要**被人看到的样子，又能出卖他们想要隐藏的缺陷。喜剧将这一点发挥到了极致，大卫·布伦特和阿里·G都证明了这一点，不过前者更让人熟悉，而后者是以绰号为"大狗"的说唱DJ蒂姆·韦斯特伍德为原型——他是英国圣公会主教的儿子——其真实的先例昭然若揭。

如果说一个人物做出的每一个选择，都能向我们透露一些他们的情况，那么这也包括他们潜意识的或下意识的选择。每个人物的声音都是这些不同选择的结果，有些选择也许早在故事开始之前许久就已经做出了。语法、词汇、句法，节奏、句子长度、行话或俚语——当它们以一种特殊的方式组合在一起，就能让我们了解一个人。改变其中一点，人物也会随之改变。对白不仅在于某人说了什么，他们选择如何说也很重要。每一句话都揭示出了欲望、文化、背景、世界观、地位、社会准则、性别、潜意识中的恐惧和教养——这些因素共冶于一个熔炉之中，塑造了他们。

这些选择可能是下意识的，但它们仍然是积极主动的。当一部作品陷于反思，聚焦于背景故事或过度解释，当你听到"你还记得吗？"或"这让我想起了当初……"的时候，你就会发现，这是一部有问题的作品。对白也是如此。当对白不再准确而富有个性地刻画人物在追求目标的过程中，对遇到的障碍做出的反应时，它就失败了。对白应该是人物**在行动中**的体现。

16

展示部分

"祝你结婚快乐，姐姐。"[1]

外景：威斯敏斯特大教堂的台阶

男子甲：站在那儿的不是摄政王吗？维多利亚女王的独生子、王位继承人，据说还与妓女有染？

男子乙：是的。

在公元前 5 世纪，"男子甲"的台词会被写进"开场白"。开场白被认为是欧里庇得斯的发明，往往以神的形式出现。前面这段开场白，以人的形式向观众传达有关背景、生平、人物、情节和动机的所有信息，以便读者跟进故事的发展。用现代的说法来说，开场白就是旁白。

如果男子甲是旁白，那我们这段电视剧对白就没有什么问题。但随着戏剧以及之后的电影和电视越来越强调现实主义，某个人物处于剧情之外的想法开始显得不大正常。虽然莎士比亚曾尝试让不同的路人经过，对情节进行评论（《亨利八世》里的三位绅士），但到了维多利亚时代，开场白的角色已经交给了两名说雇主闲话的女仆——这种刺探行径被人亲切地称为"擦桌子"技巧[2]。当人们采用灵活的手法和高超的技巧，在不让观众察觉的情况下，戏剧性地——因此也是偷偷摸摸地——呈现出观众需要的所有信息时，前面那种手法就过时了。

特伦斯·拉蒂根在某种程度上可以说是当代现实主义展示部分的第一位真正的大师。《温斯洛少年》就是一个无与伦比的例子——盗窃、审判和国家级丑闻，都在通过对话和描述来呈现的情节中天衣无缝地传达出来，而没有离开过客厅。这样的技法颇为罕见，对它的掌握是衡量才能的重要标志之一——拙劣的展示部分最容易暴露编剧水平。

它为什么这么难呢？要将展示部分呈现出来是件尴尬的事，因为在现实生活中，很少会发生这种事。展示部分毕竟是在**讲述**，而戏剧重在**展示**——形式和功能从根本上就不一致。它是最容易写坏的部分，也是最难写好的部分，因此它是讥讽者的头号靶子。

> 内景：霍尔比病房，白天
>
> 私人房间的门被猛地推开。米基的目光从她的病人朱莉亚那里向上移，她皱起了眉头。威尔和马布斯走了进来，有任务。
>
> 米基：我还以为康妮要来？
>
> 威尔：呃，没错。这次不行。看来你是被我缠上了。
>
> （鲍勃从他们身后蹿了进来，他紧张、焦急，向着他的妻子朱莉亚走去，朱莉亚待在床上。）

鲍勃：朱莉娅，怎么了？（对威尔）你说过有可能发生这种事。她的心脏不行了吗？

朱莉娅：没有人不行，我只是晕倒了。

鲍勃：是她的瓣膜出了问题，对吗？胎儿给她的心脏带来了太多的压力，就像你说的那样。

威尔：回声的确显示，从你上次看望之后，情况有所恶化。但朱莉娅这次昏倒，是因为她的心脏给大脑输送的血液不够多。

朱莉娅：胎儿没事，是吗？

马布斯：我们会做一次超声检查来确保。（对米奇说）你给朱莉娅开始输液好吗？

朱莉娅：（讥笑，冲着威尔）我想，你还是认为我应该把它打掉？

威尔：我们可以在你生完孩子之后修复瓣膜。但你要了解你带病足月生产的风险。

朱莉娅：有百分之五十的概率我挺不过去？（沮丧）我愿意听天由命。

马布斯：她的药物治疗情况如何？

威尔：（检查笔记）看起来疗效不错。以你的情况，我原以为血压会很**高**。其实你的血压很低。

鲍勃：这是好事，不是吗？你说过，高血压意味着她可能会中风。

（威尔点点头，清了清嗓子。）

威尔：是的，不过……这非常低。让朱莉娅有心跳骤停的危险。（他突然有了一个想法）你确实按我们说的那样，改用了钙通道阻滞剂？

　　朱莉娅:是的。你说血管紧张素转化酶抑制剂会伤害婴儿。

　　威尔:你没有超剂量使用吧?

　　朱莉娅:我又不是白痴!

　　米基:我相信柯蒂斯先生没有暗示这个意思。

　　这是 2005 年的《霍尔比市》,我想它也许更容易让人想起维多利亚·伍德的讽刺剧《橡果古董店》。早期,英国的电视连续剧(我怀疑是全世界的)有一种倾向,认为观众不是很聪明。编剧被迫积极地解释一切,并被告知,观众只有在对情节要点、人物动机和写作技巧绝对了解的情况下,才会继续看下去。当然,结果就是,大部分剧情寡淡无味。[3]

　　多数戏剧性的虚构作品都有合理性的要求——人物不能说他们在现实生活中不会说的话。但人物也要为观众提供必要的信息。正如编剧必须解决结构要求和"现实"之间的冲突一样,他们在对白方面也面临着同样的困境。他们怎样解决这个难题?他们怎样避免让对白听起来像一集(从前的)《霍尔比市》?答案还是要接受戏剧结构的原则。

　　从根本上说,有两种类型的展示部分。

　　1.传达观众和人物都不知道的信息

　　2.传达所有人物**都**知道,但观众需要了解的信息

传达其他人物不知道的信息

医生和警察在我们的戏剧领域占据了许多位置，不只是因为我们对生死攸关的问题感兴趣；他们的价值同样在于他们能够引出重要的情节信息。《东区人》以 1985 年的雷格·考克斯谋杀案开场，这有着合情合理的戏剧方面的原因：它不仅提供了一个出色的悬念，还让观众通过警察的审讯进入剧情。正因如此，大多数新剧集也会有一个纯真少女的角色，无论是《急诊室》中的卡特、《老友记》中的瑞秋、《火星生活》中的萨姆，还是《急诊室的故事》（英版）中的任何一名一年级学生。他们提出的问题，引出了观众需要知道的答案。游客和学生、陌生人和权威人士，都发挥着同样的作用——他们提出了戏剧性的需求，要求将事实解释清楚——再说一次，他们就是我们。

传达其他人物都知道的信息

当编剧要传达所有人物都知道但观众不知道的信息时，生活就会变得相当复杂。比如说，妻子为什么要告诉丈夫，他得了一种可能致命的疾病，而这是他们都知道的事？没有经验的编剧可能会这样写："听着，你知道你得了……"或者："你听到医生说的了，这是……"更好的编剧可能会用"你是彻头彻尾的白痴吗？"然后再重复这一点。

为什么这样能行得通？通过将绝望引入等式，通过显示某些情况十分重要，需要再次重复，一个**理由**就形成了。（"看在上帝

的分上，去看医生吧——这是**癌症**"）在有理由的地方，也就有了
人物的欲望。

所有的展示部分，就像所有的对白一样，都是由这种欲望所
驱动的。事实上，糟糕的展示部分很容易被人分辨出来，因为为
所有戏剧提供动力的那份需求并不存在。

传达**极少数**人物知道的信息，可以把理由清楚地摆出来。而
所有人物都知道的事，就成了**隐晦的**背景信息——换句话说，要
把它**展示**出来才行。但仅有理由，往往是不够的。

所有写得好的展示部分，都是通过加入冲突，将它变得富有
戏剧性来进行伪装的。在故事结构中，欲望应该总是遭到相反的
欲望的抵制，而这反过来又创造了戏剧需要的冲突。本章开头在
威斯敏斯特教堂台阶上的场景，显示了没有冲突的展示部分是什
么样的。但只要你加入彼此冲突的目标，这个场景自然就会变得
生动起来：

> 外景：威斯敏斯特大教堂的台阶
> 摄政王离开大教堂。
> 男子甲：一个优秀的人。
> 男子乙：算不上吧。他是他母亲的耻辱。
> 男子甲：你敢玷污女王的名声？
> 男子乙：如果维多利亚知道，她的摄政王是妓女们的长
> 期主顾，她对他的评价不会比我更高。

当展示部分是人物用来实现愿望的工具时，它就能很好地发
挥作用。如果这个愿望遭到反对，冲突就会产生，展示部分就会

变得隐而不显。冲突越激烈，展示部分就越是不容易被人察觉。如果从事调查的警察与罪犯交谈，或者医生不喜欢说出坏消息——如果转达信息会带来冲击，那展示部分自然就会变得更有趣。

在《心脏停搏》的第一集，编剧杰德·默丘里奥（他用的是笔名约翰·麦丘尔）让一个惊恐的初级医生向死者家属披露患者死亡的消息，场面令人痛苦不安。

> 柯林医生进入家属的房间。格雷夫人和她的朋友坐在窗边，急切地等待着消息。
>
> 柯林医生：格雷夫人。
>
> 格雷夫人：你看起来很累，医生……你为什么不坐下来？
>
> 柯林医生：哦，不，请……呃，我很好，谢谢……呃，我想，呃……你知道，艾伯特不是一个健康的人。他患有继发性间皮瘤……他有这种……这种肺癌……因为他接触过石棉……确切地说，是因为他接触了……石棉……你知道，你永远无法确定……昨天百分之百……他不是个健康的人……呃，我们给他注射……氧气……雾化器，而我……我们为他做了力所能及的一切……最后，我们无能为力了……实际上，要是你有什么想问我……呃。
>
> 格雷夫人：艾伯特现在怎么样了？情况很糟吗？你是想这样说吗？

情感的冲击使展示部分变得不易发现。[4]正如默丘里奥本人所说，如果你用"情感覆盖"来掩饰展示部分，它就会变得难以察觉。[5]如果男子甲是艾伯特最好的朋友或秘密情人，那有关艾伯特亲王的信息就会有更大的冲击力。再说一遍，好的对白是在对立的熔炉中锻造出来的。

《现代启示录》融合了所有这些技巧。在第一幕里，威拉德上尉被叫到他的指挥官们面前，很快就可以看出，这些指挥官也在玩弄以己度人的肮脏伎俩。在精彩而巧妙的一场戏里，我们了解了剧中所有主要人物的一切——不仅是有关他们的关键事实，还有他们的行为方式，以及他们的个人标准和他们是什么样的人。不妨注意，约翰·米利厄斯和弗朗西斯·福特·科波拉是怎样将潜台词、欲望、冲突和深层次的个人因素融入到影片中，以传达理解影片所需的几乎全部事实。

内景：简报室

卢卡斯上校：进来吧……稍息。想抽烟吗？

威拉德：不抽，谢谢，长官。

卢卡斯：上尉，你以前见过这位先生吗？见过将军或我吗？

威拉德：没有，长官。私下里没有。

卢卡斯：你经常单独行动，是吗？

威拉德：是的，长官。

卢卡斯：你的报告特别提到了通讯安全I军团的情报、反间谍工作。

威拉德：（不自在）我现在不想谈论这些行动，长官。

卢卡斯：你不是在I军团为中情局工作吗？

威拉德：不是，长官。

卢卡斯：你没有在1968年6月19日，在广治省暗杀一名政府的征税员，上尉？

威拉德:(意识到自己在接受测试)长官,我不知道有任何类似的事件或行动——如果真有,我也不想谈论这样的行动,长官。

科曼将军:(他已经通过了测试)我想我们在谈话时,可以吃点午餐。但愿你有好胃口。你的手不好,是受伤了吗?

威拉德:休假时钓鱼,出了点事故,先生。

科尔曼:休假时钓鱼……你现在感觉良好,准备好执行任务了吗?

威拉德:是的,将军。准备好了,长官。

科尔曼:我们看看这里有什么……烤牛肉和……通常还不错。尝一些,杰里,把它传过去。两边一起传,节省一点时间。上尉,我不知道你对这只虾有何感想,但要是你愿意吃,就证明你胆识过人……我在这边来一块……

卢卡斯:上尉,你听说过沃尔特·E.库尔茨上校吗?

威拉德:是的,长官,我听说过这个名字。

卢卡斯:第五特种部队的作战指挥官。

科尔曼:卢克,请给上尉播放那盘磁带。仔细听好。

(磁带上):10月9日4时30分,PBK战区。

卢卡斯:这是在柬埔寨监听到的。已经证实,这是库尔茨上校的声音。

库尔茨上校:(磁带上)我看着一只蜗牛在折叠式剃刀的边缘爬行。那是我的梦想。那是我的噩梦。沿着折叠式剃刀的边缘爬行,滑行,并且存活下来。

(磁带上):12月30日5时整,第11次播送,KZK战区。

库尔茨:(磁带上)我们必须杀死他们。我们必须烧死他们。一头又一头猪，一头又一头牛，一个又一个村庄，一支又一支部队。他们说我是刺客。刺客谴责别人是刺客，这算怎么回事？他们撒谎……他们撒谎，我们还必须对那些撒谎的人手下留情。那些大人物。我恨他们。我多么恨他们啊……

科尔曼：沃尔特·库尔茨是我国有史以来最出色的军官之一。他在各方面都很杰出，而且他也是一个好人。他是一个人道主义者，一个有智慧、有幽默感的人。他加入了特种部队。从那以后，他的想法、方法都变得不合情理……不合情理。

卢卡斯：现在他带着他的越中山民军越境进入柬埔寨，他们把他奉若神明，遵守他的每一项命令，无论多么荒谬。

科尔曼：嗯，我还有一些惊人的消息要告诉你。库尔茨上校即将因谋杀罪被捕。

威拉德：我不明白，长官。谋杀了谁？

卢卡斯：库尔茨曾下令处决一些越南情报人员。他认为这些人是双面间谍。所以他就自行做出了决定。

科尔曼：嗯，你看，威拉德……在这场战争中，那里的情况是非难辨，权力、理想、古老的道德和实际的军事需要。在那边，跟那些土著待在一起，被奉若神明，肯定很诱人。因为在每个人的心中，都存在着理性与非理性、善与恶之间的冲突。善并不总能获胜。有时候，黑暗面会战胜林肯所说的、我们本性中更好的天使。每个人都有一个崩溃的临界点。你和我都有。沃尔特·库尔茨已经达到了他的临界点。而且很明显，他已经疯了。

威拉德：（显然不确定）是的，长官，非常严重，长官。

显然疯了。

科尔曼：你的任务是乘坐海军巡逻艇前往农河。在努蒙巴寻找库尔茨上校的下落，追踪过去，沿途尽可能地多了解情况。找到上校，不择手段地渗透进他的队伍，终止上校的指挥权。

威拉德：终止？上校？……

军中文员：用造成极大伤害的方式终止。

卢卡斯：你要明白，上尉……这项行动并不存在，以后也不会存在。

每句台词都带有每个人物非常明确的意图。这种意图有可能被掩盖了，但通过对白与图像的并置，通过看到威拉德上尉否认刺杀政府征税员时的眼神，我们即知道其实就是他干的，也知道他通过否认，向上级证明了自己的资格。我们之所以知道这一点，正是因为库里肖夫效应在发挥作用。文字和图像的结合，传达出了超出字面的含义——向我们传达出了潜台词。

如果现在再来写《霍尔比市》中的那一幕，该怎么写呢？好吧，每个编剧都会以不同的方式来写，但关键当然不在于对白。关于朱莉亚病情的许多情况将会先行披露，那时对病人来说是新消息，而大部分后果将在超声检查后告知。这里真正需要的唯一信息，就是朱莉亚必须做紧急的超声检查——实际上，这才是这一幕的核心——并且即便如此，也可以用寥寥几句话来传达。护士米基可以发现情况异常，病人可以面露担忧，（根据预算）画面可以简单切到正在进行的超声检查。如果米基告诉朱莉娅用不着担心，那就更好了。

《心脏停搏》《妇产科医生》《重任在肩》的主创杰德·默丘里奥说得很清楚："在我的编剧作品中，对白是最无关紧要的元素。很多新人编剧耗费过多的时间打磨对白，试图解决问题，而问题更可能出在结构或人物上。"[6]正如米利厄斯和科波拉证明的那样，出色的对白是一门艺术，但结构仍是其基石。

17

潜台词

1963 年 11 月 22 日星期五，新闻主持人沃尔特·克朗凯特在电视荧幕上停顿片刻，接收耳机里的消息。"来自得克萨斯州达拉斯的消息——一则新闻简报，显然是官方的……"他的声音断断续续的，"肯尼迪总统于中部标准时间下午 1 点去世……"他摘下眼镜，停顿了一下，然后费力地重新戴上眼镜，继续说道："约翰逊副总统已经离开了医院……"

如果你看过这一幕，你就会知道它带来了怎样的冲击力。当然，肯尼迪之死多年来已经有了神话般的色彩，但不可否认的是，克朗凯特摘下又重新戴上眼镜，找到继续播报的力量的那一刻，具有非凡的感染力。克朗凯特的片段正是库里肖夫效应在发挥作用。通过一句话（总统去世）和一个动作（摘下眼镜），观众可以推断出这条新闻的不同凡响。从克朗凯特身上，我们看到了一个从未失去勇气、镇定，也没有因为一瞬间的震惊而目瞪口呆的人。然后，因为他觉得自己有这份责任，于是他振作起来，再次成为专业人员。

《沉默的羔羊》的编剧泰德·塔利简明扼要地阐述了撰写对白的艺术："重要的不是他们所表露的情感，而是他们试图掩饰的情感。"[1]这是一个再好不过的例子：克朗凯特的新闻播报，力量就来自于潜台词里的情感——来自于观众将2与2相加后自己得出的答案。

当斯坦尼斯拉夫斯基要求他的学生在每一句台词里寻找潜在的意图或目标时，他知道宣之于口的很少是人物的心里话。对白的真正含义并非字面的，而是言外之意。它可能是要争夺地位、控制权、权力，或是想要表达爱意、悲伤或难以承受的丧亲之痛。我们已经注意到，每一句成功的对白都体现了一种意图。但由于各种原因，人物可能很难——或者不想——公开他们的意图。克朗凯特觉得，表露情感并不是他的工作，他的工作是履行职责，但通过对比他的言行可以看出，其中包含着一段颇有力度的潜台词。

有时，人物的欲望显而易见：迈克尔·柯里昂毫不掩饰他的决定，他要杀掉索洛佐。但往往由于各种原因，人物的意图被掩盖了，而潜台词正是由此而生。

特雷弗：你有什么要说的吗？
小莫：（疲惫地）我爱你。

小莫告诉特雷弗她爱他（《东区人》，2001年），并不是因为这是真话——这一交流发生在他在卫生间地面上强奸她之后。在这种情况下，她的话意味着她积极渴求自身的安全，这句话被用来平息她丈夫带来的直接暴力威胁。她恨他，但她不敢说，所以她告诉他她爱他。

因此，潜台词是从人物的外在面貌与他们的实际意图或目标之间的互动中浮现的。在表达自己真实情感的压力下，人物努力维持着他们的面具。当想要与需要发生冲突时，更大的真相——人物言行之间的差距——被揭示出来。而这种差距就是戏剧的素材。

每个人物都是带着欲望进入一场戏的。他们如何表达这份欲望，取决于他们跟谁交谈，他们自己的心情状态和他们所处的位置。如前所述，所有的人物都在寻求安全——假如他们透露了自己的意图，是否安全，或者是否还有更安全的方式来实现他们的目标？这在很大程度上取决于人物想要在每一处特定的环境中被如何看待，他们的真实意图有多少是可以透露的。

正如我们先前谈到的，安全是一个主观的概念：对一个人来说，安全可能包括成为任何房间里地位最高的人；对另一个人来说，可能是成为地位最低的人；对第三个人来说，可能只有在跟丈夫或妻子在一起时才有安全感。无论在哪里，这份安全感都可以公开地表达出来，而不安全感，无论是与宿敌、粗暴的丈夫还是新交的女友在一起，都意味着意图会被掩盖，潜台词会出现。

人物不能表达他们的真实感受，背后有各种各样的原因——有的是对这样做感到恐惧，有的是想要操纵他人。编剧的工作就是将背后的原因传达给我们，向我们披露相关人物究竟是一个什么样的人。比如说，每个人物都会用不同的方式，去尝试引诱异性。

酒吧里，一个男人来到一个女人面前。

1. 男人：我要脱掉你的衣服。

2. 男人：我真的很喜欢你。

3. 男人：这个季节有点冷，不是吗？

4. 男人：你认为你很特别，是吗？

　　　　　　　　　　　　　　　进入故事之林

这个清单越是往下，人物的意图就越是被掩盖起来，但潜在的意图——引诱——依然不变。观众不仅会推断出真正的意图，他们还可能推断出这个人物的很多情况。第四个男人近乎赤裸的攻击性，暗示着他的内心充满问题和困扰。

因此，经过掩饰的欲望是潜台词的主要来源。有时，这种外在面貌可以是对他人的有意欺骗——就像《贼博士》中的犯罪团伙或《异形》中虚伪的医生（伊恩·霍姆饰）的行径那样。但这种外在面貌也可以是无意识的自欺——更大的冲突及随后的自我防御机制导致的结果。

布莱恩·菲利斯的《喜剧之殇》虚构了 20 世纪 60 年代 BBC 大获成功的一部情景喜剧，以及名气给两位明星带来的影响。其中关键的一场戏，他们当中的一个人——哈里·H. 科比特（贾森·艾萨克斯饰）——正在接受电视采访：

> 采访者：我们现在说说《斯特普托和儿子》。你最著名的作品。那个收破烂的人……
>
> 哈里：不！收破烂不算什么。我的意思是，我对拍一部关于收破烂的纪录片不感兴趣。不，那还是……呃……在哈罗德……那些活儿只用五到十分钟就完成了。它讲的全是政治。它讲的是……性。它讲的是，呃……笼统的经济……上千件事……教会。它讲的是你提到的任何事，但肯定不是……呃……收破烂的事。令人惊讶的是，它并不……依靠……呃……双簧、假动作、傻乎乎的鬼脸，随你怎么称呼它。它靠的是……文字。还有时机。还有……忠实，忠实于主题。

虚构人物科比特害怕别人不拿他当回事，他无法接受自己只是逗人发笑的角色；他必须展示他的智力证书。[2]

人物的外在面貌并不总是有意建构而成——他们未必能意识到自己掩盖的欲望。人物自欺欺人的方式犹如矿藏丰富的矿层。19 世纪的社会学家格奥尔格·西美尔说得很有道理："我们通过语言或其他方式向另一个人传达的所有信息——哪怕是最主观、最冲动、最私密的事——都是从那心理真实的整体中选取出来的，而绝对准确的报告，会把所有人送进疯人院。"[3] 要是没有潜台词，那你就会收获一个平板的、直来直去的世界，一切都是字面意思，每句话都是肺腑之言。而有了潜台词，编剧就能进入语言和想法之间的空隙，通过在那里自由发挥，更能把握住某种真相。

一位 BBC 前高管曾跟我说起《急诊室的故事》（英版）："哦，天哪，请别把它拍得太好。"有种想法认为观众不是很聪明，"真实"的戏剧会排斥观众，这种想法在肥皂剧界尤甚（但不光是他们这样认为）。在涉及潜台词时，这种想法催生出一个特别有害的难题。糟糕的制片人害怕潜台词，因为潜台词需要解释，不过当然，要的就是这个效果。解释是一个过程，观众正是通过这个过程，成为戏剧的积极参与者。潜台词并不会排斥观众；刚好相反，一使用它，编剧就会增加吸引观众的机会。作为一名初级剧本编辑，我不得不参加太多场会议，在那些会议上，每一句语带机锋的台词都被换成了符合字面意思的话——就像眼看着一部鲜活的、振奋人心的作品被慢慢抽走血液。无论一个人的智商如何，他们都能轻松看懂护士对病人说"一切都好"，而事实并非如此时，这代表着什么。他们能看懂，正如他们愿意猜测惊悚片中犯人是谁一样，或者在《谁想成为百万富翁》中对着电视大喊大叫一样。

正是由于同样的原因，采用画外音进行叙述，几乎都以失败告终。要长时间观看美国电视剧《灵指神探》，甚至是让-皮埃尔·朱奈的《漫长的婚约》，几乎是不可能的事，尽管其视觉效果极佳。在这两部影视作品中，叙述者会把一切都告诉你——没有了潜台词，观众根本无所事事。弗朗西斯·福特·科波拉华丽的《旧爱新欢》也是如此——汤姆·韦茨和克丽丝特尔·盖尔似乎在向你招手示意，但因为他们的歌词把什么都告诉了你，结果就是他们将你推到一边。讲述取代了展示，观众也变得多余了。

正是由于这个原因，不可靠的画外音是令人愉悦的。在《赝品》中，奥森·威尔斯是一个富于心计的叙述者，但没有人能与最早的虚构欺骗者相媲美。《格列佛游记》让同名主人公见识了人类的虚荣心，富有成效地描绘了他对人类这一物种越来越不屑的态度。格列佛对"理性"运用得越来越多，这让他最终相信，人类十分愚蠢，他唯一能与之交谈的生物是马。在他描述的现实与他解释现实的方式（他最后住在马厩里，跟马愉快地交流）之间的相互作用中，揭示出了他本人的疯狂。乔纳森·斯威夫特正是利用人物的行为和他的描述之间的差距，以及两者之间日益严重的脱节（又是库里肖夫效应），来戏剧化地表现这种疯狂可怕的诞生——由于叙述者完全无法意识到自己的状况，因而愈发可怕。

解释会扼杀戏剧，让每个人说的每句话都清晰明了的冲动也会。人物主动解释自己的动机，听起来就很假，部分原因在于，除了病态的人，很少会有人让真相通过自己的外在面貌直接显露出来，不过也是因为，正如蒙田所说，"没有什么比描述自我更难"。真正的自知之明是极少数人才有的天赋——如果要在故事中出现，那它也只会出现在结尾，而不是充当帮助作者进行解释说明的工具。

正如任何一集《白宫风云》、《霍尔比市》或《急诊室的故事》都能清楚表明的那样，"观众需要弄懂对白里的每一个字"根本就不是真的。当然，观众需要推断的是人物的**意图**。观众不需要知道怎么做手术。虽然观众可能喜欢外科医生的对话，但观众只需要知道他们的目标是什么——通常是拯救他们的病人。中学生很早就被教导，他们可以结合上下文，推断出个别单词的含义，而观众更能——也更愿意——做到同样的事情。（如仍有疑问，请阅读大卫·S.沃德的精湛剧本《骗中骗》——它没有解释**任何**东西。）正如大卫·西蒙所说，"电视界认为，观众需要喂到嘴边才吃"这一信念，只能产生一个结果：所有的人物都会用同样的腔调说话。多年前，我在《东区人》中亲眼见证过这一点，当时，先是禁止了所有的方言，然后（非常短暂地）禁止了所有的伦敦腔。电视剧制作者们似乎忘记了，前十年最受欢迎的两部作品《再见，伙计们》和《守护人》，都是用一种只有极少数观众熟悉的方言口语来演绎的。

《李尔王》讲述了这样一个男人的故事：他谴责科迪莉亚如实说出自身感受，却弄懂了心口不一会带来什么样的代价。随着主人公们走向圆满，他们学会了治愈他们本性中的二元性，即内心世界和外部世界、想要和需要、外在面貌和内在缺陷之间的二元性。现在我们必须给这份清单再添上言语和行为。用埃德加的话来说，当李尔王意识到应该"诉说我们的感受，而不是我们应该说的话"时，他也就明白了关于外在面貌的可怕真相，以及将外在面貌与真相协调一致的必要性。在这样做的时候，我们就会意识到，对白——以及它掩盖和揭示真相的能力——就像人物、幕的划分、激发事件和故事一样，是结构中不可或缺的组成部分。

第五幕

重回家中，有所改变

18

电视和结构的胜利

1930 年 7 月 14 日下午，快到 3 点 30 分的时候，英国首相拉姆齐·麦克唐纳在唐宁街 10 号的扶手椅上坐下来，观看英国的第一部电视剧[1]，由刚起步的 BBC 在贝尔德公司位于考文特花园的总部现场播送。[2] 遗憾的是，麦克唐纳对这部皮兰德娄《嘴里衔着花的男人》的改编作品的观后感，已经湮灭不存。但幸运的是，《泰晤士报》记录下了它的印象，在一篇略带酸味的评论中指出："这个下午……将被证明是一个令人难忘的下午。"[3] 这部作品本身或许没能经久不衰，但它带来的影响已经完全改变了我们消费故事的方式。

英国电视剧源于该国丰富的戏剧传统。BBC1936 年开始提供常规服务时，它的第一部戏剧作品是《金盏花》选段，这是当时西区的热门节目，从亚历山德拉宫现场播送。"也许这只是舞台剧的录制版，摄影机很靠后，以保持戏剧的画框惯例。"[4] 后来的 BBC 戏剧负责人肖恩·萨顿回顾道，有好多年，人们轻易接受了这种戏剧演播方式——将戏剧原样拍摄下来。随着时间的推移，摄像机开始移动,电视的基本语汇(交叉淡入淡出*、淡出)被引入,允许偶尔插入外景。形式实验由此开始:《安和哈罗德》是第一部有案可查的连续剧,内容是一对夫妇的生活,总共五集;《电视罪行》是一部大胆的十分钟电视剧,观众可以从中看到足够的线索,自行找出每周犯罪的罪犯。[5]但这种假设——电视是戏剧的分支,是静态、固定不动、视觉形象从属于对白的媒介——又持续了许多年,从某些例子来看,至今仍未肃清。

现代英国电视剧发展的关键人物是悉尼·纽曼。他出生在加拿大,在英国商业电视开播后不久,他受邀加入美国广播公司(ABC),成为英国独立电视台(ITV)北部和中部地区周末特许经营权的持有者。作为一个严肃的人和天生的民粹派,他负责开发了《扶手椅剧场》和《复仇者》,为ITV在未来若干年里取得非凡的成功奠定了基础。

1962年,纽曼受邀成为BBC戏剧的负责人,他开始着手建立一个倡导新编剧、新形式、新理念的部门,但最重要的是,他对流行也丝毫不排斥。也许他最重要的决定,就是将戏剧分为三个独立的子部门:系列剧、连续剧和话剧——这些区分至今仍界定着戏剧。话剧很快就变成了单集的电影,连续剧(或肥皂剧)后来变得更为重要,但这些——以及所有进一步的分类——只是纽曼确定的多种要素的分支或混合而已。

从几个人围炉夜话开始,讲故事已经有了长足的发展。安抚孤独、平息无聊、与人分享——所有这些都得到了满足,并且先

---

* cross-fade,一种剪辑技巧,其中一个场景淡出(fade-out)的同时,另一个场景开始淡入(fade-in),两者短暂重叠。

由印刷品，后来由广播和现在的电视进一步助长。科技打开了关住精灵的瓶塞，使以前私密的地方经验普遍化。在不到50年的时间里，电视已经从古怪而昂贵的蠢行，发展成世界上最主要的叙事方式。这一地位延续至今。电视行业以及电视剧获得的成功，远远超出了拉姆齐·麦克唐纳的想象——但对于产品如此巨大的胃口，要怎样满足？通过操纵基本的戏剧结构。

虽然纽曼确定的三大类别无疑仍然存在，但系列剧、连续剧和单集剧已经被劣化、腐蚀，或者——有人会说——改进，以满足观众永不餍足的要求。有人还会断言，有些东西已经找不回来了。

结构以及对结构的操纵，是所有种类的电视剧的根源。要理解这一点，我们首先需要熟悉纽曼本人确定的三种讲故事类型的确切构成。

单集电影

纽曼的部门称这些为"话剧"，原因很明显。这些故事完全自成一体，有开头、中间和结尾，它们的文学渊源非常清楚。这些作品往往是在摄影棚录制的，直到20世纪60年代末，它们大多是现场演播。随着这一媒介不断发展，电影语言变得越发明显（1965年的《十字路口》的当代感，如今依然引人注目）——不过到20世纪80年代末，电影语汇得到全面采用，录像带上的棚拍终于被放弃了。

连续剧（美国的"迷你剧"）

连续剧的基本形式可以追溯到查尔斯·狄更斯的小说，以及它们在当时的发表方式：一个故事逐章发表，渐渐形成一部完整的作品。事实上，文学作品的改编很可能是连续剧能在电视中立足的原因。以连续剧的形式演绎经典小说，一直是电视台委托制作的主要内容。1967 年 BBC 的《福尔赛世家》获得了非凡的成功，形成了一套模式，开启了一个黄金时代。这个时代可以说在 1981 年 ITV 的《故园风雨后》达到了顶峰，该剧完全实景拍摄，采用了当时电视上前所未见的电影语汇（和预算）。

系列剧

当埃德加·爱伦·坡塑造出世界上第一位侦探 C. 奥古斯特·迪潘时，他偶然发现了一种模式，这种模式催生出了最成功的电视类型。最初，定期回归、调查本周案件的人物只是警察，但随着连载类型从柯南·道尔的小说，发展到漫画书，再到广播，许多其他类型、定期回归的"难题"也开始出现。"本周罪案"很容易就能变成"医疗急救""对国家安全的威胁"，甚至是本周"异形"。这种从模仿广播起步的媒介很快就意识到，这种经典的系列剧形式（自成一体的每周故事，有着永不改变的常规人物）是某种圣杯。英雄始终不会死去；故事素材无穷无尽；制作成本低廉，而且广受欢迎——哪有不喜欢的道理？

女士们，先生们：你们将要听到的故事是真实的。为保护无辜者，只对名字有所改动。

《法网》的开场白在完成 60 年之后，依然能引起共鸣。就像这部系列剧本身一样，它们萦绕在公众的意识里，我们大多数人就算不熟悉它们的起源，也都熟悉它们的内容。整整一代人或许并不知道这部剧集，但他们对警察每周战胜不同对手的想法再熟悉不过。它创造的模板立即被这种新兴的媒介所采用。动作、冒险、永不改变的主人公，还有对结局圆满的故事永不餍足的胃口——同样的结构主导着我们今天仍在观看的绝大多数内容。当《法网》于 1949 年在美国广播电台开播时，没有人——尤其包括其主创杰克·韦布——能预测它的流行程度。1951 年转到电视上之后，它迅速成为风靡全世界的热门大作。从那时起，人们学会了看电视，系列剧始终是任何节目表的核心组成部分：在相当长的一段时间里，它们是最主要和最重要的结构形式。

诸如《荒野镖客》《博南扎的牛仔》《皮鞭》等西部剧，以及从《格林码头的狄克逊》到《芬利医生的病例簿》的医务剧和警匪剧表明，不仅电影一次性的成功可以被无休止地利用（《狄克逊》和《裸城》是由成功的电影衍生出来的——事实上，在前者中，警员狄克逊是被谋杀的），但更重要的是，这种无休止的重复实际上对观众很有吸引力，他们喜欢与那些从未改变、似乎长生不老的角色建立长期的关系。

部分由于它们的廉价，我怀疑还有流行的原因，这种类型的剧集往往被认为占据了戏剧谱系劣质甚至垃圾的一端。我在 20 世纪 90 年代第一次加入 BBC 戏剧部门时，几乎找不到愿意在这个大众化领域工作的人——似乎每个人都只想拍自己的电影（最好是黑白电影）。但某些最著名和最长盛不衰的系列剧，如《沃尔顿一家》《星际迷航》《神秘博士》《特警》《功夫》《守护者》《万物生灵》，足以让所有人感到普鲁斯特式的兴奋，除了那些心肠最硬的人。戏剧家诺埃尔·考沃德在轻喜剧《私生活》中谈到了"廉价音乐"的效力——那些毫无顾忌的商业化和平民化的音乐能深深打动你。

剧集也是如此。许多剧集其实算不上优秀，像所有流行艺术一样，它们可能是仓促成篇、预算紧张和愤世嫉俗的受害者，但我们很容易对它们做出过于苛刻的评判。正如希区柯克在他本人的时代发现的那样，没有什么比受欢迎更能降低评论界的赞赏。随着《军情五处》和《无耻之徒》在英国的问世，以及美国有线电视台的兴起，系列剧经历了某种程度的复兴。新一代开始意识到，最出色的系列剧不仅能与观众形成强大的联系，而且在高手那里，它们还能表现出极大的情感深度——它们本身就是一种艺术形式。

在单集剧、系列剧和连续剧中，出现了无数的结构变化：两季、三季、带有连续剧元素的系列剧，以及不断回归的连续剧。多年来，大行其道的当然是连续剧或肥皂剧。它实际上是没有尽头的连续剧，它将连续剧和系列剧结构的关键要素结合起来，形成了一头令人敬畏的商业巨兽。但在对新叙事形式的无限渴望的推动下（先是 DVD，然后是互联网，它们带来了全新的生命力），系列剧和连续剧的基本结构形式，是仍在进行的革命的遗传物质。它们值得对其进行更详细的研究。

19

系列剧和连续剧的结构

连续剧的结构

彼得·莫法特的《司法正义》是一部五集的 BBC 电视剧，讲述了一个年轻的学生本·库尔特与他刚认识的一个女孩睡觉，醒来后发现她遇害身亡。惊慌失措的他试图掩盖自己的行踪，但他随后的行动以及大量的法医证据都清楚地表明他有罪。在第一集的结尾，他被投入司法系统，之后的故事是他在监狱中的可怕经历，他为洗清自己的罪名而进行的斗争，以及他最终的无罪释放的判决。第一集有一个非常简单的结构：激发事件是本醒来发现身边的尸体，最劣点是他被逮捕，最后一幕是他被监禁。但从更广阔的视角来看的话，还发生了一些别的事。

如果说，这个故事是讲一个人被错误地监禁并寻求释放，那第一集的结尾就成了整个连续剧的激发事件。第二集中可以看到，他在学习可怕的新世界里的生存之道；在第三集里，他抵制了大律师编造虚假故事的企图，要求说出真相（典型的中点）；在第四集结尾，他母亲让他知道，她认为他有罪（最糟糕的一种最劣点）；

在第五集，真相终于浮出水面。因此，整个故事的范式不仅出现在每一集当中（每一集都有自己的激发事件、中点和危机），也出现在整部连续剧的宏观尺度上。

在现代重启版《神秘博士》第一季中，在中间部分，博士发现自己在与一个独立的戴立克*作战，然后在最后一集，他与整支军队作战。在《谋杀》第一季的倒数第二集中，萨拉·伦德的搭档被残忍地杀害——同样在这个节点遇害的还有《行尸走肉》第一季中的艾米，大卫·西蒙的新奥尔良剧《忧愁河上桥》第一季中的克赖顿，以及《火线》第一季中的华莱士。戏剧的分形性质再次证明了自己——每一季的弧线都包含了与每一集、每一幕和每一场相同的结构要素。BBC 改编的三集《远大前程》（2011 年）分为家乡（马格维奇和沼泽地）、旅程（伦敦）和回归（回到沼泽地）三部分。埃德加·赖茨的《故乡》第一季和最后一季，背景都是在虚构的沙巴赫镇，中间一季全是在柏林上演；而《行尸走肉》第二季里有一个可怕的真相——既是字面意义上的，也是结构意义上的——刚好发生在播放到一半的位置。

连续剧的每一集实际上都是整个故事的一幕。连续剧结构模仿了我们标准的分幕形式，并根据故事的规模进行调整。在一部六集的连续剧中，中点将在第三集；在一部两集的连续剧中，中点将是第一集的悬念。在尼尔·麦凯对弗雷德·韦斯特谋杀案戏剧化的改编（ITV 的《保持对话》）中，第一部分以揭示看似无辜的罗斯·韦斯特跟她丈夫一样有罪而结束。《国土安全》符合分形模式到了近乎好笑的程度。在总共十二集的第七集里，主人公

---

* 《神秘博士》中的一种残酷无情的外星人，致力于消灭其他种族，其外形似章鱼，将自身置于金属保护壳内。

（一名中情局特工）和反派（一名被怀疑是敌方刺客的战争英雄）彼此承认了重要的事实，还发生了性关系，之后一切都变得不一样了。地点是在哪儿呢？森林里的一座小屋。

这是蓄意而为的设计吗？我猜不是。这只是故事形态再次重申了它的首要地位。同样的分形模式可以在《哈利·波特》中观察到——七本书，每本书都有自己的开端、中间和结局；每本书都有一个经典的探寻结构，在第四本书中有一个典型的中点，当时伏地魔第一次被打败（《火焰杯》）。这个明显的中点使这部传奇史诗从威胁阶段转入了公开的战争，并直接导致了倒数第二部《哈利·波特与混血王子》中父亲形象邓布利多的死亡。同样的形态向我们无情地袭来，被操纵，被重建，但在某种程度上依然如故。在任何连贯的作品中，无论其时间长短，都能观察到戏剧的分形形式。

系列剧的结构

系列剧的成功是由什么来确定的？如果我们要列出一份篇幅不长但富有代表性的系列剧清单，列出那些在过去50年里，对电视界产生重大影响的剧目，那它或许包括:《星际迷航》、《万物生灵》、《守护者》、《特警》、《急诊室的故事》、《Z型警车》、《急诊室的故事》（英版）、《山街蓝调》、《沃尔顿一家》、《呼叫助产士》、《荒野镖客》、《实习医生格蕾》、《法网》和《神探可伦坡》。它们是从广阔领域中精挑细选出来的，对我们说明问题大有帮助。这些剧目有什么共同点呢？

它们无疑都有自成一体的每周故事，这毕竟是使它们成为系列剧的原因。每部作品都有一个清晰、可以更新的故事引擎，这对维持长期的产出显然至关重要。还要有非常明确的格式规则——在每一部剧中都有严格执行的观点。《急诊室的故事》（英版）会同时关注常规角色和嘉宾角色；《沃尔顿一家》或《山街蓝调》只会通过常规角色的视角来观察他们的对手。几乎每部剧都有一种地位感，一种高低不一的等级秩序，每个人都知道自己的位置。当然，共情是绝对重要的——每一部剧都有标志性的、逗人喜爱的角色。因此，成功的系列剧是建立在确定性、可预测性和观众的喜爱上的——观众希望自己也能身处剧中。这些或许是显而易见的因素，但还有更多。

它们全都振奋人心，每周都令人愉快地结束；它们全都明白，观众想要感觉良好，想要得到娱乐；它们明白，如果有什么让观众感到沮丧，也许他们就不会再看下去了。如果说原型故事以圆满、以"从此过上了幸福的生活"来收尾，那么电视系列剧就是对这种形式加以微缩的完美产物。在美国广播公司的《傲骨贤妻》第一集里，艾丽西亚·弗洛瑞克发现自己是一起公开性丑闻的无辜受害者，她丈夫因此被关进了监狱。身无长物的她别无选择，只能请求恢复她以前的诉讼律师工作，克服各种可想而知的障碍（所有这些都在 45 分钟的一集里完成），打赢一场不可能打赢的官司。它就像是电视系列剧的大师级课程。不知何故，它保持了它的合理性，让人没法不爱这个女主人公，到最后，它会让你起立欢呼。故事引擎、可爱的主人公、自成一体的故事、严谨的形式——所有这些都清晰而富有说服力地摆在我们面前。

将它与英国电视加以比较，不无启发，虽然自从《军情五处》问世以来，英国电视有了长足的进步，但英国电视与系列剧这一形式之间的关系，却远远称不上融洽。英国电视剧经常忘记一个核心原则——主人公就是**我们**。我们也许会为单部影片中的不公正而动容（不过观众人数不会多），但只有一帮非常特殊的观众，才能在长期回归的基础上，去同情那些失败的人。从《神探贝克》（1996年）到《地球浪子》（2010年），再到《埋葬》（2003年）和《时空逆境》（2009年），英国电视多年来一直在努力把握这一先决条件，我认为，这说明严肃的人们在接近一种民粹主义形式时的不安。上述所有作品要么有极度无情的角色，要么有失败的主人公。所有作品本身也失败了——在一季的范围内——而且大多在一集之后就无人问津了。这是一个残酷而恼人的现实，特别是对那些喜欢看颠覆常规之作的人来说，但只有相对较小、能自我选择的群体会每周收看，通过化身去过失败的生活。

无论我们喜欢与否，电视系列剧都建立在一个无可否认的事实之上。当美国全国广播公司（NBC）的《胜利之光》每周讲述一个小镇橄榄球队反败为胜的故事时，ITV大胆的《泰坦尼克号》（2012年），通过四个不同的视角讲述同一个故事，成功地给自己带来四个不幸的结局——如果算上隔夜收视率的话，就是五个。

这一切是不是有点老套？"泰坦尼克号"毕竟沉没了。戏剧是否应该反映生活，而不是用幸福常常赋予的油嘴滑舌来讨好生活？英国电视不是具备其前殖民地所缺乏的耿直吗？大团圆的结局——或者没有大团圆的结局——是需要探讨的重要领域（没有什么比结局更能在电视界的权力走廊里引起更多的摩擦），因为它们的秘密必然也在于结构。

《火线》的编剧大卫·西蒙曾郑重宣布："我们厌倦了善与恶。我们放弃了这个主题。"[1]这样一说，他立即将自己塑造成了好人，还给那些敢讲结局皆大欢喜的故事的每一位电视主管，都戴上了黑帽子。西蒙谴责了他们二元对立的世界观，同时（这一点必须指出）自己也掉进了同一个坑里。他说得对吗？"几十年来，电视对美国经验的反映……从高高在上到贴近我们的生活。西部片、警匪片和法律剧——所有这些都是由业界专家在洛杉矶和纽约构思，然后由巨型的企业实体塑造一番，以向观众保证，他们的世界和他们的未来比实际情况更美好、更光明，现在是购买更多汽车、手机、洗洁精和一次性尿布的最佳时机。"[2]西蒙似乎在暗示，大团圆结局就像某种卖淫。

绝对无可否认的是，只要观众肯回来，就会有经济上的回报——只是有太多的黑暗作品失败了，无论制作多么精良（讽刺的是，它们往往制作得特别出色）。电视要求成功，这可能会导致深刻的玩世不恭，但尽管如此，西蒙的世界观就像他谴责的那样简单。如果《格林童话》里的汉塞尔和格蕾特尔被锁在床上，遭受性侵犯，然后在片尾字幕滚动时，被埋在郊区的后花园里，我们会做何感想？当然，这可能更"现实"，而且不可否认的是，这样会阐明故事中固有的潜台词，但让这两个孩子安全回家，不仅仅是市场经济的产物，也不仅仅是"这样才有卖相"的问题——它体现了故事的基本功能之一。

并没有人指出，节目不能在危险中结束，甚至不能在极端的痛苦或兴奋中结束。对孩子来说，恐怖是《神秘博士》必不可少的组成部分——但只是作为可以被吸收消化的东西，从而被他慢慢理解。以虚无主义作为结尾，将汉塞尔和格蕾特尔锁在恋童癖的床上，绝对是有道理的，但不**仅仅**是这样——有大团圆结局的版本也很重要。当印度传奇演员阿米特巴·巴赫卡安问他的父亲，是什么让印度电影如此有趣和振奋人心，他父亲简单地回答道："你在三小时之内，就能得到诗意的正义。有时候，你毕生都无法得到诗意的正义。"[3] 我们看故事，不仅仅是为了唤醒眼睛、认清现实，也是为了让现实变得可以忍受。没有希望的真相就像没有真相的希望一样，令人难以忍受。每一家健康的广播公司都应该为《火线》和《沃尔顿一家》留出空间——正如每个健康的头脑或许也该这样做一样。[4]

成功的系列剧还有哪些共同的标准？在 20 世纪 70 年代初，像《功夫》和《化名史密斯和琼斯》这样的剧集很常见。在每一集里，主人公们来到一个新城镇，与当地的恶势力做斗争。它们显然源于"游侠骑士"的故事，但到 20 世纪 70 年代末，它们几乎全都消失了。这个模板以小说的形式存活至今（李·查德的《侠探杰克》是目前最成功的表现形式），但它不再是多数广播公司的主打产品，原因很简单，拥有一处能持续整个系列的关键环境，要比每周更换地点便宜得多。经济上的需要是使剧集"以辖区为基础"的一个主要因素。虽然失去一位四海为家的英雄给你带来的广阔天地很令人遗憾，但强加给观众一个大背景，让编剧得以发现一些非常重要的东西。施加限制往往如此：通过聚焦于一个人物的"家园"，他们找到了系列剧武器库中最有力的武器之一——人物所居住的区域，其重要性不容低估。《太空堡垒卡拉狄加》和《沃尔顿一家》都很重视这一点，不过它几乎是所有成功剧集的基础。看一下《急诊室的故事》的第一集吧。当格林医生拒绝了一份有六位数工资、一年四次假期和大量额外福利的私人工作邀请，反而选择了一家破旧的芝加哥市内公立医院时，这个故事是在告诉我们，这个地方至关重要，这个地方就是家。

于是你意识到，系列剧能成功不只是因为它们的重复性和廉价，它们不见得更糟，只因为它们的人物没有变化。相反，它们挖掘了更深层次的东西——我们对安全、保障和爱的渴望——当我们举世皆敌时，家人会站在我们身边，拯救我们。所有成功的系列剧，其基本形式非常简单——敌人来自外部。每周，辖区都会遭受"他者"化身——生病的患者、患精神病的杀手、迷失的灵魂，总之是千奇百怪的外人——的入侵；而每周，常规人物都会使事情变得更好，使秩序得以恢复。每周，我们的常规角色、我们的帮派、我们的家庭都受到外部危险的威胁，他们通过克服分歧和合作来战胜这些危险。只有当山姆和吉恩在《火星生活》中合作时，他们才能打败他们共同的敌人；只有当斯波克、柯克和麦考伊合作时，他们才能击退危险的克林贡人。系列剧有效地复制了最早期的童年经历——那时候我们感到安全、有保障，并且在受到威胁时，能够在周围人的帮助下，同化和控制外部世界。几乎所有成功的系列剧都以家庭结构为中心，这并非偶然。从《灌木丛》到《纽约重案组》，剧中都有父亲或母亲的形象（有时两者都有）、爱侣、小辈、远亲，所有这些都在某种程度上创造了一种真正的家庭生活的原始感。

　　最后，系列剧也是"道德的"。我们很容易低估分配正义的重要性，或者希区柯克所说的"报应条款"。《飞天大盗》可能是一群骗子的故事，但实际上他们是复仇天使，惩罚贪婪、虚荣和真正腐败的人，正如剧中人反复告诉我们的："你骗不到一个诚实的人。"《无耻之徒》可能看起来不道德，但剥去外表，它和《沃尔顿一家》是完全一样的剧集（就连画外音都一样）——在这两部剧里，一家人通过爱走到一起，赶走了敌人。诚然，敌人可能有截然不同的伪装——警察在查茨沃斯庄园所处的位置，与其在蓝岭山上所处的位置截然不同——但主人公和反派之间的斗争形式完全相同：安全的家受到了威胁，踏上了进入森林的旅程，受到了震动，但家庭的价值取得了胜利，安全再次得以恢复。这听起来可能有些油腔滑调，实际上它确定**是**油腔滑调，但只要掌握了这种形式，就能产生极富感染力的作品。从《沃尔顿一家》和《守护者》，到《太空堡垒卡拉狄加》或《呼叫助产士》，人们有时必须穿上修行者的粗衣，才能完全不受原型的力量影响。

因此，成功的系列剧几乎完全建立在结构的纯粹性上，但有一点偏离了常规。到目前为止，我们用来解释戏剧结构的辩证理论，最常见的是黑格尔的理论——采用的是这位 19 世纪哲学家的观点，他认为新阶段是从两个对立面的合题中产生的。主角被**改变**了——当然，在系列剧中，主角并**没有**被改变。因此，虽然系列剧在寻求大团圆结局方面绝对典型，但在寻求圆满方面，它们以一种略微不同的方式进行。因为系列剧体现了一种更经典的辩证法：正题与反题相遇，它们争斗不休，最终反题被驳倒。在《沃尔顿一家》或《军情五处》中，我们的英雄并未吸收他们的对立面，他们只是简单地征服了他们，然后回到了原来的样子，因为系列剧的世界是没有变化的世界。反面观点必须被抵制，而正题必须被恢复。正如我们所看到的，它们成功的核心在于重复，从重复中产生了格式。

但重复也会造成自身的问题；并且令人吃惊的是，多数电视系列剧的寿命都很短。我们很容易猜测，失败的原因是缺乏艺术想象力，但情况要比这来得复杂，系列剧的结构要求，自身就带有自我毁灭的种子——这种毁灭源于它们成功的根源所带来的问题。

20

系列剧中的改变

我们在编剧室度过的一天当中，很大一部分时间是在说："这个我们已经做过了……"到最后，我们真的开始这样想："还有什么自然灾害没有涉及吗？我们的气候其实不适合火山和洪水。"

——《绝望主妇》执行制片人鲍勃·戴利[1]

几乎所有不定期更新角色的剧集，都只有两到三年的寿命，为什么？ BBC1 的《军情五处》持续了十年，主要是因为高风险的世界允许剧集不断更换核心演员，但除了一两个明显的例外，大多数剧集要么在它们的巅峰时期就结束了（《火星生活》《弗尔蒂旅馆》《办公室》），要么因收视率下降而慢慢痛苦地死去（《守望者》《只有傻瓜和马》，无疑还有《白宫风云》）。为什么肥皂剧中的大多数人物似乎也会随着时间的推移而耗尽，陷入无休止重复的类似故事情节，成为从前的他们的苍白影子？

答案很简单。人物只有一个故事，所有反驳的尝试都是谎言。肥皂剧和系列剧都是谎言——如果谎言讲得好，就是伟大而光荣

　　　　　　　　　　　　　　　　进入故事之林

的谎言，但依然是谎言。[2]肥皂剧和系列剧在一定程度上，是市场经济的产物，源于吸引观众和向他们销售的愿望——但同样，就像续集一样，它们利用了观众想要延长他们所崇拜人物的生命的愿望。就像我们在现实生活中所爱的人一样，我们希望我们虚构的朋友能永远活下去。编剧和电视主管们认识到这一点，也承认吸引人们去看那些已经熟悉的、经受过检验的作品要容易得多。于是，谎言又被说了出来。

戏剧要求人物必须改变，但一般观众——老实说，就是"我们"——却坚持要他们保持不变。好莱坞从一开始就意识到这一点，并着手解决这一矛盾。在制片厂体系的"黄金时代"，他们所造就的明星，实际上是一个人物——一位鲍嘉，或一位迪特里希，因此可以出现在一系列不同的冒险中。后来，随着制片厂体系开始退隐，续集开始发挥更为重要的作用。

95%的续集令人失望。值得注意的例外——《终结者2》、《异形》《玩具总动员》或《教父》第二部——都有明确的结构性的理由，使得它们即使不比前作更出色，也是一样出色：要么改变了主角的缺陷或对手的性质和规模，要么就像《教父》，将悲剧旅程一直延续到精神死亡。但多数续集都回避了这一挑战。在榨取产品价值和制作伟大艺术作品之间的冲突中，往往只会有一个赢家。当你看《致命武器》、《虎胆龙威》、《宿醉》或《空前绝后满天飞》系列时，你几乎可以看到，原作的模板带着一丝自我厌恶的情绪，不情愿地再次出现在胶片上。

电影公司也许把太多的聪明才智用在了对抗人物终将死亡这一无可辩驳的法则上，众多创作者似乎只顾着拒绝接受这样的事实：为戏剧注入生机的改变，也不可避免地以其消亡而告终。档案中充斥着这样的尝试：绕过故事结构的要求，将其加工成可以销售、可以消化的商品，为了保持产品的生命力，一切都是允许的。续集（甚至还有现在的前传）衍生为系列，而当它们无可避免地枯萎时，它们发现自己被再次重启。每一代人——甚至每个十年——现在都面临着"我们这个时代的蝙蝠侠"的威胁。

但电视呢？在内心深处，我们期望电影的特许经营权会趋于衰落，但电视剧从定义上来说是一种回归的媒介，它们**必须**再现，才能存活下去。剧集的人物不能走到他们旅程的尽头，否则故事就结束了，所以他们的创作者面临着与好莱坞相同的困境，只是被大大放大了。他们要怎样才能做到，在他们的人物必须始终保持不变的世界里，创造出改变呢？

在纯粹的系列剧中，要做到这一点，并非不可能。在《法网》或《最佳拍档》中，时间是静止的，人物永不衰老，每周他们都会像以前一样重生，再次执行新的任务。他们平面化的程度堪称顽固，他们存在于时间和空间之外，被束缚在他们的仓鼠轮上。这种方式非常有效，但对编剧来说，引入连续的要素，让人物成长的诱惑力始终存在。

史蒂文·博奇科1981年为NBC制作的系列剧《山街蓝调》，通过引入连续的故事情节，使美国电视发生了革命性的变化，其中就有这样的成长。几年后，BBC的《只有傻瓜和马》也被引到了同样的道路上。它已经是一部非常成功的情景喜剧，但当它的创作者约翰·沙利文决定通过延长剧集和引入出生、婚姻与死亡——肉体的存在——来深化它时，这部剧集变成了一场广播奇迹。他为剧集赋予了死亡，使它变得真实，但由于生命不能没有它的反面，所以它也播下了未来消亡的种子。《山街蓝调》的情况

　　　　　　　　　　　　　　进入故事之林

也是如此。在这两部剧里，人物都已经筋疲力尽，编剧为剧中的主人公寻找更多不可思议的事，让他们去做，而剧集则有失体面地陷入了停滞。面对着不断拉长的篇幅，《绝望主妇》发现自己和许多剧集一样，在抓紧时间寻找轰动效应。每年一度的"灾难"情节成为一种惯例，在八季中，龙卷风、火灾、飞机失事和骚乱都袭击过紫藤街。正如其中一位主演伊娃·隆戈里亚所说："你还能有多少场外遇？还会有多少人死去？"[3]

我们大多数人都曾因长年播放的剧集而感到沮丧，在这些剧集中，初出茅庐的角色似乎从未从他们的经历中吸取教训，或者当他们真的吸取了教训，不再是我们最初爱上的那个角色时，我们同样感到恼火。在不受时间影响的单一故事或世界之外，改变是一个很难驾驭的概念。如果没有把握好，马上就会出现相当怪异的不真实感，从而导致所有可怕的陈词滥调，尤其是肥皂剧，很容易因此受到批评。但改变是可以把握好的。

编剧工具箱里的基本工具，要么是使改变变小，要么是使之平面化、临时化，但工具箱里最有力的武器是选择性失忆。在长期播出的戏里，没有什么能像遗忘那样有用。

许多年前，在《东区人》中，米歇尔·福勒的宝宝维姬被人从超市外面的婴儿车中抢走。孩子失踪了一个月，她被迫在全国范围内发出电视呼吁，承认自己是一名失败的母亲，并部分（尽管不正确）承认了自己负有责任。令所有人感到欣慰的是，维姬被找到时安然无恙，米歇尔也慢慢开始重建她的生活。到目前为止还不错。但在现实生活中，任何心理完全康复的机会都很渺茫。这种程度的创伤、内疚或公众恶名，会留下毕生的伤疤。米歇尔完全忘记了这回事，六个星期后，这件事再也无人提起。

在警匪剧中，常规人物往往会学到富有价值的教训——只是到了下个星期，又会忘记。当初我们制作《火星生活》时⁴，约翰·西姆（饰演萨姆·泰勒）常常为他的角色似乎从未学到任何东西而感到沮丧，就像吉恩从不了解关于他的任何情况一样。约翰之前出演的基本上都是单部电影，所以他还不习惯角色不可能改变的想法。在《火星生活》中，萨姆每周都会学着更相信直觉一点，而吉恩则会更理性一点，但下周他们又会回到如何再次吸取同样的教训。约翰在逻辑上是完全正确的，但如果没有遗忘症，人物的旅程就会结束，系列剧的动态也会被破坏掉。直到最后，萨姆和吉恩也无法融洽相处。

在第二季结束时，每个人都觉得，我们已经把它推进得够远了。有一些关键的连续弧线在运行，使得完全遗忘几乎是不可能的，重启按钮被按下的次数越多，世界就会变得越发不可信。在一个完全独立自足的世界里（《布朗神父》或《神探酷杰克》），这并不重要，在其他地方，这就重要了。但为什么要遗忘呢？为什么不在人物的丰富遗产上做文章呢？在第四频道的长寿肥皂剧《布鲁克赛德》中，有一段萨米跟她男朋友的交流，也许应该挂在每个编剧的墙上。她试图回想起一桩被遗忘的事件，她问他："你记得吗，那时你还坐在轮椅上，而我是个酒鬼。"

"跳过鲨鱼"（Jumping the shark）成为任何剧集耗尽创意那一刻的美妙隐喻。它的灵感来自 20 世纪 70 年代情景喜剧《欢乐时光》的一集，剧中的主人公丰斯去佛罗里达州玩滑水，从鲨鱼上方越过。那一集的构思十分荒诞，与该系列剧的原始基因相去甚远，这一集的名字被用来命名一个网站（www.jumptheshark.com），它专门用来标记创意枯竭的时刻，剧情从纯粹的耸人听闻或荒诞中产生。

　　　　　　　　　　　　　　　　进入故事之林

《布鲁克赛德》或许也包含了这方面最佳的英国例证，当时利物浦的中产阶级住宅区被发现藏匿着一种食肉的杀人病毒。剧中，在21年间发生了74起非自然死亡，该系列剧在不久之后便完结了。

特别是美国的系列剧，都是签七八季的合同，你可以从中看到，有时为了寻找故事素材，而不顾一切的做法。除了自然灾害之外，节目制作人通过修改情节动态，或解决长期存在的性（或其他）紧张关系来寻找故事。正如《蓝色月光》和《欢乐一家亲》所证明的那样，这样的修补很少奏效。当麦迪和大卫以及奈尔斯和达芙妮成为夫妻，"他们会不会在一起？"变成"他们已经在一起了"，观众们就没有什么可支持的了。随着人物目标的实现、问题的解决和任务的完成，推动每个剧集的故事引擎被关闭了。

但剧中的所有人物都自然而然地寻求圆满。正如麦克白在杀死班柯的计划失败之后所说的那样：

> ……我的心病本可以痊愈；
> 我本来可以像大理石一样完整，
> 像岩石一样坚固，
> 像空气一样广大自由。

每一个伟大的戏剧故事都会迫使主人公面对他的需求和缺陷，如果一个人物真的克服了这些缺陷，他就是圆满的——但也就没有了生命力。系列剧的黄金法则是，这些需求／缺陷要么转瞬即逝，要么可能永远无法克服，但肯定不会在最后一集之前被克服——所以《白宫风云》中唐娜和乔希以及《老友记》中瑞秋和罗斯之间的关系如此有效。虽然见到老朋友很好，但《只有傻瓜和马》

真的应该在德尔小子和罗德尼成为百万富翁时结束。

　　近年来，"跳过鲨鱼"这个词的地位受到了"核爆冰箱"（Nuking the fridge）的威胁——后者是根据《夺宝奇兵4》中印第安纳·琼斯藏进冰箱躲避核爆的惊人方式而创造的。所有过气的系列剧都倾向于"跳过鲨鱼"，但它们"核爆冰箱"是因为在结构上，它们别无选择。除非它们有一套合理的故事引擎，不断涌现新颖的角色，或者顽固地保持在平面维度里（从而使自己免受时间的摧残），否则它们几乎总是会在平均大约三季之后完结。这里面有一套惊人的模式：第一年是初燃热情，第二年是加以巩固，第三年就变成了"我们现在到底该做些什么？"

进入故事之林

21

重回家中

从与他人的争吵中，我们造就出了修辞；

从与自己的争吵中，我们造就出了诗歌。

——W. B. 叶芝

30 年前，吉米·麦戈文开始创作《布鲁克赛德》时，是一名愤怒的年轻教师，他也是英国电视界最令人兴奋的新手编剧。他写的工人阶级的生活，以一种粗暴而激烈的方式让你驻足停留——你觉得，从来没有人写得如此愤怒、如此幽默，从没有人如此雄辩地宣扬他们信奉的社会主义理想。该剧是旧工党价值观的堡垒，主要通过店员鲍比·格兰特和颇为支持他的妻子希拉的形象来传达。它强劲而又激进，当时的多数电视节目并非如此，因而其愈发显眼。当时，BBC1 的《今日戏剧》已经时日无多（它于1984 年完结），而艾伦·布利兹代尔在 1982 年为劳工发出的哀歌《黑帮男孩》，感觉像是对激进共识的临终仪式般的解读。但在它们消逝的阴影下，《布鲁克赛德》问世了，它挑衅般地喊出了"我们还没有完蛋"。就激情和声音的地方性而言，它是突破性的，的确，它重新定义了肥皂剧的类型——但它也是单维度的。没有人不同意鲍比的看法。这让它有沦为宣传之虞。然后发生了一些不同寻常的情况。

麦戈文成了一位真正伟大的编剧，他不仅引入了科克希尔一家——这户人家反对罢工，儿子是一名不正派的警察——更重要的是，他还赋予了他们"同等的权利"。[1]麦戈文就像爱他的左翼主人公一样爱他们，并坚持要我们同样爱他们。几乎在一夜之间（那时病毒还远未出现），它将《布鲁克赛德》从一部极佳的肥皂剧变成了电视上最棒的剧集。

所以究竟发生了什么？基本上，麦戈文厌倦了向唱诗班说教。他发现，"把一个恋童癖塑造得富有同情心"，"对编剧来说是一项奇妙的挑战"。[2]这个教训对他大有裨益。1999年，他要监督一部有关利物浦码头罢工的电影的摄制。他带领一个满是被解雇的工会成员的工作室，要求他们从一个工贼的角度写一篇演讲。他们拒绝了，认为这样的想法行不通，于是麦戈文亲自承担了这个任务。第四频道的这部纪录片（《写下不公》[3]）记录了他向他们宣读演讲稿的那一刻。四分钟的愤怒在结尾处达到了高潮，因为罢工者最终接受了赔偿金，他们出卖了自己的原则，而破坏罢工的人则坚定地坚持了自己的原则。这是一个了不起的场景，如今看来，仍然是整个项目中最有感染力的时刻。他在他的电影《神父同志》中也做了同样的事情，其中一个角色为乱伦行为做了令人不寒而栗的辩护，称之为上帝的作品。

麦戈文对这两个论点都不相信，但他掌握了一个非常重要的原则：无论你相信什么，都应该经得起毁灭性的检验。他拒绝了煽动性宣传的简单套路，他明白，如果没有适当的、强有力的对

　　　　　　　　　　　　　　进入故事之林

立面，讲故事就是老生常谈。因为所有的讲故事都是一种争论——争论才是其本质的核心所在。

主题的重要性

"没有必要进行类比，"托马斯·鲍德温在谈到泰伦提乌斯时说，"但人们会注意到，泰伦提乌斯的戏剧在总体上，确实遵循了诉讼演说的程序……与西塞罗和当代修辞学家认为最适合法庭的演说方式有密切的相似之处。"[4]本着争论的精神，我必须反对——我们**必须**加以类比，它揭示了关于讲故事技艺的一些至关重要的内容。

提出一个理论，探讨一个论点，并得出一个结论。简而言之，这就是主题。它经常与题材相混淆，但尽管这两者有可能相似，但它们并不总是一回事。《撞车》的题材是种族，但其主题是"孤立是共情的障碍吗？"

因此，题材是静态的。另一方面，主题是对一个想法的积极探索，它是一个有待探索的前提，它是一个问题。《虎胆龙威》的题材是恐怖分子占领摩天大楼，但主题是"只有面对自己的弱点，我们才能变得强大吗？"（因为约翰·麦克莱恩和警察阿尔只有通过承认自己最深的缺陷，才能找到安宁。）

《广告狂人》第一集播出14分钟之后[5]，这部剧集就宣告了它的内容。（非常）隐秘的同性恋萨尔在翻阅《花花公子》时看到精神病学理论，感到难以置信地说："所以我们应该相信，人们以一种方式生活，而暗地里的想法却完全相反？这真是太荒谬了。"在《撞车》中，格雷厄姆·沃特斯警探的开场白提出了一个不同的主题——"我们相互碰撞，只是为了感受到某些东西"。当然，两者都是正题，并都将在第二幕中加以探讨或质疑，在第三幕中得出结论。我们再次遇到了正题、反题和合题的基本结构原则。因为主题**就是**戏剧。所有的戏剧都是关于世界本质的争论。

故事的运作方式与论文、诉讼以及认知本身完全一样：它们提出一个想法，对其进行探讨，然后得出一个结论，如果剧情令人信服，则证明是真的。《当哈利遇见莎莉》提出了一个简单的观念："男人和女人不可能成为朋友，因为性的部分总是碍手碍脚。"第一幕提出了一个问题——"男人和女人能不能只做朋友？"；第二幕通过反题进行探讨——男人和女人试着做朋友；第三幕通过合题得出结论——男人和女人不能做朋友，除非他们在恋爱。看看一个剧本的激发事件和最劣点之间的关系——你会发现，主题在这里得到了演绎。哈利和莎莉试图成为朋友，而在危急关头，他们发现自己深感痛苦。麦克白杀死了国王，在第四幕结束时，他发现自己（虽然他没有能力察觉）处于类似的境地。正如我们已经指出的，激发事件提出了一个问题："**这样做的后果是什么？**"而最劣点提供了答案——但这是**编剧**的答案。在《麦克白》中，莎士比亚认为弑君会导致诅咒，但另一位对叛乱更宽容的编剧——或许是贝托尔特·布莱希特或爱德华·邦德——可能对弑君有截然不同的看法。

因此，激发事件和危机之间的关系，就是主题的推进所致。主题就是作家对生活的**阐释**。

任何观察过司法程序的人都会告诉你，双方争论得越厉害，审判就越是引人入胜。如果一位编剧要对生活加以论证，那么他真的应该对其进行毁灭式的检验。《布鲁克赛德》中的科克希尔家族是典型的反派，正如希区柯克所说，一部电影的好坏取决于它的反派，戏剧只有在履行了确证双方的结构性职责之后，才能真正发挥效力。一个故事的好坏，取决于它的反面论点：当主人公进入森林时，家有多温馨，森林就得有多吓人、黑暗和不祥才行。编剧必须像爱他们笔下的主人公一样爱反派。

维多利亚时代的小说家阿诺德·贝内特，指出了看到正反两面的重要性。他说，真正伟大的小说家的基本特征，是"基督般的、包容一切的同情心"[6]。莎剧经久不衰——并且经得起无限的阐释——的原因之一，就是他的戏剧具备这一特点。他的所有主要人物都有一个有效的，甚至充满激情的观点，在一些作品中，例如《裘力斯·凯撒》，主角和反派就像取得微妙平衡的天平。[7]契诃夫更是如此——他在给他的兄弟伊万诺夫的信中令人难忘地写道："我没有塑造一个恶棍或一个天使……没有责备任何人或为任何人开脱。"[8]在他最伟大的剧作中，几乎无法区分出主角和反派——所有的剧作实际上都是两者兼备。[9]当然，两者都是需要的，戏剧就是**关于**对立的，简单地宣扬一种立场，就否定了辩证法。正如安德鲁·斯坦顿所说："你经常听到'讲故事要言之有物'的说法，但这话并不总是意味着，你要传达某种信息。它意味着真理，你自己作为讲故事的人所相信的某种价值，然后通过故事的进程，能够论证这个真理。试着证明它的错误。检验它的极限。"[10]

缺少一名适当的重量级反派，会给剧集造成严重损害。在《火线》中，每个人相对于别人都是主角和反派，每场战斗都是平衡的，你不知道谁会赢——编剧用大量的篇幅，展现了班尼特的同情心。但当《忧愁河上桥》沦落到编造立不住的英国记者和天真无邪的游客，来寻找可供抨击的对象时，你就知道它处在了不太牢靠的境地——因为它渴望被新奥尔良人喜爱，所以存在致命的缺陷。当戏剧沦为它理应攻击的罪恶的牺牲品时，它就会毁掉自己——当它希望它的人物是正确的时候，就**需要**他们与自己交战。对那些主人公只是作者传声筒的作品要保持警惕。里基·热尔韦和斯蒂芬·麦钱特的《陵园路口》与《美国风情画》有相似的前提，却没有细腻的细节——所有主人公都是等待被发现的天才，每个反派都是白痴。这些人物要卷铺盖离开他们的偏远小镇，简直太容易了——与身处莫德斯托不同，没有什么能让他们留在那儿。没有戏剧性——因为没有有价值的对立面，就没有有效的主题，而没有主题就没有故事。

拉约什·埃格里认为，每部戏剧都需要有"一个完善的前提"[11]。他在本质上是完全正确的，但他忽略了更重要的东西：主题会**浮现出来**。许多编剧坐下来时，心中都有一个有意识的主题，但更多的编剧怎么也想不出这些主题。它们是有机地产生的，因为它们是编剧与现实争论的产物。当一个人辩证地写作时，主题就会浮现出来，因为两者都建立在同一基础上：正题/反题/合题。这是一个重要的观点，部分原因是它进一步证实了，结构是无意识的产物；部分原因是它使我们更接近于理解我们如何和为何讲故事。

但在我们继续深究之前，我们必须先后退一步，因为我们需要援引其他证据。

"所有的电视都是讲故事"[12]

1997 年，传奇记者阿利斯泰尔·库克在英国皇家电视协会发表讲话，说出了一个非凡的真相（如果你收听《美国来信》，就会发现其成功的大部分秘密）。他说："广播是对悬念的控制。无论你在谈论什么。园艺、经济、谋杀——你都是在讲故事。每一句话都应该引出下一句话。如果你说出一个沉闷的句子，人们就有权关掉。"[13]

在新千年的头几年里，电视高管们终于学到了这一精辟的教训——所有的叙事都需要一个戏剧性的弧线，电视特别适合其形态。他们意识到，通过遵循戏剧结构的规则，并将其运用于真实的人身上，他们可以每周提供传统电视剧只能偶尔提供的刺激。他们发现，节目的制作成本只有以前的四分之一（演员是免费的！），而且戏剧性的高峰不仅可以在系列剧的结尾出现，还可以每周出现，他们为自己找到一只全新的圣杯。

《超级保姆》《假亦真》《换妻》《学徒》《秘密百万富翁》《筑梦奇人》——它们都是真人秀题材的巨作。所有这些都有非常明确的第一幕和最后一幕——行动号召和最后的判定——但在它们之间，在衍生它们的现实的限制下，也有与莎士比亚、泰伦提乌斯和贺拉斯的作品一样的结构。在所有节目里，你都可以看到这样的模式——最初的热情、实现的目标、事情的失败、面临的灾难和反败为胜。它们中的王者——《X音素》通过遵循一套非常清晰的——哪怕是拉长的——幕结构而发挥效力。事实上，所有的真人秀节目都建立在经典的莎剧模式上，以至于当它打破了原型的规则时——就像西蒙·考埃尔的《红还是黑？》那样，以几乎完全被动的主角为特色——它就会像任何违反同样规则的戏剧那样遭受同样的命运。《换妻》也讲了一个富有启发性的故事。

《换妻》已不在英国电视上播出，其最终的失败跟电视系列剧的"跳过鲨鱼"如出一辙。观众最初收看节目，是为了享受冲突的残酷性（偶尔难免有点好奇），但当主人公发生**改变**时——当被压抑和情感缺失的父亲学会与他的孩子们一起玩耍时，这个节目才是最有效和最有意义的。也许是因为从现实中制造真正的改变比较难，但也可能是因为节目制作方更重视争论和感觉，而不是成长和成熟，观众最终厌倦了这种残酷的表演，节目被取消了（要长时间地保持窥淫癖也挺难）。在节目成功时，它体现了典型的改变，当主人公行差踏错并拒绝学习任何东西时，观众就会看得不痛快。

它忘记的是我们熟悉的要素：戏剧需要改变。近年来，很少有比 2004 年第四频道的《假亦真》更感人的故事。一名来自利兹的工人阶级叛逆青年接受挑战，给皇家爱乐乐团做指挥。他变了。接收他的中产阶级家庭变了。他的女朋友在最后一刻离开了他。他克服了所有的困难，指挥了罗西尼的《阿尔及尔的意大利姑娘》，乐曲响彻艾伯特音乐厅的屋顶。无论节目的编排有多玩世不恭（这个例子看起来并不玩世不恭），改变和情感的成长与原型完全吻合，形成了一种非凡的戏剧体验。它就像理查德·柯蒂斯写的一样，具有大多数电视剧梦寐以求的力度和感染力。

因此，真人秀窃取了电视剧的衣钵，挪用了它的原型形式。但真的存在真正的原型形式吗？正如我们已经看到的，这一观点会激怒某些编剧。托尼·乔丹——顺带一提，他制作出了完美的结构——反对这一论点。[14] 但那些反对它的人——这样的人有很多——并未抓住问题的关键。伟大的作品不见得要一味地遵循原型形式，我们必须警惕任何坚持一刀切的要求。

　　　　　　　　　　　　　　进入故事之林

颠覆常规

创意与商业、传统与颠覆之间的紧张关系，辐射到了所有的艺术形式。亚历克斯·罗斯的 20 世纪音乐史巨著《余下只有噪音》欢快地展示了"二战"后笼罩古典音乐的原教旨主义——在那个世界里，任何调性的暗示都被贴上法西斯的标签，约翰·凯奇可以宣布"贝多芬是错的"。在每一种艺术媒介中，总有一个反偶像崇拜者会像作曲家皮埃尔·布莱兹那样坚持认为："仅仅玷污《蒙娜丽莎》是不够的，因为那样做并不能杀死《蒙娜丽莎》。所有过去的艺术都必须被摧毁。"从这股冲动中，可以创作出伟大的作品。它也许是非原型化的，而且不可避免地更有难度，但话又说回来——正如《火线》所证明的那样——应该有一些这样的作品。

但这样的作品并没有使故事的原型失效——反倒证实了它。在某种程度上，所有故事都有类似的特征，即使在它们明显变得更加前卫的时候，它们是对故事原型的反动。在弗朗西斯·斯普福德的《红色的繁荣》中（它本身就是原型故事形式的变异版本之一），其中一个人物望着另一个人演奏迈尔斯·戴维斯《绿中带蓝》中的独奏：

> 他举起号，开始吹奏高亢而精准的乐句。没有任何东西将它们固定在歌曲的其他部分，不管怎样，你能看得出，它们在小心翼翼地拒绝期望，甜蜜地拒绝结束或终结，拒绝落入它们自己不断给出的结构暗示。

马塞尔·杜尚在《蒙娜丽莎》上画了一撮著名的小胡子。他很清楚，没有这幅画本身，他的作品就不可能存在，无论人们如何希望，这幅画都不可能被摧毁。故事也是如此。它们可以选择不遵循传统的形式，但即使它们不遵循，它们也像爵士乐一样，是对它的评论和反动。《白丝带》是迈克尔·哈内克对战前德国乡村生活的研究，它谨慎地拒绝接受戏剧常规。这是一部令人深感不安的电影：它的大部分力量来自拒绝遵循观众要求的原型形态。将问题故意搁置不回答，含义有意含混不清，在挫败我们对叙事结束的渴望时，它挑战了我们想要的形式。

《李尔王》在很大程度上是一部典型的结构化作品，只是在第四幕中，莎士比亚偏离了严格的惯例，写出了莎士比亚环球剧院的艺术总监多米尼克·德罗姆古尔所描述的"结构上的爵士乐即兴段落"。这是否削弱了该剧？一点也没有，它只是凸显了作为其基本主题的疯狂感。

塞缪尔·约翰逊抨击约翰·多恩的诗是"把异质的想法强行拼凑在一起"。他认为意象的差异和粗暴的并置，不符合多恩选择的写作形式。多恩的形而上学理念，他对韵律的拒绝（为此，本·琼森说他"应该被绞死"）当然是他的优势，形式和内容的相互作用才是他天才的基石。约翰·柯川《我最喜爱的东西》是一首强有力的音乐作品，但只有当人们从中听出《音乐之声》的原作时，它才真正变得伟大。电影《老无所依》的力量，来自你知道在结构上不应该发生的事件，在不太极端的例子中——对某一幕的取消，将中点向前或向后微调，还有音乐家们所说的自由节奏（rubato，指从不同的小节借用节拍）——所有这些都能使故事变得异常丰富多彩。

在米开朗基罗·安东尼奥尼的《蚀》接近尾声时，莫妮卡·维蒂从银幕右方到银幕左方,退出了特写镜头。就电影"语法"而言,她应该在下一个镜头中,从右侧进入画面——但她根本不在那儿。[15] 那是她的最后一场戏,但她却被剥夺了女主角被期待的、符合传统语法的结局。没有广角镜头,也没有仰拍;相反,在她离开之后六分钟的时间里,街上空无一人。这场戏惊人的、戏剧性的力量,来自它对我们的预期的背叛。她的离去并不合理,但从隐喻的角度看(作为"蚀"),它又说明了一切。电影,从意大利的新现实主义到伯格曼、塔可夫斯基和德莱叶的作品,周期性地对原型做出回应,并在这样做的过程中产生了非凡的作品[16],但作品仍然能从它与传统形式的关系中获得力量,就像布拉克和毕加索的立体主义一样。

如果说每个叙事都像《末路狂花》一样,那将是荒谬的;如果说所有叙事作品都是对称的,那也是荒谬的——它们显然不是。但当我们谈到"完美的结构"时,我们在无意间指的是这样的意思:完美的平衡、完美的对立、完全合适、完全合乎比例。当然,"完美"是一个承载了过多内涵的词,"完美"也并不总是意味着良好。有很多完美的东西是可怕的,有很多不完美的东西是超凡脱俗的。故事向往着某种形态,就像水寻求达成一个平面一样,但缺失未必标志着失败。

理查德·福特的小说《加拿大》(2012 年)就是一个有用的例子。它讲述了一个小男孩的故事,他的父母身为普通人,却实施了一场银行抢劫,结果闹出了乱子。年轻的叙述者在被拘留时被遗弃,他发现自己身处书名之中的加拿大(既是在精神层面,也是在现实层面),跟一名陌生人一起生活,而这名陌生人自己,也因为前半生犯下的暴力罪行,被另外两个人追杀。这本书分三个部分叙述,在遵循"完美"原型的同时，也不露形迹地放飞了自我。如果是在经典（"完美"）的电影结构中，会有三幕，整个故事会与抢劫行径和儿子对其父母行为的接纳有关——可能在故事的最后三分之一，原先的犯罪行为的受害者将扮演反派，并寻求报复。但在书里并非如此。书里的叙述分为两大部分，第三部分实际上算是后记。那些独立的事件看似随机、毫不相干，但即便如此，也不可能不注意到其中的原型结构发出的 X 射线。书里有非常明确的激发事件——父母决定犯罪；有非常明确的中点——他们被抓，叙述者流亡加拿大；还有危机和高潮——最后与陌生人的死敌发生了血腥的枪战。主人公呢？他貌似是被动的旁观者，但他当然不是——他在叙述这本书——**这**就是他对欲望的追求。银行抢劫案，还有犯下完全不同罪行的新父亲的形象——从某种意义上说，它们是完全不同的故事，但它们当然也是一回事。主人公被迫直面犯罪的后果，但一名反派将他携带的接力棒递给了另一个人，以完成故事的弧线（正如《低俗小说》中主人公的接力棒的传递，以及《惊魂记》进行到一半时的传递一样）。像其他所有的叙事一样，《加拿大》也建立在同样的基石上：一名主角被扔进森林，寻找回家的路。《加拿大》中的虚构叙述者在回顾自己的生活时，发现了关键所在——我认为，既是小说本身的关键，也是故事结构的关键：

> 当我回想起那些时光——从期待在大瀑布城上学开始，到我们父母的抢劫案，我跟姐姐的分离，穿越边境来到加拿大，那个美国人的死亡，再一直到温尼伯和我今天所在的地方——这一切都是一个整体，就像一部有乐章的乐谱，或者一幅拼图，我努力恢复和维持我的生活，使它成为完整和可以接受

的状态，不管我跨越了多少次边界。我知道，都是我在建立这些联系。但如果不尝试建立这些联系，无异于把自己交托给那些将你投到绝望的岩石上的浪涛。从国际象棋的游戏中可以学到很多东西，棋局中的个别交锋，都是一场长期战役的组成部分，而这场长期战役所追求的状态，并非逆境、冲突、失败乃至胜利，而是潜藏在所有事物之下的和谐。[17]

在福特小说的结尾，叙述者引用了维多利亚时代伟大的艺术评论家的观点，他努力勾勒出一套关于美的理论：

> 罗斯金写到，作曲是对不同的事物做出的安排。这意味着，要由作曲家来决定什么是相同的，什么是更重要的，什么是可以在生命的急速流逝中被搁置在一旁的。

故事的形态有无穷无尽的即兴乐段——有时是微妙的，有时是对原始曲调的粗暴探索和挖掘。你往往要长时间地寻觅，很可能一无所得，但曲调——即使是在它缺失的情况下——依然存在。在音乐、诗歌、电影——可以说是所有的艺术中，偏离只是证实了原型的重要性。一个小和弦与它的根源连在一起，正是这两者之间的关系产生了故事。有史以来最成功的印度电影《怒焰骄阳》的联合编剧贾韦德·阿赫塔尔提出了一个精明的看法：

> 你一定见过孩子们玩绳子和卵石。他们把绳子和卵石绑在一起，然后开始在他们的头上甩动。慢慢地，他们不断松开绳子，让它画出的圆圈越来越大。这块卵石就好比是对传

统的反叛，它想要离开……而绳子就是传统，是延续性。它在维系着卵石。但如果你弄断绳子，卵石就会掉落。如果你把卵石移除，绳子就甩不到那么远。这种传统与反传统之间的张力……在某种程度上是矛盾的，但事实上（是）一个结合体。在任何出色的艺术里，你总能找到传统和反传统的结合体。[18]

无论作品有多么激进，它的激进都是相对于原始形态而言[19]。而原始形态似乎无可否认。当彼得·摩根将大卫·弗罗斯特采访尼克松总统的故事戏剧化时，他做了一些重要的改变：他让弗罗斯特处于落魄境地（实际并非如此），他在最后一刻发现了一些关键的证据（实际并不是最后一刻——它已经掌握在他们手中八个月之久）。"最劣点"——尼克松和弗罗斯特在醉酒状态下的通话——从未发生过，而尼克松认罪的那场最后的高潮式的采访，实际发生在录音的第8天和第9天，而不是最后的第12天。所有这些都是合理的改动，但都是为了赋予影片以经典的故事设计而强加的。[20]

《对话尼克松》与摩根的其他基于事实的作品，有着几乎相同的结构，如《君子协定》《女王》《朗福勋爵》《魔鬼联队》。如果你看看其他使用原始素材的编剧，你会发现，在某种程度上，他们在做完全相同的事。萧伯纳说："只有通过虚构，才能让事实富有启发性，甚至是可理解性。""艺术家—诗人—哲学家将事情从实际发生时的不可理解的混乱中解救出来，将它们安排在艺术作品中。"[21]改变事实，以适应形态，希望能捕捉到比随机性的现实所能提供的更大的真实。

立体化的、平面化的、有暂时性的缺陷的、技巧性的、单主角的、多主角的——它们都具备或向往着同样的模式。我们对于这种形态的渴求是绝对的、永不餍足的。与大卫·黑尔的断言相反，观众其实并没有"厌倦套路"，正如《变形金刚3》和《夜巴黎》的票房收益所证明的那样。我们会狼吞虎咽地接受任何能给我们带来这种模式的东西。对我们大多数人来说，故事并不是奢侈品，它们直接吸引着我们内心的欲望。我们渴望着进入森林的旅程，无论其形式有多不纯正，但其形式越是纯正，我们就越是愿意接受它。

大卫·黑尔并未以经典的三幕形式呈现他的作品（《谁为我伴》有12场戏，《翻身》是两幕），正如弗兰克·科特雷尔·博伊斯并未有意模仿莎剧的经典模式一样。他们恰当地抨击了按部就班的编剧，并不断地以独特的、具有挑战性的方式接近他们的艺术。不过尽管他们的作品并未以传统的三幕结构呈现，但这并不意味着，它们不符合这种结构，因为追求分幕的结构，只会分散注意力。最后，重点不在于三幕或五幕，它们都只是让我们发现故事形态的工具。《教父》并不是按五幕写成，《末路狂花》也是一样。黑尔和科特雷尔·博伊斯是按照某种模式来编剧的，他们所有的作品都非常明确地遵循一种基本的结构形式，尽管他们怀着求新求变的热情去接近它，但他们不能不遵循基本的形态。

但为什么呢？为什么会是**这种**形态？这两个问题是相互依存的，通过探讨其中一个问题，我们将揭开另一个问题的答案，同时发现为什么故事对我们大家如此重要。

22

为什么?

　　如果连背叛传统的人都发现，自己是在按照预先确定的形态写作，那说明了什么？并不是说他们是骗子，只不过在所有的艺术运动中，都难免会有一些人把风格误认为反叛。确切地说，它说明背后必有原因。为什么故事会以类似的模式，清清楚楚地反复再现？或许只要我们能回答上来这个问题，我们就能弄清，为什么我们要讲这些故事。从本书和其他地方收集的证据来看，有一些理论，我们必须加以考虑。

社会的原因

　　约瑟夫·坎贝尔写道："神话中的英雄，并不是为已经定型的事物而奋斗，而是为变化中的事物而奋斗。"[1]如果说，故事确实能在其基因中携带一份留存后世的蓝图，那么就可以将"改变之路线图"视为这一更宽泛目的的模板。社会通过适应、拒绝正统、拥抱改变而留存下去——与原型所反映的模式完全相同。讲故事为什么不应该是这一过程的整理，通过移情，邀请个人参与其中？在坎贝尔看来，神话中的英雄必须杀死"现状之龙：过去的守护者霍尔德法斯特"。不仅神话是这样，也许所有的故事都是这样。

　　毫无疑问，讲故事在某种程度上跟学习有关，主人公发现了某些事，我们也发现了。这样看来，故事原型很容易被理解为一幅地图，它鼓励我们摆脱社会和心理的压抑，在这一过程中焕发新生，拥抱未知，从中学习并取得成功。

排练的原因

　　故事使我们能够理解和驾驭一个陌生的世界。通过以虚构的形式演练各种情况、问题、冲突和情绪，我们在现实生活中也更善于理解、应对和解决这些问题。

　　神经学家苏珊·格林菲尔德[2]认为，大脑就像是某种肌肉——它通过使用而得以成长，并变得更加熟练——而故事可以增进细胞之间的联系。她认为，我们听到的故事越多，讲得越多，写得越多，我们的脑神经就会发育出更多的分支，从而使得我们能够处理和应对现实生活的挑战。

治愈的原因

　　将任何缺陷纳入原型，并在故事的过程中加以解决，是有可能做到的，因此在某种程度上，故事显然提供了一个克服缺陷的模式——如果你愿意，可以称之为治愈的范式。作为故事引擎，这也许非常有用，事实上，长期运作的系列剧的生存方式，是把暂时性的缺陷，比如对某人的嫉妒或恼怒（甚至在《东区人》令人难忘的一集里，是因为弄丢了发刷而大发雷霆），送进故事装置里加以解决。

故事范式的"设计"是否有意考虑到了这一点，是值得商榷的，它［就像社会解释（societal explantion）*一样］更像是对更纯粹的目的的腐蚀——当然，我们已经说明了，在某种程度上，它似乎仍然是神经症冲突的体现。不过，即使它只是某种更深刻事物的副产品，但理论上，你可以将任何问题引入故事装置并加以解决，这一事实既有用，也很让人高兴。

信息检索的原因

一个 50 岁的人，脑子里要存储多少信息呢？即使是受教育程度最低的人，也会有一辈子的意见、知识和经验。他们如何存储这些信息？而且更重要的是，他们如何检索这些信息？纳西姆·尼古拉斯·塔勒布在《黑天鹅：极不可能的事件的影响》中写道："一系列的文字或符号越有秩序，越不随机，越有模式，越有叙事性，就越容易留存在脑海中，或记在书本上，以便你的子孙有一天能读到它。"我们将随机的混乱信息存储起来，然后倾向于以故事的形式加以检索。就像电脑文件夹面对着大量代码一样，故事将我

---

* 对现象或问题的社会学解释。

们的知识连接成一个叙事，这一叙事就像一套好用的操作系统，它生动、清晰、易于浏览。

充当灵丹妙药的原因

一位大屠杀幸存者去看了《辛德勒的名单》。事后有人问他有何感想，他回答说："还行，但你知道哪部分是错的吗？他们成功地逃走了。"这是一个尖锐的批评，但它有助于说明人们讲故事的另一个原因，为什么我们会有皆大欢喜的结局——因为它们给人以希望。这样的希望是从混乱中创造秩序的极端形式——从无意义中提取出意义来。它使现实变得容易被人接受和消化——它为现实赋予了意义。假如没有这样的希望，现实世界就有可能教人难以忍受。

生育的原因

大量故事以两性的结合和／或其在婚姻中的象征性表现为结局，这表明在某种程度上，故事为健康的生育提供了一个样板。从最早的民间故事到今天的浪漫喜剧，同样的信息反复出现——只有达成个人的平衡与和谐，才能获得性爱的回报。

这种模式不仅出现在几乎所有以"从此过上了幸福的生活"收尾的故事里。《傲慢与偏见》中的达西跟《诺丁山》中的威廉·撒克一样遵循这种模式。这种模式在《007》中可能会被无情地加工，或者在《星球大战》等电影中被破坏，在这些电影中——正如我们已经注意到的——原型被去除了性别，恋爱对象变成了妹妹，奖励是公众的认可，但基本的故事源头仍然是清楚的。并不是说它没有先例——将它与赖德·哈格德的《所罗门王的宝藏》加以比较，颇具启发性，后者是上个世纪的一部剔除了性爱的奇趣作品，在当年大获成功。的确是"男孩们自己的"故事。

从《E. T. 外星人》到《当哈利遇见莎莉》和《诺丁山》，从《星球大战》到《阿拉丁》和《好人寥寥》——男孩学习成为男人这一相同的故事框架显而易见。并且也不仅限于男性。从《驯悍记》到《理智与情感》和《简·爱》，再到几乎所有的小妞文学类的小说，可以从中看到同样的过程：女孩们褪去稚嫩的缺陷，成长为全然成熟的女性。

心理的原因

显然，并非所有的故事都是讲人如何达到性成熟的。《亨利四世》中的哈尔变得圆满，但他内心的心理冲突与生育无关——它讲的是成为一名士兵，最后成为一位国王。

或许，我们在那么多的故事里都能找到生育的模式，是因为某种更为宏大、内涵更丰富的理由。为了达成圆满——无论是性爱还是其他方面——故事告诉我们，我们必须在心理上保持平衡，而心理平衡，正如荣格所描述的，提供了一个既合适又似乎合理的模型。或许可以说，所有故事都是内在心理斗争的表现。当然，自我驱动的欲望和更深层次的、受缺陷支配的本我或需求之间的冲突，处于原型的核心位置，正是这一点表明，荣格也许为我们提供了对故事的最佳解释之一。[3]

荣格相信个体化（individuation）。"幸福"是通过将一个不成熟的人格的经验、各个方面和矛盾，整合成一个更大的整体来实现的。对荣格来说，心理健康在于平衡内心的矛盾因素，无论是男性和女性（女性意象/男性意象），还是通过他所谓的"四位一体"——一个人从导师那里整合智慧，从爱侣那里整合女性气质，从对手那里整合匮乏的缺陷[4]。《绿野仙踪》就是这种内在心理模式的文字演绎。烦恼的多萝西将她内心的忧虑投射到一个梦境中，在那里她发现了自己缺失的部分，她的焦虑得以解决。按照同样的逻辑，《灰姑娘》中的丑陋姐妹，其实是主人公内心缺乏自尊的外部象征。通过驱除、同化从而阉割她的对立面，故事使她摆脱了自己的自卑，并使她变得完整。相反，正如人们对黑暗的倒转所期望的那样，迈克尔·柯里昂每次杀人，其实只是在摧毁自己更善良的部分。当然，《教父2》中弗雷多的死亡，正是他自己的良心的死亡，是对他自己的同情心和脆弱性的冷血谋杀。

"侦探，"A. A.吉尔认为，"是集体的超我，他们解决的犯罪是我们自身的恐惧和欲望的反映。"[5]如果我们能接受这一点，那么从逻辑上讲，我们就没有理由不接受**所有**故事都是内在心理冲突的外在表现，所有外在的反派，实际上都是心灵内在分裂的投影。只要看看立体化的故事的结构，你就会知道，这很可能是真的：在中点，由自我驱动的、有意识的**想要**被放弃，转而认可更有营养的**需要**——故事因此成为讲述主角如何掌握埋藏在内心、突然醒悟到的事情。

这是许多神话故事里的一个显而易见的模式，但达伦·阿伦诺夫斯基的电影《黑天鹅》，是这一过程在当代相当出色的视觉呈现。尼娜和她的阴影在死亡与圆满之舞中纠缠在一起。一伙芭蕾舞专家排着队嫌弃这部电影不现实[6]，让人不禁觉得，他们没有抓住重点——这部电影讲的并不是芭蕾舞，而是理解黑暗的重要性，以及为什么童话故事徘徊在残酷的边缘。它讲述了"坏人"为什么是内心冲突的产物——恶魔与黑暗存在于我们所有人的内心深处。"我们所有人都是潜在的恶棍，"迪士尼的传奇动画师弗兰克·托马斯和奥利·约翰斯顿曾经说过[7]，"如果我们被逼无奈，压力超过了我们的极限，我们的自我保护系统就会接手，我们就能做出可怕的恶行。"

我们可以否认和掩藏这些感觉（这是我们的自我防御机制的功效），但真正的心理健康有赖于承认和融合这些感觉。野兽通过从加斯顿身上学习他所需要的无情和虐待来战胜他，从而获得了美，正如（《窃听风暴》中的）豪普特曼·维斯勒从对手身上吸收了同情心，来救赎自己的灵魂。尼娜也是如此，她杀死了黑天鹅，从而能够跳好自己的角色。所有人都从他们的阴影中学习。所有人都像孩子一样，在尘土中玩耍，从而变得更安全、更健康。

因此，对黑暗的同化对成长至关重要。这种荣格的暗流在珀尔塞福涅的神话中表现得最为明显，这个性情纯真的女孩被哈迪斯绑架，拖到了全是男性的冥界，最后被宙斯（哈迪斯"善良"的、同父异母的兄弟）救了出来。她回到了家中，但她之前被迫吞下了石榴籽，它能确保她会在每年的一部分时间里重新回去。这个故事的象征意义颇为丰富：男性与女性融合，平衡得以实现。我们整合"他者"，以免受其影响，就像神经症通过同化其根源而得到治愈一样。故事对我们来说就像地图，就像通向个性成长和心理健康的道路。

这也说明了，为什么政治正确的戏剧，感觉就像贫血和毫无感染力的宣传品，为什么那些希望审查故事的人，很可能会比他们害怕的作品造成更大的伤害。审查制度消除了心理上的真实，用否认，用一厢情愿——宣传，来取而代之。一代儿童可能永远不知道《E. T. 外星人》里原来有枪（斯皮尔伯格认为，有必要在20 周年纪念版中删除它们，不过他在 30 周年纪念版中明智地恢复了它们），也不知道《邻家小鬼》里原先有一把发射豌豆的玩具枪，"小鬼"用它射过瘦弱的沃尔特——事实上，沃尔特在其 2009 年的卡通版（《丹尼斯和纳舍尔》）中也做了改造，变得更有男子气概。这既不是更好的戏剧，也不是更好的心理学。正如布鲁诺·贝特尔海姆在《童话的魅力》[*]中所说，假装世界并不残酷，对儿童来说，可能比展现世界是残酷的更有危害性。

这些是有关讲故事的最常见的论点，但还有其他的论点，特别是如果我们深入了解比较神话学和宗教学研究的话[8]。在我们最神圣的文本中寻找潜在的模式，渴望将它们追溯到一个单一的源头，这成了 19 世纪的一种特别流行的消遣——一项典型的启蒙运动。人们研究出许多理论，神话被视为各种名堂，从语言对抽象思想的腐蚀[9]，到由生到死再到重生这一自然节奏的外化[10]。

它们都是有趣的理论。它们都颇有分量。但哪些才是真实可靠的呢，假如其中有的话？它们当中的任何一个，都能解释经典

---

[*] 此为中译本书名。原作名为《魔法的用处：童话的意义与重要性》(*The Uses of Enchantment: The Meaning and Importance of Fairy Tales*)。

的故事形态吗？因为这必定是决定性的检验。倘若故事形态不以内容为根基，那么支持它的论点就根本没有效力。

当然，荣格的范式与我们的总体结构模式非常契合，并且它以二元对立为基础，也完全合理。这是颇有说服力的匹配，但我们必须保持警惕。假如90%的犯人都喝茶，我们不能得出结论说，茶要对90%的犯罪负责。相关性并不意味着因果关系——就算某件事情符合，我们也不能得出结论说，它是对的。

珀尔塞福涅的旅程提供了一个富有启迪的教训。如果说石榴籽是男性生育能力的象征，那么心理学的潜台词是显而易见的——但娱乐性的潜台词也是显而易见的，而且把治愈、排练、检索和社会性的解释也纳入到这个故事里，也不算太夸张。此外，这个故事最常见、最直白的解释——作为季节的创世神话——也很明显。这就使我们陷入了某种窘境。既然我们能找到好多种合适的理由——还有可能找到一个明确的答案吗？

我们为什么要讲故事？

任何坚定地宣布，讲故事有一个具体原因的人，都会遭人嫌恶。正如我们曾坚持认为天空围绕大地转动一样，那些宣称讲故事的荣格式前提是唯一真理的人，也会面临类似的命运。大胆地宣扬一种理论，就有变成《米德尔马契》中的卡苏朋那样的风险。

每种讲故事的理论都有其价值，但最有说服力的解释，是能够容纳所有其他理论的解释。这并不意味着它是正确的，但它会使我们更接近可能的原因。如果说，荣格的理论趋于占据主导地位（它绝对是约瑟夫·坎贝尔和他的众多信徒工作的基础），我们必须记住，荣格本人倡导的心理健康是以能力为前提的，正如斯科特·菲茨杰拉德所说，要在理解截然不同的事物的同时，保持正常功能的运作。最后，心理健康跟施加秩序的能力有关。

秩序的作用

尽管存在主义有种种缺陷，但它指出了一个基本的真理：在没有上帝的宇宙中，毫无意义的存在这一绝望无助的恐怖，是任何个人都无法承受的。我们在这里，然后我们死掉了，所有的环境都是随机的，所有的成就最终都是徒劳的，这样的想法让人无法思考。凝视着深渊，我们发现，我们没法不给世界赋予秩序。我们根本无法想象随机或任意的情况，为了保持理智，我们必须施加某种模式。《圣经》作为西方文化的基石，只是强化了这一点——它无处不在的影响力强调了这样一个事实，即上帝是我们为了舒缓自己内心的恐惧而讲的故事。

劳伦斯·斯特恩《项狄传》的同名主人公特里斯舛·项狄，计划写下自己的人生故事，但在近 600 页的篇幅中，他始终无法越过自己出生的那一天。项狄发现，宇宙是无序的、混乱的。具有讽刺意味的是，主人公不知道，写作行为本身就给世界赋予了秩序（项狄的任务使其具有典型的"探求"结构）。项狄对此无能为力——我们也一样，因为我们**就是**斯特恩笔下那位 18 世纪的主人公，对秩序的追求就在我们的心里，正如也在他的心里一样。对一些人来说，这种倾向可能是极端的，对另一些人来说则不是。在光谱的一端是阿斯伯格症和自闭症，在另一端我们发现自己在给——嗯，**万事万物**编排目录，从按字母顺序排列我们的书，到排列我们的浴室毛巾。我们痴迷于赋予形式的需要。苹果公司的音乐播放器取得惊人的成功，显然与人们对音乐的热爱无关，而与它将秩序赋予随机歌曲的能力有关。如果我们奉命在一段时间内生成一个任意数字的列表，某种模式就会出现，即使是无政府主义者，也无法抵制将其整理成一个系统的冲动。

杰克逊·波洛克并没打算画出分形，但在他酗酒的疯狂中，他找到了一种控制混乱的方法，就像爱伦·坡创造了世界上第一个虚构的侦探，以压制内心的恐惧一样。C.奥古斯特·迪潘是理性的完美传播者，一个能够从任何类型的混乱中理出头绪的人，这也许并非偶然。当代评论家约瑟夫·伍德·克鲁奇说："（这位）新主角没有疯狂地沉浸在骇人的犯罪中，而是干脆利落地展开追查。"坡本人是出了名的精神不稳定，克鲁奇尖锐地指出，坡有可能"发明出侦探故事，好让自己不发疯"。在寻求驯服自己的恶魔时，坡也找到了驯服我们的方法。T. S.艾略特说："人类无法承受太多的现实。"除非我们对宇宙的混乱无序进行某种分类，否则就不可能保持理智。[11]

我们所有的故事理论都有一个共同点，都围绕着一个中心思想：不圆满变成圆满，意义被创造出来。将赋予秩序说成是讲故事的缘起，听起来有些过于简化，但赋予秩序绝对与我们如何驾驭我们的内在自我和外部世界之间的差距有关。其实，我们在本书中谈到的"家"，**就是**我们内在的自我，而我们进入森林的旅程，就是探索远方的一切的旅程。我们尝试理解事物，其中包含了心理学的过程：我们如何使内在和外在达到平衡，如何使主观满足客观，我们如何摆平想要和需要？我们如何适应？

　　无论是心理的、性爱的还是社会的，我们的每一种故事的定义，都围绕着同一个原则，秩序从混乱中产生，将意义赋予令人不知所措的世界。一件激发事件将看似有序的现实炸成无数碎片，然后一名侦探来这里追捕罪犯，恢复应有的秩序。

　　我们已经看到，三幕结构是这一过程的产物。它是我们整理现实的围栏，一套结构出现在我们身上，就像呼吸一样简单。赋予秩序是一种感知的行为，正是这种行为给了我们叙事、修辞和戏剧。正如认知科学家史蒂文·平克所说："情节的标准定义与智力的定义相同，这并非巧合。虚构世界中的人物做的事，正是智慧让我们在现实世界中所能做到的。"[12] 我们的智力表现得像个侦探。它被派去执行任务，吸收现有的证据，找到外在的真相，并将它牢牢掌握。所有的叙事在某种程度上都是侦探小说。叙事形态——戏剧弧线——只是这一过程的外化。所有的故事不只是探索，它们是侦查活动。

　　讲故事是知识同化过程的**戏剧化**。戏剧中的主角模仿了作者和读者的愿望——两者都是追查真相的侦探。在每一个原型故事中，主人公都在学习——与我们的学习方式完全相同。我们都要面对不学习的后果——我们将继续愚昧无知[13]，因此，如果我们继续读下去或看下去，那我们也是选择了学习。知识的吸收就在戏剧的细胞当中——人物的缺陷只是尚未学到的知识。在试图纠正这一缺陷的过程中，故事在不断推进，人物的逐步学习模仿了感知的过程。

　　因此，戏剧模仿了大脑吸收知识的方式，正因如此，它与法律论证和我们在学校学到的基本论文结构相同。这就是为什么主题是必不可少的，以及为什么它会在任何作品中自发地产生。自觉或不自觉地，所有戏剧都是与现实的争论，在争论中得出结论，驯服现实。我们都是侦探，都在寻求解决我们的案件。

但这不仅适用于戏剧。

诗歌是什么，不正是将不相干的事物塑造成有意义的行为吗（"我可否将你比作夏日？"）？你可以在所有的叙事——无论是在虚构作品还是非虚构作品中，看到完全相同的过程和结构。各种形式之间存在着差异：戏剧以幕为单位讲述，因为它是为一气呵成的观看而设计的，但传记、诗歌和小说都有相同的基本结构一致性（其实音乐也是如此——流行歌曲的中间八小节和奏鸣曲的呈示部、展开部和再现部，都与表演形式有着惊人的相似之处）。戏剧中会有幕，书中会有章节；书中会有段落，戏剧中会有场。句子和音符、短语和节拍——它们都是每种形式特有的单位，当它们以特定的方式结合在一起，就会把现实变成故事。在散文和戏剧中，如果每一个点都不跟随并建立在前一个点之上，那么秩序就会丧失，读者也会迷失——重新陷入混乱之中。

因此，严格说来，并不是真人秀电视节目盗用了戏剧的外衣。戏剧先于真人秀出现，可能只是因为经济和技术环境首先有利于它，但两者都是叙事过程的独立表现形式。戏剧结构并不是其他讲故事形式的祖先；相反，正如我在开头所提到的，对戏剧结构的研究为我们提供了理解它的最好的钥匙。因为叙事几乎存在于我们所见和我们所做的一切之中——我们将**所有的**经历都变成了故事。

拿出任何一本纪实著作，任何一篇论文，任何一篇新闻报道，你会看到一套惊人相似的模式，其中作者会积极追求某个特定的目标（就是他们想要表达的观点），提出一个理论，探索一番并得出一个结论。作者成了主人公。所有这些不同形式的叙事，做的是像侦探一样的行为，将现象包围在因果关系的链条中。它们的结构跟戏剧结构是一样的。

因此，戏剧就是展现出来的、我们与现实所做的争论。思考是有顺序的，正如苏珊·格林菲尔德所说，思想就是一连串由"这事是因为这个原因而发生的"的想法联系起来的事实。当一个观点得到证明时，我们就把它与下一个观点联系起来，努力寻求意义，这样一来，故事就诞生了。

因果链

丹尼尔·卡尼曼在《思考，快与慢》一书中，以两个词的并列，开始了他对意识和无意识思维所玩把戏的调查，如"香蕉呕吐"。

他指出，我们的大脑如何立即施加"时间顺序和词语之间的因果关系……构建一个香蕉致病的粗略情景"[14]。面对不协调，我们立即运用卡尼曼所说的"联想一致性规则"。这当然是我们已经观察过的过程——这就是库里肖夫效应。

在《白宫风云》第二季，总统巴特勒特发现，在他讲了一个得克萨斯人的笑话之后不久，他在得克萨斯的民调就下降了。他的幕僚认为他需要为这个笑话道歉，却发现巴特勒特在思考这一集的拉丁文标题"Post hoc ergo propter hoc"（事后因果论）。他解释说，他在得克萨斯州的民调有可能会下降，但这并不意味着是这个笑话**所导致**。因为某件事发生在另一件事之后，所以就是前一件事导致了后一件事，这种想法不仅是一种常见的逻辑谬误，当然也是叙事的源泉。叙事是连接成链条的因果关系，"事后因果论"是讲故事。

卡尼曼在《思考，快与慢》中和纳西姆·尼古拉斯·塔勒布在《黑天鹅》中，都以一定的篇幅写道我们陷入塔勒布所谓的"叙事谬误"，即"事后因果"陷阱的倾向。几年前，这篇报道出现在 BBC 地方新闻中：

- 警方今天正在调查一起房屋火灾。
- 一名妇女和三名儿童被留置在医院。
- 据了解，她卷入了一场监护权之争。

"发生了什么事？"我们立即想问，并通过将这三个语句以最简单的方式联系在一起，来寻找答案。大多数人会得出结论，丈夫是火灾的幕后黑手（就像香蕉致病一样），不过当然，这些句子中根本没有任何内容表明这一点。

这种将因果关系联系起来的无尽冲动，当然是电影制作人的天赋。在 J. 布莱克森 2009 年的电影《爱丽丝的失踪》中，两名有前科的罪犯绑架了一位百万富翁的女儿并勒索赎金，只不过真正的目标并不是爱丽丝的父母，而是其中一名绑匪。没有什么是乍看之下的样子，就连片名也是。布莱克森完全利用了我们对顺序推理的渴望，通过对事件的巧妙排序，迫使我们假想出与实际情况相反的事。他明白，就像更早的阿加莎·克里斯蒂明白一样，并置就是向观众讲述一个巨大谎言所需的一切，谎言的拆穿带给我们这种类型中备受喜爱的情节反转。但正如我们现在可以看到的，惊悚片的编剧可以巧妙利用人们对连续事件加以叙述的愿望，其重要性远胜剪辑。

正如卡尼曼和塔勒布所警告的那样，我们会情不自禁地把故事安放在所有事上。所以在 20 世纪 70 年代的英国，六名无辜的爱尔兰人在离开伯明翰的火车上，被认定犯下安放爱尔兰共和军炸弹的罪行，该炸弹刚刚在当地造成了破坏；也是由于同样的原因，撒切尔夫人被拍到驾驶着坦克。联想的一致性影响着我们所有人。如果你在电视台工作过，你就会知道，任何参与过热播剧的人，马上就会变得很容易找到工作机会——不仅演员如此，制作公司也是一样。如果你的简历上有这部剧集，你就能将你的薪水翻倍，因为雇主们会被一种叙事谬论所迷惑。在现实中，在任何节目里工作过的人当中，有 90% 是可以换成别人的，或者神奇的效果只来自那个特定演员与特定剧本的结合。但我们忽略了这一点——我们看到他们的名字，看到他们的简历，就会自动推断出，他们为剧集的成功发挥了不小的作用。在因为《无耻之徒》而饱受赞美之后，我收到的最明智的忠告，既令人痛苦又真实可信："就算**没有**你，它也许照样能大获成功。"

我们无法应对随机性，我们害怕失控的世界，这使我们陷入对叙事的完全依赖——之所以发生这种情况，原因是**这个**；你必须为这个人投票，因为**这个**；如果你开**这**款车，你就会得到这个女孩——这种欲望几乎不可战胜。亚伦·索金的《点球成金》讲述了奥克兰运动家棒球队的经理人比利·比恩的真实故事，他开创了一种非叙事性的球队选拔方法，从而组建了一支能击败那些拥有三倍收入的球员阵容的球队。他摒弃了传统和通行的主观评价方法，用对统计数据的客观分析取而代之，他选择了更多的"员工型"球员，而不是"球星"，并拒绝了"大卫·贝克汉姆"叙事

（即本能地认为外形出色的球员在某种程度上更好）的吸引力。尽管外界对这支球队抱有巨大的怀疑，但这支球队还是连续赢得了美国联赛的 20 场比赛，创造了美国联赛的纪录。

这部电影颂扬了对叙事的拒绝，但明显具有讽刺意味的是，它把布拉德·皮特放在了中心位置。尽管这部电影与它自己的论点自相矛盾，但它仍然成为独自对抗所有困难的经典美国宣言。《点球成金》证明了这样一个事实：我们无法停止将现实渲染成故事。

上学的时候，我们那一代英国儿童被教导说，斯科特船长是一位伟大的英国英雄——因为他在前往南极的路上死去，所以更有意义。1979 年，这个故事出现了一个全新的版本，将斯科特描绘成一个无能的小丑。2011 年，出现了第三个版本，在这个版本中，他根本就没有为到达南极而参与竞赛——他对科学的兴趣胜过了对虚名的兴趣。[15] 哪一个是真的？也许都是真的。人们观察到了事实，在将它们联系在一起的过程中，人们做出种种推测，得出了一种叙事。应当记住的是，作者所讲述的故事，就像反派绕过的阻碍一样，既揭示了作者和他们所处的时代，也揭示了他们想要描绘的对象。[16] 每一代人将看似客观的信息纳入另一种现实版本。我们永远不可能知道斯科特的真相。我们毕竟不在现场，就算我们在现场，斯科特的真相和奥茨船长的真相——还有阿蒙森的真相——也会各不相同。记者兼政治评论员波莉·汤因比在驳斥他人对她所处行业的过高要求时，将她的工作描述为求知的探索，"我们将混沌的现实勾勒成对与错的叙事"[17]。这是一个伟大的观点，但它不仅是新闻业的真相，也是生活的真相。

那么既然故事能让世人臣服，为什么还有那么多理论家认为它们起源于神话，因而可以用荣格的思想来解释呢？为什么从克里斯托弗·沃格勒到克里斯托弗·布克，他们都在神话里找到了故事的基石？

神话的作用

贤良的爱尔兰王子康奈达被剥夺了应得的遗产，他面临着一个可怕的选择：为了继续他的探险并获得进入仙女堡垒的机会，他必须杀死他的马，剥掉马皮。王子犹豫不决，但正是这匹马说服了他，他必须完成这一残忍的行径。在经受了巨大的痛苦之后，他杀死了可靠的骏马，获得了进入王国的机会。死去的马奇迹般地重生为另一位英俊的王子，而秩序也得以恢复，就像在所有出色的寓言故事里那样。

这个古老的异教神话[18]由印度学家海因里希·齐默尔在《国王与尸体》（1948年）[19]中做了重述，这是最早出版的比较神话研究著作之一。它讲述了一个男人的故事，此人：

> ……虽然年轻时德行毫无瑕疵……但对他的王国和人世间到处存在邪恶的可能性仍然一无所知……他对阴暗面一无所知，对能够抵消美德的、无情的、破坏性的力量——自私的、破坏性的、邪恶的野心和侵略性的暴力行为——一无所知。在他仁慈的统治下，这些恶行将会出现，破坏他的王国的和谐……

也就是说，康奈达需要学习一切。在他能够应对生命力的多重性之前，他必须了解对立共存的普遍规律。他必须认识到，圆满是由对立面通过冲突彼此合作来达成的，而和谐本质上是对不可化简的紧张关系的解决。（他必须）面对并整合与他的本性严重冲突对立的现实。他必须与邪恶的势力打交道，因此，他必须走艰辛探索的隐秘道路。他的神话，他的奇迹故事，是通过掌握和同化彼此冲突的对立面，来完成自我的痛苦寓言。这个过程是用典型的象征性术语来描述的：遭遇、危险、壮举和考验。

并不令人感到意外的是，约瑟夫·坎贝尔是齐默尔的学生——事实上，坎贝尔曾编辑过齐默尔的遗作。在他本人的作品中，坎贝尔指出了英雄穿过种种对立面这一无限重复的主题（他援引了伊阿宋的故事，但荷马的《奥德赛》也许更有说服力），他说：

> 英雄，无论是男神还是女神，男人还是女人，神话人物还是做梦的人，都是通过吞噬或被吞噬，来发现和同化他的对立面（他自己未曾发现的自我）。抵抗被逐一打破。他必须放下他的骄傲、他的美德、美貌和生命，向绝对无法忍受的东西低头或屈服。然后他发现，他和对立面是不同的物种，却是一体的。

像之前的齐默尔一样，坎贝尔相信，他已经在所有伟大文明的神话中发现了这种统一的模式。但具有讽刺意味的是，由于他们相信神话及其荣格式的基础是所有故事的基石，这两位作者本人也落入了叙事谬误的陷阱。当坎贝尔写到普罗米修斯盗火、伊阿宋寻找金羊毛和埃涅阿斯下到冥界时，他只发现了一种模式："英雄神话冒险的标准路径，是成人仪式所代表的准则的扩大呈现，分离—启蒙—回归，这可以被称作单一神话的核心单元。"

如前所述，他在神话中发现的"往程—归程"结构，存在于所有的故事当中。当然，神话是基本故事结构的原始体现，但神话并未孕育出结构，结构却孕育出了神话。为什么？

牛顿第三运动定律宣称："对每一个作用力，总有一个同等而相反的反作用力。"[20] 在场的结构中也是如此，所以任何对手的力量都很重要。不光是为了使戏剧更加精彩，它还有更重要的结构功能。《东区人》中的卡特想阻止女儿去西班牙，因为女儿要跟哈里叔叔一起过去，而她知道哈里叔叔是个恋童癖。卡特知道这一点，是因为哈里叔叔在她小时候强奸过她，而佐伊就是那场强奸留下的孩子，所以卡特不能在隐瞒自己是佐伊母亲的情况下，阻止女儿出国。当我们在印度餐厅看到她们时，她们正在玩"说出真心话"的游戏，每个人都透露了一个秘密。就在这时，佐伊宣布了她的旅行计划，卡特的谎言与佐伊的坦诚并置在一起。为了阻止佐伊出行，卡特必须借用和吸收她的对手的品质——她必须吸收佐伊的坦诚，向她讲明真相。

　　佐伊：你又不是我母亲。
　　卡特：我是。

我们知道这一刻是颠覆预期（你能听到鼓声），我们也知道，在故事中，主人公为了实现他们的目标，会具备对手的品质（我们从康奈达王子的故事中看到了这一点）。在这里，我们看到完全相同的过程也发生在细胞层面上。

因此，坎贝尔所说的"单一神话的核心单元"，实际上只是一

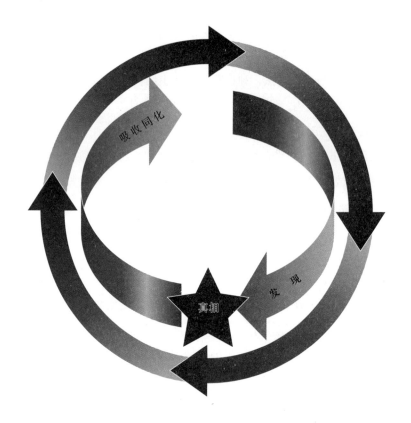

场戏。它是两种成分的相互权衡，它是组成每个故事的构件。人物在旅途中遇到了他们的对立面，正题与反题相遇，双方都吸收了对方的品质，重新开始这一过程。

《哈姆雷特》仍然是最好的例子。从本质上讲，它是一个经典的侦探故事，前半部分围绕"克劳狄乌斯是否谋杀了国王"这一问题展开，后半部分则围绕着对中途发现的真相——"确实是他干的"——的反应来展开。每个故事，其实是每一场戏，都是这种形态的产物。人物在旅途中遇到他们的对立面，然后将这个对立面同化为自己。对立面是我们必须关注的地方。

进入故事之林

对立面的作用

公元前 4 世纪初，希腊人发展了一种被称为苏格拉底式对话的推理形式。两个人物被戏剧性地呈现出来——其中一个往往是苏格拉底本人——并通过一系列的问答来寻求真理。你可以非常清楚地发现，这个过程正是索福克勒斯的《安提戈涅》的基础，不过从中也可以看到民主、司法系统[21]、自由媒体的诞生，以及从罗宾·戴爵士到杰里米·帕克斯曼的整个英国电视记者流派的采访技巧。

格奥尔格·黑格尔对这一思想进行了调整和扩展。他认为，真理只有通过不断对立的过程才能找到。一个想法被提出来，受到质疑，新的想法就诞生了。[22] 这个想法也会受到质疑，这个过程不断重复，直到找到一个由分形组成的整体。故事也是如此。

大卫·西蒙在向 HBO 推荐《火线》时，注意到了一种非同寻常的双重性："突然间，警察的官僚机构是无关道德、功能失调的；而以毒品文化为形式的犯罪，也同样突然成为一种官僚机构。"[23] 正是这一观察构成了其杰作的基础。安德鲁·斯坦顿和他的合作编剧鲍勃·彼得森称之为二加二；希腊人称之为突转（peripeteia）和发现（anagnorisis）。库里肖夫在图像的并置中看到了它，杜尚以他的小便池利用了它。莎士比亚在奥赛罗和伊阿古身上体现了它，简·奥斯汀在伊丽莎白和达西身上感受到了它。当佐伊对她的姐姐大喊"你又不是我母亲"时，卡特回答说"我是"。

2011 年，弗兰肯斯坦和他创造的怪物，在伦敦的舞台上由演员轮番扮演，获得了极大的赞誉，但这并不是什么新点子。1973年，约翰·巴顿在皇家芭蕾舞团玩了类似的把戏，将博林布鲁克和理查二世的演员互换,《卫报》就此写道:"突然之间,他们变成了镜像。"²⁴ 当然,从结构上来说,他们一向如此——正如比阿特丽斯和本尼迪克、卡塔琳娜和佩特鲁乔、罗密欧和朱丽叶、安东尼和克莱奥帕特拉、普罗斯佩罗和卡利班、麦克白和麦克白夫人、李尔和科迪莉亚、法斯塔夫和亨利、热斯伯和哈尔、《特洛伊罗斯和克雷西达》里的希腊人和特洛伊人、《错误的喜剧》里的安提佛勒斯和德罗米奥,以及《仲夏夜之梦》里的贵族和工匠。莎士比亚的所有作品都建立在这个基础上,因为所有的原型戏剧都建立在这个基础上。从安提戈涅和克瑞翁,到《印度之路》中的阿德拉和阿齐兹,再到《东区人》的创始家族——福勒一家和瓦特一家,对立面之间的对抗是故事的核心所在。

让我们再次回到我们对人物的"图形"解释上。我们已经以一种非常简单的方式,看到了内在变化是如何勾勒出一个主人公的,我们已经描绘出了《律政俏佳人》和《麦克白》中的人物发展历程。但改变之路线图也是建立在相同的模式上。塞尔玛和路易丝的行为不断对立,她们之间的辩证关系影响着不断发生的改变,直到她们双方互换角色为止。这一点在莎士比亚的《理查二世》中,得到了更好的说明:博林布鲁克和国王走过的旅程,与塞尔玛和路易丝在20世纪的探索如出一辙。起初,理查二世是国王,格洛斯特死亡的阴影笼罩着他,而博林布鲁克站在他面前,遭到谴责。五幕之后,博林布鲁克成为国王,理查二世被俘,新国王被指责参与一起死亡事件,其方式与前任完全相同。对立面的舞蹈(没有一丝荣格式的成长)不仅能说明问题——还给了我们一套完美的结构。

这幅图描绘了主人公和反派的命运——你可以非常清楚地看

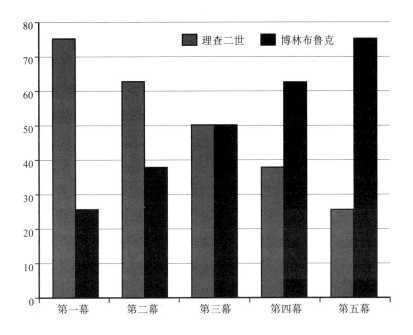

到（尽管图示化的方式有些荒谬），对立的双方在每一幕的发展变化。当然，中点是非常重要的。在第三幕第二场中，理查二世死去，将神圣的王权在事实上留给了博林布鲁克。这与《教父》惊人地相似。当迈克尔·柯里昂用枪指着索洛佐和麦克拉斯基时，他所面对的是他从前所相信的一切的反面。他凝视着树林，扣动了扳机，对立的两面融为一体，一个新的人物诞生了。[25]

弗兰克·科特雷尔·博伊斯在谈到三幕结构时说，它是"一种没用的模式。它是静态的"[26]。唯一合理的反驳是，是的，假如它真是静态的，那它是没用。正是由于这个原因，主人公必须是积极的，也正是由于这个原因，故事一旦变得没有活力，就会枯萎。若是没有欲望——除非迈克尔扣动扳机——也就没有什么可以把这场戏激发出活力。只有活力才能在两个对立面之间架起桥梁，引发融合。没有这种能量，细胞就不能产生——实际上是发生了故障。在实事求是地书写时——就像我现在这样——我的**意图**是将对立面加以整合，形成一个连贯的整体，正如读者试图将大众甲壳虫的图片与"柠檬"一词加以整合一样。在戏剧中，我们会看着主人公做出同样的事情。他们的欲望就像一股能量，透过细胞传递过去，转化为意义。[27] 每个整合的时刻都会让火炬保持活力——火焰会被传递过去。意义诞生于对立面的融合。

基于我们对化学、物理学和生物学的了解，也许我们不应该感到惊讶。"纯粹主义者，"奈·贝文曾说过，"是贫乏的。"我们的世界是由融合的时刻构成的，从行星的创造到幼儿的生育莫不如此。米开朗基罗在西斯廷教堂的天花板上捕捉到了这一点。他画的是上帝赋予亚当生命，但我们真正看到的，是两个完美平衡的对立面来到了一起——通过这种关系的融合，从指尖到指尖，传递出了**生命**。

故事形态的成因

我们对如何和为何讲故事提出的任何理由，最终都必须解释清楚叙事弧线的普遍性。一场戏有开端、中间和结尾，其中包含了改变。把这些场戏放在一起，它们就成长为幕，把这些幕放在一起，你就有了一个故事。

但当你把好几场戏连在一起时，看看会发生什么吧。以一场戏为例，加上另一场，就会产生一个新的"中间"部分，再加上第三场，第一场和最后一场就会前后呼应。链条每增加一环，整体形态就会调整，以模仿原始"细胞"的结构。原先的危机现在变成了幕间休息，然后变成中点或激发事件，以此类推，随着链条的延长而无限延长。随着故事的扩展，从场到幕，从幕到故事，从故事到三部曲（《奥瑞斯提亚》三部曲就是很好的例子），甚至更大，单个构件的复制使得形态变得更加清晰。

当一场戏是对立面的并置时，它的效果就会成功展现出来——每个对立面都承载着一种新的现实或"真相"。真相必须是对立面吗？当然不是。异质的也行，但对立的效果最好。随着故事向前发展，它必须讲求对称吗？当然不是，但对称会十分合适。就像水寻求沿着最简单的路线流动，感知——也就是讲故事——寻求最令人愉悦和最容易消化的模式。因此，中点——承载着核心"真相"的时刻——处于中心位置，而缺乏这些品质的主角则从相反的点开始。他们来到中点的时候，必须把他们学到的品质吸收同化，要展现出这一点，最简单的方法就是将他们与从前的自己加以**比较**——由此，从简单的结构小节中演化出一种平行的形态。

随着故事展开和对立面的弥合，观众推断出了前因后果，故事也变得生动起来。每场戏都是从前一场戏的素材融合中产生的——每场戏都像爆炸的恒星一样消亡，为后续的场次生成原始的素材。而随着它们的建立，新的形态出现了。叙事模仿智慧，感知模仿侦探。合理化，同化对立面，为世界赋予秩序。而新出现的形态当然是非常熟悉的，它全面地解释了为什么会有原型和故事结构。

它是什么？

是对单独一场戏的分形放大。

这就是故事结构——单一的感知单位，它们无休止地尝试彼此模仿，组建成其组成部分的巨大版本。

在单独的每场戏里，人物都要面对他们的对立面，内在的存在要面对外部的谜团。这个谜团被驯服，教训被吸取，人物被改变，继续前进。尼娜慢慢融入黑天鹅的特征，渐渐改变和成长，直到将对立面同化。每场戏都是从上一场戏的终点建立起来——新的状态遭遇了对立面，将它吸收融入，准备再一次遭遇对立面。人物不只是在每个故事里进入森林，他们在每场戏里都进入森林。真是再复杂不过。典型的故事是基本感知单位的分形放大。因为故事结构和场的结构是同一回事。

正因如此，九岁的孩子就能讲出结构完美的故事。

类似地，约瑟夫·坎贝尔的一元神话也不过是场的结构的宏观展现——一场毫秒级的简单旅程，以吸收外在的事物，为它们赋予秩序。[28] 一旦认识到这一点，就会明白"英雄之旅"不只是一种构造。由坎贝尔率先阐述、由沃格勒推而广之的东西，不过是物理过程的产物，[29] 是一个有开头、中间和结尾的因果链，它寻求对称性。在任何特定的幕结构中，人物必须按照某种模式改变和成长——这种模式由戏剧结构决定，它本身就是无意识思维的产物。因此人物将走向中点，从中点再出发，倾向于采取（不过当然，他们并非非此不可）最容易的路线。因此，英雄之旅实际上只是结构所确定的两点之间最快捷的通路。"改变之路线图"只是沿着对称的弧线，从 A 点到 B 点，合乎逻辑地逐节推进。这是一种自然的形态。它是无意间出现的（编剧们也是无意间遵循的），所以它才会既出现在《贝奥武甫》里，又出现在《大白鲨》里。它其实一点也不神秘，也不邪恶。它没什么可怕。[30] 它是我们为世界赋予秩序时自然出现的一种附带产物。

　　　　　　　　　　　　　　　进入故事之林

共通的故事

因此，与其说有一个单一的故事，不如说有一个单一的故事形态。但如果这是真的，我们要如何解释一些文学主题不断地反复出现？为什么有些主题——和神话——会反复出现？所以肯定会有一些共通的故事？

故事努力寻求意义，寻求共鸣——否则我们何必分享它们？当它们获得意义时，它们就会被重复，嵌入到我们的集体意识之中。关于母亲、父亲、性欲萌生和生命世代相传的故事总会引起共鸣，因此，这些故事往往会留存于世，因为它们挖掘出了我们共通的欲望、感受和符号——其实这就是荣格对集体无意识的定义。荣格认为，作为一个种族，我们有共通的符号，我们都能与之建立关联。显然我们是有，但这不是我们创造故事的**原因**。这样的假定又是一个叙事谬误——它只是解释了，为什么有这么多的故事，都围绕着强大的主题。建立在对立面上的故事结构，是荣格思想的完美载体，这就是它为什么被荣格思想一次又一次地占据——但我们不能把症状误认为原因。我们讲述了无数关于各种事物的故事，但只有少数能留存下来，只有少数能流传至今。

那么，**能够**流传下来的故事，就是市场自由筛选的最终结果。倘若一个故事的内容有可取之处，它就能经久不衰。很少有人记得内厄姆·泰特1681年版的《李尔王》，也许是因为他给了它一个令人难以置信的大团圆结局。就像许多短暂的风潮一样，它没能留传后世，因为它没有什么有意义的东西可讲。衡量价值大小的更大考验，必须是一部作品的流传是否能超过一代人的时间。莎士比亚的《李尔王》已经陪伴了我们四百多年，就像许多希腊神话一样，它触动了人们的内心深处。如果故事包含能引发共鸣的内容，而不只是真相，那么故事就会经久不衰，幻想（如《灰姑娘》）也能经久不衰。自由市场使我们知道属实的东西和我们**想要**相信的东西，都能保持活力。

> "赫卡柏对他有什么相干，
> 他对赫卡柏又有什么相干，他却要为她流泪？"

哈姆雷特对演员提出的问题，其实是关于移情的问题。2001年9月，在双子塔遇袭四天之后，《卫报》刊登了小说家伊恩·麦克尤恩的文章，以这种方式做出回应。[31]

> 这就是移情的本质，设身处地地想他人之所想……如果劫机者能想象出乘客的想法和感受，他们就无法继续下去。一旦你允许自己进入受害者的心灵，你就很难再残忍行事了。想象作为其他人是种什么滋味，是我们人性的核心。它是同情心的本质，也是道德的起点。

共情似乎不只是理论。荷兰神经科学研究所的克里斯蒂安·凯泽斯教授对我们观看故事的方式——以及对故事的反应——进行了广泛的研究。[32] 整整一代人都记得，当他们目睹《大白鲨》中渔夫被砍下的头颅从船上掉落时，或是《夺宝奇兵》中蛇坑里群蛇蠕动时，他们是如何瑟缩的。凯泽斯的分析表明，当共情发生时，我们的确在生理上与主人公融为一体。想想你的身体对"香蕉呕吐"这一并置的反应吧，想想你看《电锯惊魂》或《金手指》中激光束升上詹姆斯·邦德两腿内侧时的感觉。当主人公心跳加速时，我们也会心跳加速。看到别人挨揍，就会激活大脑中与**真的**挨打时完全相同的区域——生理反应是完全相同的，不过幸运的是没有疼痛感。因此，故事实际上将我们所有人置于"相同的波长"上。这就是亚里士多德在《诗学》中谈到的我们所经历的"怜悯和恐惧"[33]。我们过的是跟我们的主人公一样的生活。

作为积极的观察者，我们在自己的头脑中体验着我们的观看对象正在经历的事情，从而开始理解。这不仅解释了为什么展示远比讲述更有力量，还意味着共情是有神经基础的。从情感和科学上来说，麦克尤恩是对的：故事有能力让我们产生联系，故事让我们成其为人。这也是我所说的"真正的原型"——随着故事发展，以需要代替想要的故事引擎——会存在的原因。故事中的主角只是想要，这样的故事就其本质而言，是对外部世界的拒绝；我们就是主角，故事之所以存在，就是为了告诉我们，我们是对的。邦德之所以吸引人，是因为他就是我们，因此我们是对的，正如电视系列剧的存在也是为了让我们放心，生活还是蛮不错的。假如没有这样的故事，世界不仅会变得枯燥无味，还会变得更加黯淡无光，但这些故事最终不会像那些主角能够与外在世界建立联系的故事那样，提供同样多的回报。这就是为什么在非类型的叙事中，人物**能够学习**的原因。只有通过学习，我们才能超越自我的局限，只有这样，才能真正建立起联系。

"我们从艺术家那里获得的最大的获益，"乔治·艾略特写道，"就是我们的同情心得到了拓展。建立在概括和统计数据基础上的呼吁，需要一份做好了准备的同情心，一份已经激活的道德情感，但伟大的艺术家所能提供的人类生活图景，甚至使琐碎和自私的人也感到惊讶，使他们关注外在的事物，这可以说是道德情感的原材料。"[34]"艺术"她说是"超越我们个人的命运范围，与我们的同胞建立更广泛联系的方式"。故事使我们成为一个整体，而这一过程的发生给我们带来了结构。

匈牙利哲学家、文学评论家格奥尔格·卢卡奇说过："艺术的本质是形式，它要战胜对立，征服对立的力量，从每一种离心力中，从所有在这种形式之前和之外已经深深地、永远地彼此疏离的事物中，创造出一致性。形式的创造是对事物的最后审判，这一最后审判救赎了所有可以救赎的事物，用神的力量对所有事物实施救赎。"[35]

我们施加秩序的绝对必要性，正是叙事结构的起点。西尔维娅·普拉斯谈到过她的创作过程[36]："我认为我的诗马上就会从我的感官和情感体验中产生，但我必须说，我不能同情那些发自内心的空洞呼喊，除非这些呼喊里有一根针或者一把刀之类的东西。我相信，人应该能够控制和操纵各种体验，即使是最可怕的，比如疯狂、受虐这类体验，人应该能用见多识广、聪明的头脑来操纵这些体验。"从感觉中产生了结构，从结构中产生了交流。

我们可以像开始时那样，以罗伯特·休斯的意见来作结："艺术的基本课题，总是让世界变得完整和可以理解，将它所有的辉煌和偶尔的肮脏还给我们，不是通过争论而是通过感受，然后缩小你和非你的一切之间的差距，然后用这种方式，从感受过渡到意义上来。"[37]

因此，讲故事就是从我们对自身以外的万事万物施加秩序的需求中诞生的。故事就像被拖动着穿越随机性的磁铁，将混乱的事物拉扯成某种形态，假如我们非常幸运的话，还会拉扯成某种意义。每个故事都试图套住一个可怕的现实，将其驯服，使之就范。

每一代人都会根据既有的事实来解释这个世界。在中世纪，人们认为大地由阿特拉斯的肩膀支撑着，这与后世的观点同样有效，后人认为地球是太阳系中心，行星轨道是圆的，宇宙是由水晶球构成，抽烟对人有益。

在他们所处的时代，所有这些都被作为事实提出——是科学推理的冰冷而坚实的结果。不过当然，所有这些都是"叙事谬误"的产物——这件事的发生是因为**这个**——而且所有这些都被证明是错的。科学不是事实，它是一个模型，它不只是根据我们在特定时间内掌握的知识构建而成，也是根据人们**希望**看到的东西构建而成。如果你要寻找上帝存在的证据，你更有可能集中关注并选择支持这一观点的事实。

我们的历史充斥着那些从已知事实推出错误——有时是灾难性的——结论者的尸体。

故事理论也是如此。许多人研究过叙事，写过许多关于故事结构的书。所有的书都包含了作者们所掌握的知识特有的真理。从普罗普到纳博科夫，从沃格勒到麦基——他们都提出了试图对故事进程进行编码的模型。但它们并不是"事实"，本书也不是。它们是通常能——不过显然，并非始终都能——符合当前大多数经验证据的模型。像科学一样，这些模型是对最终不可知的事物的隐喻。最终，荣格就是一个隐喻。那为什么不在最后采纳这个隐喻呢？故事可能是我们创造秩序这一能力的产物，是我们解决神经症的愿望，是生活或生育的模型。故事可能是——而且的确可能是——所有这一切。什么样的隐喻才能将它们兼收并蓄呢？

在 2010 年的影片《冬天的骨头》中，一个女孩在奥扎克森林中心地带寻找她失踪的父亲，但躺在那里的狼和食人魔，如今变成了惨兮兮的冰毒毒贩和瘾君子。这仍然是童话——只是现代版的童话。我们情不自禁地要讲同样的故事。"进入森林的旅程是由生到死再到重生的心灵之旅的一部分。"

希拉里·曼特尔所描述的旅程，是对感知和成长行为的隐喻。很久以前，上帝是我们讲述的故事，以使我们能够理解我们在存在之光中的恐惧。讲故事也有这种基本的宗教功能——它会融合异质的事物，给我们以形态，并在这样做的过程中，将安宁注入我们的心灵。

这有可能会让我们更接近上帝，更接近性伴侣，更接近行为得体，或者更接近心理健康。到最后，我们根本无法知晓。但进入森林的旅程，找到缺失的部分，将它找回并使某物恢复完整，是不可或缺的。这某物可以是我们自身，可以是秩序的恢复，可以是一个谜，也可以是多种多样的堕落行径。在一场戏里是这样，在故事里也是一样，一个简单得可笑的过程决定了它们：两个对立面被同化，冲突得以平息。这就是人们为什么像渴求毒品那样渴求故事——因为只有通过故事，我们才能使我们内在的自我与外部世界保持一致。在此过程中，某种意义得以实现，倘若我们幸运的话，还能发现某种真相。

故事似乎就像这样，既简单，又复杂。

　　　　　　　　　　　　　　进入故事之林

附　录

附录 I

《夺宝奇兵》的分幕结构

第一幕

1936 年，考古学家印第安纳·琼斯在秘鲁<u>丛林中，寻找藏在</u>机关重重的神庙里的金色神像。他找到神像，走出寺庙，却遇到考古的对头雷内·贝洛克，后者从他手中夺走神像，将他留下等死。印第安纳乘坐一架等候着的水上飞机逃走。

第二幕

回到美国后，印第安纳正在教授考古学，这时军方情报人员来通知他，纳粹正在搜寻他的导师艾伯纳·雷文伍德。他被认为拥有拉神之杖，这是一件古埃及文物，可以揭示失落的约柜的下落。据了解，一旦纳粹找到它，将为他们增添不可估量的实力，印第受命亲自找到它。

第三幕

印第安纳在尼泊尔寻找雷文伍德，却发现他已经死去，而头饰在他那顽固的女儿——印第安纳的前女友玛丽昂的手中。玛丽昂拒绝将它卖给印第安纳，这时她的酒馆被纳粹特工入侵，特工将酒馆烧成灰烬。在这场斗争中，邪恶的托特少校被炙热的金属头饰烫伤了手，留下一个印记。玛丽昂和印第安纳带着头饰逃了出来，玛丽昂宣布，从现在开始，他们将一起寻找失落的约柜。

第四幕

他们来到开罗，得知印第安纳的对头雷内·贝洛克正在帮助纳粹挖掘"灵魂之井"，即约柜的最后存放地。纳粹利用托特少校手上的烧伤印记，制作了一个仿制的头饰，他们认为这已经揭示了约柜的位置。但纳粹分子计算有误，印第安纳利用真正的头饰找到了约柜的真正位置（中点）。

印第安纳和玛丽昂被纳粹分子吓了一跳，纳粹跟踪了他们，带走了约柜。他们被囚禁在灵魂之井中，但设法逃了出来。

第五幕

印第安纳和玛丽昂跟随约柜来到一个简易机场，纳粹正计划将其装上飞机。在杀死一名身形壮硕的机械师后，他们追踪着约柜，纳粹试图用卡车车队将约柜运走。印第安纳手臂中弹，但在约柜被运回德国之前，设法将其救出。

　　　　　　　　　　　　　　　　　　进入故事之林

第六幕

在一艘开往英国的非定期货船上，贝洛克再次拦截了他们，这次是用潜水艇。约柜被盗，玛丽昂被绑架。印第安纳潜入海中，偷偷乘上他们的潜水艇，跟着他们来到一个与世隔绝的岛屿。

第七幕

印第安纳在威胁要炸毁约柜后被俘，贝洛克称他是虚张声势。他和玛丽昂被绑在柱子上，被迫看着纳粹打开约柜。印第安纳意识到，直盯着里面的东西看会有危险，便指示玛丽昂捂住她的眼睛。恶魔般的怪物出现，杀死了纳粹，约柜重新回到印第安纳手中。

附录 II

《哈姆雷特》——结构形式

　　很少有作品能完全准确地符合特伦斯确立的五幕模板，主要是因为很少有人从一开始就按这样一个精确的模板来写作。但不可思议的是，在不同的世纪写出、以不同的媒介完成的作品，竟有如此惊人的相似性。我们所有人的身体都各不相同，但仍有可能在每个人的体内发现相同的骨架，故事也是一样。限于篇幅，我们无法列举更多的例子，但《哈姆雷特》可以说是英语中最伟大的戏剧作品，可以作为所有故事的一个实用的象征。

　　该剧的五幕结构一目了然，每一幕都包含一个重要的转折点，启动一个新的欲望。"改变之路线图"也很吸引人。有些时候，它并不完全符合模板（正如我们期望的那样，奥菲利亚的死出现在第四幕的结尾，但哈姆雷特在看到福丁布拉斯的军队后，已经决定采取行动），但总体结构非常清晰。在《哈姆雷特》和《末路狂花》之间进行结构上的比较似乎有点荒谬，但它们的相似之处就在那里，由此可见叙事形态的统一性和普遍性。

《哈姆雷特》——剧情概要

第一幕

丹麦王子哈姆雷特看到了他父亲国王的鬼魂，鬼魂告诉他，是他的叔父克劳狄乌斯和母亲格特鲁德谋害了他。他让哈姆雷特为他报仇。

第二幕

哈姆雷特不确定鬼魂是真的，还是他狂热想象力的产物，他进退维谷，无法行动（"生存还是毁灭……"）。在发现克劳狄乌斯派他的老朋友罗森克兰兹和吉尔登斯特恩监视他之后，他决心用一个旅行剧团来激发克劳狄乌斯的罪恶感，以证实克劳狄乌斯的罪行。"我就拿戏剧这东西，"他决定，"抓出国王的良心来。"

第三幕

演员们采纳了哈姆雷特的建议，上演了他们的戏，在第三幕第二场（共有四场——几乎是完全对称的结构），克劳狄乌斯对戏剧的反应证实了他的罪恶感。哈姆雷特为自己的成功感到晕眩，他在格特鲁德的房间里与她对峙，还杀死了波洛尼厄斯，这位国王的顾问首次对王子的性情提出了怀疑。克劳狄乌斯决心把哈姆雷特送到英国，计划在中途将他秘密处死。

第四幕

　　哈姆雷特把波洛尼厄斯的尸体藏了起来。在他流亡的路上，他看到福丁布拉斯的军队正在行进，以夺取"一小块土地／除了名声之外没有任何好处"。哈姆雷特对有人愿为如此无足轻重的事牺牲感到震惊，他决心复仇。与此同时，波洛尼厄斯的女儿奥菲利亚听到她父亲的死讯后发了疯。她的弟弟拉伊特斯从国外回来，听到父亲被杀的消息后非常愤怒，克劳狄乌斯劝说他杀死哈姆雷特。克劳狄乌斯想出一个阴谋，让自己可以不承担任何责任。当奥菲利亚悲惨自杀的消息传来时，拉伊特斯同意了克劳狄乌斯的要求。

第五幕

　　哈姆雷特从流亡中逃离，来到奥菲利亚墓前。"唉，可怜的约里克……"拉伊特斯在这里撞见了他，确定了击剑比赛的细节。拉伊特斯在他的剑上涂上毒药，克劳狄乌斯在酒里加入了毒药。比赛开始了，哈姆雷特杀死了拉伊特斯，但在此之前，他自己也受了致命伤。格特鲁德饮下了那杯酒；拉伊特斯揭露了克劳狄乌斯的阴谋；哈姆雷特最终杀死了杀害父亲的仇人，然后自己也死去了。福丁布拉斯赶来，被任命为继承人。他宣布哈姆雷特为英雄，秩序得以恢复。

将"改变之路线图"用于《哈姆雷特》

第一幕

未曾发觉　哈姆雷特对鬼魂一无所知

渐渐发觉　哈姆雷特得知鬼魂的消息

觉醒　哈姆雷特看到鬼魂，鬼魂要求复仇

第二幕

怀疑　考虑自杀："生存还是毁灭……"

克服不情愿的心理　得知罗森格兰茨和吉尔登斯特恩是监视者

接受　决心用演员们"诱骗"克劳狄乌斯（"就用戏剧这东西……"）

第三幕

用认知进行尝试　怀着新的热情训练演员

带来巨大改变的（中点）认知　诱骗克劳狄乌斯和格特鲁德，证明了他们有罪

认知之后的尝试　谴责格特鲁德，杀死波洛尼厄斯，被放逐英国

第四幕

怀疑 把波洛尼厄斯的尸体藏起来

越来越不情愿 我们了解到克劳狄乌斯谋杀他的计划

退步 看到福丁布拉斯的军队。重申他对复仇的承诺。奥菲利亚之死

第五幕

重新觉醒 "唉，可怜的约里克"，拉伊特斯与哈姆雷特对峙

重新接受 斗剑。哈姆雷特杀死了克劳狄乌斯。所有人都死掉了

完全掌握 死去，知道他的故事会流传下去。他的尸体被人怀着敬意运走

附录III

《成为约翰·马尔科维奇》——结构形式

令人着迷的是，一部在许多方面都打破传统（并且才华横溢）的作品，也会明显符合经典的结构形式，《成为约翰·马尔科维奇》这部影片——查理·考夫曼对"共情的过程"所做的即兴演绎——在结构上几乎完全符合原型。

影片时长 108 分钟，各幕的持续时间达成了近乎完全对称的均衡，"进入森林"的模式非常清晰：进入另一个地方，去寻找自己缺失的部分，是这部电影的潜台词。虽然它避开了"小节"，并把它们从一幕中偷出来转给另一幕（发现传送门那里，按传统应定义为第二幕），但你仍然可以看出，影片是如何毫不费力地符合典型的五幕模式的。

第一幕

克雷格·施瓦茨是个生活中的失败者、婚姻中的失败者，却又是个不为人知但很出色的木偶师。他通过神秘的莱斯特博士，给自己找了一份档案员的工作，他在那里很快便被同事玛克辛的耀眼美貌所吸引——她与他相当邋遢的妻子正好相反。他陷入了迷恋之中，做了一个玛克辛的木偶，来模拟性行为。

第二幕

克雷格头一天示爱/表白，玛克辛第二天就拒绝了他，但克雷格在文件柜后面发现了一扇小门。进门之后，他发现自己进入了约翰·马尔科维奇的头脑之中，看到并体验了这位著名演员的所作所为。他发现自己可以在那里停留15分钟，然后就会被弹射出去，落在新泽西州的收费公路外面。克雷格向玛克辛透露了这个入口，玛克辛提议他们以200美元一次的价格让别人来使用。他也告诉了妻子洛特，洛特也进了这个小门。她开始迷恋这种体验，这改变了她的生活。

第三幕

玛克辛和克雷格开始实施他们的计划，出售马尔科维奇的头脑旅游。与此同时，醉心于奇妙体验的洛特宣布她是双性恋。她第一次见到玛克辛，就对她一见钟情。这份迷恋并未得到回应，但幸运的是，玛克辛被约翰·马尔科维奇所吸引，因此制订了一个计划，洛特在约翰脑袋里的时候，可以跟玛克辛发生性关系——在影片刚好进行到一半时（54分钟），发生了性关系。

克雷格既愤怒又嫉妒——他是唯一没有从这次经历中获益的人——他绑架了洛特，把她关在笼子里，自己进入了马尔科维奇的脑袋。然后，他开始与玛克辛发生关系来满足他的肉欲。马尔科维奇开始产生怀疑，因为克雷格变成了他脑子里的木偶主人。这位演员闯入莱斯特博士的大楼，发现了这场阴谋，还亲自钻进小门，进入了他自己的头脑。他在新泽西州收费公路上与克雷格对峙，要求关闭小门。

第四幕

洛特从笼子里逃出来，告诉玛克辛发生了什么，但具有讽刺意味的是，玛克辛发现，跟扮演约翰的克雷格做爱很刺激……

洛特去见莱斯特博士，博士说了一段长长的独白，解释了传送门的存在——以及它如何能提供永生的秘密。他和一帮老阴谋家同伙需要在马尔科维奇过 44 岁生日时，占据他的头脑，以确保他们能继续生存下去。与此同时，克雷格信心大增，意识到他的木偶技能是完美的天赋，决定全职定居在马尔科维奇的头脑之中，并将他变成举世闻名的木偶师，玛克辛将会陪伴在他的身边……

莱斯特为洛特提供了一个在马尔科维奇头脑中的全职工作岗位。洛特说，有一件事他们应该知道（克雷格的最劣点）。

第五幕

扮演约翰·马尔科维奇的克雷格启动了他的木偶事业，取得了巨大的成功。他与玛克辛结婚，玛克辛发现自己怀孕了，但他们的关系开始恶化。同时，莱斯特博士那伙人在听到洛特的泄密之后，绑架了玛克辛，将她作为人质，逼迫克雷格离开马尔科维奇。在大决战中，玛克辛和洛特发现自己一起掉进了马尔科维奇的脑袋，洛特得知她（作为马尔科维奇时）才是玛克辛孩子的母亲 / 父亲，而不是克雷格（作为马尔科维奇时）。

克雷格在悔恨之余，离开了马尔科维奇；老人进入，洛特最终和玛克辛在一起了。嫉妒的克雷格试图重新进入传送门，却发现自己在一个可怕的新地方……传送门已经转移了……

我们切到七年后，在那里我们见到了玛克辛和洛特的孩子艾米丽。透过她的眼睛，我们意识到，现在克雷格待在她的身体里——今后 40 年里始终都在。

将 "改变之路线图" 用于《成为约翰·马尔科维奇》

《成为约翰·马尔科维奇》的主题是玛克辛在影片的第 51 分钟宣布的。在与迷恋她的洛特和克雷格共进晚餐时，她有了这样的想法：

> 我认为世人分为那些追求自己想要的东西的人，还有那些不追求的人……对吗？那些充满激情的人，那些追求他们想要的东西的人，他们可能得不到他们想要的东西……但至少他们保持了活力，你知道……所以他们临终躺在床上的时候，他们的遗憾会更少。对吗？

当我们一开始见到克雷格时，他一无所有，但当他发现玛克辛和传送门时，一个新的世界诱人地展现在他面前——如果他在那里抓住了他想要的东西，世界就会属于他。实际上，他踏上了逃离旧我的旅程——却带来了可怕的后果……

这里最糟的地方在于，克雷格没有发觉反对他的力量。虽然这可以被解释为一种倒退（毕竟他只想成为一名木偶师），但这也是悲剧结构常见的一种演绎——最劣点被颠倒过来，成为主角雄心壮志的典型高点。

第一幕

未曾发觉　克雷格对自己的天地以外的事情一无所知

渐渐发觉　克雷格得到了这份工作，并开始了解情况

觉醒　发现了通往全新世界的门户

第二幕

怀疑　进入但不确定他发现了什么

克服不情愿的心理　告诉洛特，洛特坚持要自己尝试小门

接受　克雷格与玛克辛做起了生意

第三幕

用认知进行尝试　洛特说服玛克辛，两人趁洛特在马尔科维奇体内时发生性关系

带来巨大改变的（中点）认知　她们发生了关系——克雷格的怒火爆发了

认知之后的实验　克雷格绑架了洛特，亲自爬进马尔科维奇的头脑，与玛克辛发生关系

第四幕

怀疑 克雷格开始怀疑，自己变成了怪物

越来越不情愿 但这只是唬人的。他开始操控约翰·马尔科维奇

退步 他制订了一个计划，它将成为他溃败的原因

第五幕

重新觉醒 当玛克辛和洛特在约翰·马尔科维奇体内争吵时，克雷格怀疑

重新接受 在重新走上他的主宰之路之前

完全掌握 他实现了对另一个人的完全支配（只是不是他期望的那个人）

进入故事之林

附录IV

《锌床》——结构形式

　　大卫·黑尔对上瘾的研究完全围绕着对立面的调和而展开：激情与压抑，感觉与强度，生活与生存。这部作品的脉络最早可以追溯到索福克勒斯的作品《安提戈涅》，摆出两种截然不同的观点，最后将两者同化到一起，不仅该剧的形式如此，剧情内容也是一样。一名改过自新的酒鬼被一个讲究饮食的人雇用（两人还在争夺一个女人的爱），这个故事典型得惊人。事实上，黑尔的戏剧触及了所有故事结构中固有的核心辩证法——甚至剧中人还引用了它。"荣格说，当我们爱另一个人的时候，我们真正在做的，是试图弥补我们自己的不足。但荣格也说，寻求用另一个人来完善自己，永远不可能成功。"

　　《锌床》不仅是一部关于感觉和压抑感觉——生活和成瘾——的作品，这部作品也可以被看作故事结构的象征。当维克多在保罗面前挑衅地调制玛格丽特酒时，他说它"入口凉得要命，入腹又热得要命。矛盾，才是生活的核心。你不这么认为吗？"，这正是这部作品的主题……

　　当然，这部剧本并未写成五幕，而是两幕——每一幕包含六场戏。但为了说明它的基本形态，以及它对结构规范的忠诚，我冒昧地将它以五幕的形式呈现（在旁边标注出原始的划分方式），以表明无论我们对叙事进行何种构建，其骨架始终都是相同的。

看看保罗是如何从压抑走向激情，然后在两者之间找到理解，从而获得一种暧昧的疗愈吧。

锌床——剧情简介

第一幕

保罗·佩普洛，一个正在戒酒的诗人，出现在互联网大亨维克多·奎因的家里。在进行了一次堪称灾难的面试后，出乎保罗和我们的预料，维克多为保罗提供了一份文案撰稿的工作（第三场结束）。

第二幕

保罗见到了维克多的妻子艾尔莎，她本人也是个正在戒毒的可卡因瘾君子，在关于匿名酗酒协会是不是邪教——它究竟是挽救了保罗，还是给他之前的关系破裂创造了借口——的激烈争论结束时，出乎两人预料的是，他们最后吻在了一起（第四场结束）。

第三幕

保罗完全进入了维克多的世界，开始重新生活，随着他越来越深地卷入维克多和艾尔莎的世界，他感到担忧、恐惧和兴奋。维克多与保罗截然相反，他不怕喝酒，愿意相信根本没有"只喝一杯"的格言，还挑衅似的在保罗面前调配玛格丽特酒来喝。保罗自己也因为这种危险感到陶醉，（在第六场结束时）他喝了第一杯酒——事实上，是他主动要喝——他把酒和爱联系了起来。

（第一部分结束）

维克多走了，醉醺醺的保罗出现在房子里。他告诉艾尔莎，如果他知道他拥有了她，他会永远戒酒（在第八场结束时）。他把他那瓶威士忌倒进一个花盆里。

第四幕

保罗开始怀疑维克多知道这段私情。夏天就要结束了，维克多和艾尔莎吵架了——他指责她喝得太多。他的生意也遇到了麻烦。保罗告诉我们，他又回到了戒酒会，他准备向维克多辞去工作，离开（第九场的中部）。

第五幕

艾尔莎恳求保罗不要走，还说她爱他。但保罗告诉她，爱她只是用一种瘾代替另一种瘾。天空随着维克多进屋而变暗，暗示出他知道这段婚外情，尽管艾尔莎恳求，保罗还是决心继续前进。我们得知，维克多在一次醉酒驾车时发生车祸身亡。保罗告诉我们，他仍然去参加戒酒会，但在重新发现他的自信、判断力，也许还有重新去爱的能力之后，有一个（适度模糊的）暗示表明，他还学会了重新生活。

将"改变之路线图"用于《锌床》

第一幕

未曾发觉　保罗进入维克多家

逐渐发觉　保罗开始了解维克多的情况

觉醒　保罗接受了维克多提供的工作

第二幕

怀疑　谈论从前的自己

克服不情愿的心理　开始看到从前的自己的缺点

接受　第一次亲吻艾尔莎

第三幕

用认知进行尝试　承认害怕 / 变得更为艾尔莎着迷

带来巨大改变的（中点）**认知** 保罗喝酒——象征性地设定为爱情宣言。感受到了"生命"的力量。

认知之后的实验 为生活感到无比振奋 / 醉酒，为艾尔莎放弃酒精

第四幕

怀疑 从私情中退缩回去，因为维克多有了怀疑

越来越不情愿 看到了维克多的阴暗面和艾尔莎的依赖性

退步 宣称他正在开会并离开

第五幕

重新觉醒 反驳了艾尔莎的恳求——爱她只是另一种瘾

重新接受 通知维克多——不再依赖

完全掌握 保罗离开

附录 V

《教父》——结构形式

　　《教父》就像嵌在长条硬棒糖里的文字一样，由始至终地贯穿本书——它的结构形式是如此完美。作为现代悲剧的典型样板（如果主人公没有迎来身体的死亡，他将迎来精神上的死亡），它完全遵循了悲剧形式中的改变范式：它是典型的黑暗倒转。同样，它是否按五幕的形式写成，其实并无实际意义。该模板的作用，是以令人不安的清晰度，揭示出潜在的"进入森林"的形态。

《教父》——剧情简介

第一幕

　　迈克尔·柯里昂偕未婚妻凯一起参加他姐姐康妮与卡罗的婚礼。在解释家族企业时，他说："那是我的家人，凯。不是我。"在纽约进行圣诞购物时，他得知父亲唐·柯里昂遭到枪击。

第二幕

迈克尔的哥哥桑尼开始掌权,而迈克尔回到家里照顾他的父亲。他到医院看望父亲,挫败了第二次暗杀企图,并意识到自己觉得这种经历并不可怕,而是令人振奋。麦克拉斯基对自己未能成功感到沮丧,打破了迈克尔的下巴。

第三幕

迈克尔计划杀死腐败的警长麦克拉斯基和索洛佐,他知道堕落的毒枭索洛佐是袭击他父亲的幕后黑手。

迈克尔干掉了他们两个,逃到西西里岛,在那里他坠入爱河还结了婚,之后他的妻子被寻仇者杀害。回到纽约后,桑尼也被人谋杀。唐·柯里昂放弃了复仇,承认唐·巴尔齐尼的权力,并向他求得承诺:如果迈克尔回家,他将平安无事。

第四幕

迈克尔回到纽约,回到凯的身边,向她承诺他将在五年内使家族合法化。来自纽约其他家族的压力越来越大,而他扩张规模并搬到内华达州的计划遭到莫·格林的嘲笑,他是个赌场老板,他嘲笑柯里昂家族是过时的恐龙。由于弟弟弗雷多被格林所蛊惑,事态进一步恶化。

唐·柯里昂在他的花园里平静地死去,但在此之前,他警告迈克尔,在他们中间有一个叛徒,此人会提出充当交易的中间人,这样一来叛徒的身份就会暴露无遗。

第五幕

在父亲的葬礼上，家族的中坚力量特西奥找到迈克尔，表示愿意为唐·巴尔齐尼的交易充当中间人。在康妮的儿子洗礼的那天，迈克尔采取行动，杀死了特西奥、巴尔齐尼、格林、纽约的其他头目，当然还有卡罗——他知道卡罗是桑尼之死的幕后黑手。凯问迈克尔，他是否应对康妮的丧偶负责，他看着凯的眼睛，否认了这一点。

将"改变之路线图"用于《教父》

第一幕

未曾发觉 迈克尔不肯介入家族企业

逐渐发觉 听说他的父亲被暗杀未遂

觉醒 赶到家人身边

第二幕

怀疑 允许桑尼掌权

克服不情愿的心理 制订自己的复仇计划

接受 计划被他人接受

第三幕

用认知进行尝试　该计划已付诸实施

带来巨大改变的（中点）认知　迈克尔杀死了索洛佐和麦克
拉斯基

认知之后的实验　迈克尔逃到西西里岛。妻子被杀

第四幕

怀疑　回到纽约，承诺要合法化。

越来越不情愿　来自其他家族和格林的压力越来越大

退步　父亲警告，他们当中有叛徒，然后死去

第五幕

重新觉醒　得知特西奥是叛徒

重新接受　杀死所有人

完全掌握　对凯说谎

附录VI

第一幕和最后一幕的类比——某些进一步的实例

在《国王的演讲》中：

第一幕

1）做了糟糕的演讲

2）拒绝与任何人交谈

3）拒绝罗格

第五幕

1）寻找罗格

2）坚称自己有自己的声音

3）做了精彩的演讲

在《一曲相思情未了》中：

第一幕

1）"我还能再见到你吗？""不能。"

2）冷酷的外表——讨厌与兄弟在一起

3）认识了苏西——想追求她

第五幕

1）认识了莫妮卡——拒绝了她

2）抛开面子，拥抱兄弟

3）"我还能再见到你吗？""也许？"

附录VII

编剧导师速览

如果你不相信有蛇油推销员越界搞起了编剧，那你不妨在互联网搜索引擎中输入"剧本结构"试试。

有很多编剧导师——有些很有娱乐性，有些则不然。他们身上最糟糕的特征是稀奇古怪的过度复杂化、异乎寻常的术语、盲目自信，还有总是不断让你拿钱来换取"真理"。就像许多承诺用真理换取货币的人一样，他们的主要成就是给正经的结构研究带来了坏名声。

但令人着迷的是，如果你遵照他们的指示，很可能也会写出一部好剧本——因为从根本上说，所有的大师都在努力阐述同样的事。其实所有这些独立的理论——其实我自己的也是——都是一回事，没有什么比认识到这一点更能证明原型的存在。

下面的图表简要说明了一些名家的理论潜在的相似性。我把弗拉基米尔·普罗普和约瑟夫·坎贝尔也纳入了图表，他们并不会以"导师"自居，但有了他们的加入，更能强调结构的统一性这一论点。他们的模型全都**吻合**，不过有些模型要比别的模型吻合度更高。图表十分简明扼要，要了解更多的细节，当然应该阅

　　　　　　　　　　　　　　　　　进入故事之林

读全部的材料，但我希望它能说明最主要的一点——所有人都力图把握故事的真实形态。

	一	二	三	四	五
特伦斯/ 弗赖塔格	背景和行动召唤 激发事件	进展顺利　达成初步目标 最高点	随着反派势力增强，情况开始出现问题 中点	局势严重恶化，导致与反派的最终对抗 最劣点	克服缺陷　问题解决，或好或坏
弗拉基米尔·普罗普	卑劣或匮乏	脱轨	斗争　胜利 中点 清算	回归　追击 未获重视的到来	艰巨的任务 结婚
约瑟夫·坎贝尔	纯真 冒险世界的召唤 童年的分离	拒绝召唤 超自然的帮助	越过门槛 与父和解 中点 神化	拒绝回归 魔幻的逃亡	救援 自由地生活 成为两个世界的主宰
莫琳·默多克 *	与女性特质分离 认同男性	充满考验的路途 双头龙 屠魔	虚假的恩惠　惠 启蒙　并下降 到神身边 中点 性特质　渴望与女性建立连接	狂野的女人 治愈	整合女性特质 超越二元性

	一	二	三
悉德·菲尔德	背景	紧要关头　对峙　紧要关头	高潮和解决

	一	二	三	四	五
沃格勒	平凡的世界　冒险号召	不情愿或拒绝号召　导师的鼓励	越过第一道门槛　最严酷的考验　奖励 中点 考验　盟友　敌人	归程中的追击　越过第三道门槛 死亡	重生带回灵药
布莱克·斯奈德	开场画面　点明主题　背景　导火索 激发事件	争执　B线情节 进入第二幕	娱乐与游戏 中点 坏人逼近	失去一切　灵魂的暗夜	进入最后一幕　结局　最终画面

约翰·特鲁比：需求/欲望｜第一次反转｜计划｜第一次反击｜人物的原动力｜看似失败｜第二次反转｜运用旁白揭示｜第三次反转｜战斗｜道德抉择｜新的平衡

	一	二	三	四	五	六	七	八
弗兰克·丹尼尔 †	现状	表露外在的需求	探索新世界	通过第一次重大考验	敌对势力增强	碰壁	绝望的行动	成功和结果

琳达·阿伦森：正常状态｜纷扰｜主人公　计划｜惊吓｜障碍　复杂情况｜支线剧情｜更多的复杂情况和障碍｜高潮　解决

克里斯托弗·布克：行动号召｜梦想｜挫折｜噩梦｜问题解决

迈克尔·豪格：1.背景｜2.新局面｜3.进展｜4.复杂情况以及更高的风险｜5.最后推动｜6.结果

* 莫琳·默多克《女性英雄之旅：女性对身心健全的追求》(1990)。

† 弗兰克·丹尼尔是一位编剧教师，他开发出了"八段式"结构。

注 释

1 请看互联网论坛里无休止的讨论：theweek.com/.../top-4-avatar-pocahontas-mash-up-vide...-United States，这是对它们加以比较的众多网站之一。

2 《急诊室的故事》（英版）的一位编剧的儿子，出自作者 2007 年收到的一封电子邮件。

3 唯一接近的是拉约什·埃格里《编剧的艺术》（首次出版于 1942 年，名为《怎样写剧本》）中的内容，不过那些内容也更像是诗歌，而不是"真相"。

4 在 1912 年出版的关于舞台艺术的书《戏剧制作》中，威廉·阿彻很好地阐述了想成为理论家的人所面临的困境：

> 这样就有了让冒牌货趁虚而入的好机会，其中一类是假学究，另一类是江湖术士。这里说的假学究，是那些从形而上学或心理学的首要原则中构建出一套规则，号称要从至高学府的课室这一西奈山上带回戏剧十诫的人。另一方面，江湖术士则是从最粗俗的剧院艺人最粗陋的表现中进行归纳总结的人，他没有更高的野心，只想解释票房的神谕。倘若他能成功做到这一点，那他的职能还不会被人全然鄙视，但由于他通常缺乏洞察力，并且票房的神谕在不同的时节，甚至不同的月份都各不相同，因此他的苦心解说就跟占卜星相一样价值寥寥。

5 2010 年 12 月，BBC 第 4 电台《前排》（*Front Row*）栏目让英国最成功的三位编剧齐聚一堂，探讨编剧的艺术。虽然不少内容富于启迪意义，但因为他们争先恐后地谴责结构和技艺，这场对谈时常变得像是巨蟒剧团的一出短剧《四个约克郡人》。

6　David Hare, writing in *Ten Bad Dates With De Niro: A Book of Alternative Movie Lists*, edited by Richard T. Kelly (2007).

7　查理·考夫曼在英国电影学院第 52 届伦敦电影节上的大师课文字记录，2008 年。

8　对结构的研究遭到贬低，这并不令人惊讶。如果你读过一些水准平平的编剧著作，你就会明白，那些导师怪不到别人头上。任何宣扬绝对确定性而不加严谨分析的体系，任何拒绝别人质疑的体系，任何以大师为首的体系，都不可能有经验性的事实根据。当有人能毫无愧色地这样写激发事件时："把它放在它该去的地方：第 12 页……第 12 页——刺激因素。就这么做……"（布莱克·斯奈德《救猫咪》）你就会知道，你正处于一个颠倒的世界。无穷无尽的不必要的复杂性（约翰·特鲁比《故事的解剖：成为故事大师的22 步》），给"主题"等简单的基本原则赋予全新的、更复杂的、完全不必要的术语（罗伯特·麦基《故事》），以及最好还是用在 20 世纪 60 年代"感恩而死"乐队专辑封底的语言（克里斯托弗·沃格勒《作家之旅》），这些都没有帮助，它们不免让人想起邪教的典型营销术。这很可惜。这些人说的很多东西是有价值的，但他们没有安排好。他们把自己包装成一种宗教，要求人们盲目信仰。没有哪门学科会接受这样的理论，而不去探究其主要的原因——我也看不出，为什么结构研究应该这样。

9　Friedrich Engels, *Anti-Duhring* (1878).

10　出自 Robert Hughes, *The Shock of the New* (1980)。

1　什么是故事？

1　Frank Cottrell Boyce, 'How to Write a Movie', *Guardian*, 30 June 2008.

2　David Edgar, 'In Defence of Evil', *Observer*, 30 April 2000. 他继续这样写道："当玛丽·贝尔的受害者的父母在《太阳报》上可以理解但可悲地写到'玛丽·贝尔不配被当作一个有感情的人'时，他们帮我们这些人摆脱了困境。'有一种叫作邪恶的东西将恶人与我们其他人分开'，这种想法是一种令人欣慰的幻觉。令人不适的事实是，理解的确涉及识别，甚至是移情。它的确需要通过恶人的眼睛来看待这个世界，从而找到我们自己内心的那些冲动、怨恨和恐惧，这些冲动、怨恨和恐惧——我们不得不痛苦地承认——在不同的情况下，会促使我们做出可怕的行为。

"正如彼得·布鲁克在《空的空间》中所写：'在戏剧中，书写板始终被擦拭得干干净净。'戏剧就像试验台，我们可以在实验室条件下，测试和面对我们最黑暗的冲动。在戏里，我们可以体验欲望而不必面对后果。戏剧使我们能够窥视灵魂，不是将父亲赶到荒野上的人，而是想这样做的人的灵魂。但这只是第一重震撼。第二重震撼是我们享受我们看到的景观。事实上，正是愉悦让我们有勇气去面对自己那些难以承受的方面。"

3　保罗·施拉德在谈到《出租车司机》时说："你可以让（观众）同情一个他们认为不值得同情的人。这样一来，你就步入了非常有趣的境地。"（出自 *The Story of Film*, More 4, 2011。）

4　见 Robert McKee, *Story: Substance, Structure, Style and the Principles of Screenwriting*。

5　引自 *Hitchcock* by François Truffaut (1985)。

6　这非常后现代——《蝙蝠侠》实际上是在引用电影《甜心先生》（1996）里的话。

7　这话是斯坦尼斯拉夫斯基讲给演员听的，也就是说——其他人必须道出其更为宽泛的含义。19 世纪末，法国戏剧评论家费迪南·布吕内蒂埃宣称："戏剧是表现人的意志与限制和贬低我们的神秘力量或自然力量的冲突；它是我们中的一员被扔到舞台上，在那里与命运、社会法则、他的同伴、他自己（如果需要的话）、他周围的人的野心、利益、偏见、愚蠢、恶意进行斗争。"见 *Etudes Critiques*, Vol. VII (1880–98)。

8　更准确地说，这是契诃夫的一个人物，尼古拉·斯捷潘诺维奇，他在《一个沉闷的故事》中讲述了自己的故事。

9　阿尔弗雷德·希区柯克 1939 年在哥伦比亚大学的一次讲座中提到，引自 *The Dark Side of Genius* by Donald Spoto。

10　一直以来，人们时不时地尝试赋予邦德更多的深度——《007 之女王密使》《007：大战皇家赌场》《007：大破天幕杀机》。后两者是有效的创世神话，允许改变的可能性，而前者是一个爱情故事，也为展现多面性提供了空间。但在邦德不再是邦德之前，他只能改变这么多（见第 20 章，改变中固有的问题），因此，看看制片人认为他们可以把邦德带到何种境地，会很有趣。

11　据我所知，这个词是由托马斯·鲍德温在 1945 年首次提出的。悉德·菲尔德用过一次，但无疑是通过罗伯特·麦基的著作，才在现代流行开来。如今在编剧圈子里，它几乎被普遍采用，也许是因为它极好地描述了它的功能。

12　阐明激发事件究竟是什么这一尝试由来已久。施莱格尔的《戏剧艺术和文学讲座》（1808）将它们定义为悲剧场景中自由意志的第一个行为。古斯塔夫·弗赖塔格再次成为将其体系化的核心人物。他在 1863 年的《戏剧技巧》（其中首次阐述了五幕模式）中写道："在（戏剧的五个部分）之间有三个重要的场景效果，通过这些效果，各个部分被分开，同时也被结合起来。在这些戏剧性的时刻或危机中，有一个位于故事介绍和高潮之间、表明剧情开始发展的重要时刻。它被称为激动人心的时刻或力量。"（可以说，弗赖塔格的这段话很好地概括了本书的前提。）

　　1892 年，威廉·汤普森·普莱斯教授在他的《戏剧技巧》中宣称："在加入问题之后，剧情才真正开始……剧中的主人公或他的追随者，或敌对势力宣布目标时，这一机制才开始运转……它必须出现在每部戏的第一幕中，通常离第一幕的结尾处不远。"六年后，伊丽莎白·伍布里奇·莫里斯在《戏剧，其规律和技巧》（1898）中宣称："戏剧的正式情节始于所谓的'激发力'，也就是要改变局势的平衡和平静状态，并引发戏剧性冲突的力量。"1902 年，布利斯·佩里在他的《散文虚构作品研究》中指出了我们现在说的激发事件的位置："然后，通常在戏剧第一幕的中间或接近尾声时，在离精心构筑的故事开头不远处，出现了所谓的'激动人心的'（或'刺激性'）的力量或'时刻'。"威廉·阿彻在他的《戏剧制作》（1912）一书中表示赞同："弗赖塔格所称的'激动人心的时刻'，无论如何都应该放在第一幕。什么是激动人心的时刻？人们倾向于将其理解为'导火索的点燃'。用法律术语来说，可以解释成问题的加入。它指的是潜伏到目前为止的戏剧性事件，明确宣告自身的存在。它意味着危机的萌芽，意味着乌云出现在地平线上，露出的部分还没有人的巴掌大。"

　　对以上所有内容，我非常感谢詹姆斯·D.布鲁纳，他在 1902 年就这个问题写了一篇出色的论文，题为"戏剧中的激发力"。他不仅总结了到那时为止的现有学术成果（早在阿彻之前），然后解决了显而易见的矛盾（见我自己的第 8 章）。他意识到事件和情节之间存在一些混淆，总结道："对这一难题，我建议这样解决：首先，剧情激动人心的缘由，应该与这一情节激动人心的开端明确而严格地分开。前者我称之为激发性或刺激性的事例，后者则是激动人心或初始的力量或时刻。例如，在索福克勒斯的《安提戈涅》中，激动人心的缘由是克瑞翁的法令，即谁埋葬了波利尼克斯的儿子，就将谁处死，激动人心的力量是安提戈涅决心埋葬她的兄弟。"该论文发表于《现代语言笔记》（1902 年 1 月）。

13　在《007：大战皇家赌场》中，邦德并没有得到女孩。虽然从技术上讲，终结者在《终结者 2》中确实实现了他的目标，但他并没有杀死任何人，这是他需要吸取的真正的教训。

14　有趣的是，《异形》中的这一时刻在影片首次发行的版本中被删除。然后在导演剪辑版（1992）中被重新引入。

15　Pamela Douglas, *Writing the TV Drama Series* (2005).

16　在《故事》中，罗伯特·麦基说这是危机点，但我认为他错了。

17　拉约什·埃格里坚持认为，所有场景都是必要的，这是一个很好的观点，只是略显书生气。他的争论对象是约翰·霍华德·劳森，他在《戏剧创作的理论与技巧》（1936）中声称，必要场景是"戏剧被驱动着所要达到的直接目标"——这是同样合理的观点。弗朗西斯克·萨尔塞其实是在说，可以有一个以上的必要场景（事实上，每次戏剧提出一个问题时，都会指定一个必要场景）。但有一个首要的、结构性的、由激发事件引发的必要场景——其实就是主角和反派之间的对决，所以，我认为整个最后一幕都是必要场景。

18 《007：大破天幕杀机》给这一配方带来一个特别的后现代转变——邦德拯救了世界，得到了……一个秘书。我不禁心想，这可不是女权主义所要奋力争取的。

19 我很感谢克里斯托弗·布克对《星球大战》的见解。

20 Jan Kott, *Shakespeare our Contemporary* (1962).

21 总能找到一个似乎不符合这种模式的故事，人们通常会这样说契诃夫的《三姐妹》：核心人物除了梦见莫斯科之外，实际上并没有做什么。但契诃夫的天才之处在于，展示欲望所产生的图像场景。我们可以看穿角色所呈现的无聊和倦怠，找到其中潜在的炽热欲望结构——从娜塔莎的接管到玛莎与维尔什宁灾难性的通奸，戏剧构造的基本元素都准确无误地在那里，只是隐藏在"无剧情"的幻觉之下。契诃夫并未将戏剧性欲望的过程戏剧化，而是描绘了它们在时间上不断变化的结果，从而引导我们思考最初的原因。

22 我感谢克里斯托弗·布克提供的术语——同样出自《七种基本情节》（2004）——不过对其运作原理的描述是我自己的。

23 当然，这取决于《诗学》中的"hamartia"该如何翻译。有人说是"缺陷"，但1996年的企鹅版坚定地站在"错误"一边。这显然更符合我们自己的定义。

24 http://www.filmmakermagazine.com/news/2011/12/tragedy-in-slow-motion-amcs-breaking-bad/.

25 许多人（大卫·埃德加在《戏剧如何运作》中）注意到易卜生的戏剧和《大白鲨》之间的相似性，不过虽说后者展现了一场典型的英雄之旅，但不论你如何解读《人民公敌》——要么视为一个人的启蒙之路，或者带有黑暗色彩——它都与斯皮尔伯格的这部电影有着深刻的基调差异。后者的英雄重新融入社会，易卜生笔下的斯托克曼博士最终与他的民众开战。这种黑暗在斯皮尔伯格的电影中根本没有发生。

26 另一种变化是走向黑暗又回归的旅程，你可以在《希区柯克》和《一天》这两部电影中找到这种变化。不过即使是在这些影片中，也能从表面的下降背后，探查到一场更直接的线性旅程：从自私到无私。

2　三幕结构

1　这是艾伦·普莱特 2007 年告诉作者的事。

2　这一幕间休息有效地起到了中点的作用（见本书后面的说明），大大提升了风险。

3　《诗学》没有具体提到分幕结构，只是亚里士多德认为，故事应该有开头、中间和结尾，并由事件的因果链联系起来——这也是传统三幕结构的一个很好的定义。

4　出自 Marc Norman, *What Happens Next? –A History of American Screenwriting* (2008)。

5　出自 David Mamet, *Three Uses of the Knife* (1998)。

6　我可不会说，这是原创的想法。马梅特曾将它说得雄辩有力，布莱克·斯奈德在《救猫咪》中顺带提及了它，拉约什·埃格里在《编剧的艺术》(1946) 中围绕辩证法建立了他的整个戏剧理论。但没有一个人对它做过详细深入的研究，也没有人探讨过它的全部含义，无论是结构性的还是其他方面的。

3　五幕结构

1. 在《戏剧制作》(1912) 中，威廉·阿彻认为：

> 由贺拉斯传承下来的亚历山大的规则，给了五幕的划分一个完全随意的认可，导致剧作家将其主题的自然节奏，掩盖在这一人为的节奏之下。但事实上，三幕的划分不应该比五幕的划分更容易被提升为绝对规则。我们已经看到，一出戏包括，或者说应该包括一个重大的危机，通过一系列次要的危机来完成。那么，一幕应该由一个得以暂时解决的小危机构成，或者由一组明显的小危机组成；对于在一个特定主题的发展中应该出现的这种危机的数量，不能有任何规定。在现代舞台上，五幕被视为最大限度，仅仅是由于社会习俗对演出的时间限制。但人们经常看到一部情节剧被分为"五幕八场"，甚至更多；这实际上意味着，该剧有八幕、九幕或十幕，但在整个晚上只有四次常规的幕间休息。剧作家不应该让自己受制于习俗，将他的主题强行塞进规定好的幕数中。三幕是个好数字，四幕是个好数字，五幕也没有什么问题。如果他发现自己渴望有更多的幕，他最好考虑一下，他是否在某一点上没有达到浓缩的艺术效果，侵犯了小说家的领域。

阿彻确信（现代学者大多认为其想法有误），莎士比亚坚决地遵循了五幕模板（见下文的注释）。

2　Rafael Behr, *Guardian*, and blog, 1 March 2007.

3　Thomas W. Baldwin, *Shakspere's Five-Act Structure* (1947).

4　鲍德温又将其归功于 4 世纪的罗马语法学家多纳图斯，他是第一个注意到戏剧可以分为三个部分（前奏、起承转合和高潮）的人——还有他早期的罗马同行瓦罗，他在某种程度上可以说是文艺研究的创始人。

5　Thomas W. Baldwin, *Shakspere's Five-Act Structure* (1947).

6　正如索福克勒斯的《俄狄浦斯》一样——不过附加了一个尾声。

7　威尔弗雷德·T. 朱克斯在他的《1583—1616 年伊丽莎白时代和詹姆斯一世时代戏剧中的分幕》一书中，回顾了 1583—1616 年间创作的 236 部戏剧，发现大约有一半的戏剧被分成了五幕。朱克斯认为，这些划分有许多是任意的，或者是由出版商添加的——莎士比亚第一对开本中的许多剧目就是如此。到 1616 年，人们认为戏剧中使用分幕是正常的。

　　为了让你了解这场争辩的性质，在《罗密欧与朱丽叶》的第 1 版中，两位印刷商之一在可能标明章节的地方大量使用装饰花纹。但有些人认为，这些装饰只是为了用完因使用较小字体而富余出来的纸张。W. W. 格雷格回顾了 1591—1610 年间印刷的 102 部戏剧。他得出的结论是，大约 19% 的剧本被分成了几幕（'Act-Divisions in Shakespeare', *Review of English Studies* 4 , April 1928）。

　　查尔斯·R. 福克在对"阿登莎士比亚"（第三辑）的《理查二世》进行文本分析时写道："对开本的划分——尤其是场次的编号——究竟是代表莎士比亚的原有想法，还是仅仅反映詹姆斯一世时期的编辑或戏剧惯例，这是一个很好的问题。当然，对开本分为五幕的做法，有可能只是体现了对古典传统的日益尊重，而这种尊重至少在 17 世纪才在大众剧院中完全确立起来，不过它还可能暗示着伊丽莎白时代之后的戏剧实践中向结构中断的转变。根据像《理查二世》这样接近原本的其他四开本的证据判断，莎士比亚的手稿中似乎不太可能出现幕和场的正式标记，不过当然，这样的结论也不能排除戏剧家有意采用五段式结构原则的可能性。

8　这份摘要是由美国学者弗兰克·戴斯撰写的。弗赖塔格的作品很复杂，译文有时很难理解。戴斯的文章是我找到的最好单篇提炼。

9　小说家希拉里·曼特尔在谈到《裘力斯·凯撒》这一场（"朋友们，罗马人，同胞们"：第三幕第二场）时说："我所做的一切，都以某种方式被涵括在这一场戏里。我一直关注革命、劝说、修辞，关注人群变成暴民的那一刻；从更大的意义上说，我关注一样东西变成另一样东西的那一刻，无论是鬼魂变成实体还是暴乱变成革命。在我看来，一切尽在这场戏里。"（*Guardian*, 15 August 2012）当然，她的话不仅描述了她自己的写作，也相当准确地描述了中点的功能。

10 克里斯托弗·沃格勒认为，中点是"死亡的时刻"，但他的论据仅仅建立在《惊魂记》中珍妮特·李死在那儿，还有 E. T. 也死在那儿（E. T. 并没有）这一事实上。这两个例子在我看来都似是而非。关于对沃格勒理论更全面的剖析，见第四章——以及下面的进一步说明。

11 布克的作品（《七种基本情节》）是一部令人沮丧的巨著。在他急于强推一种统一模式时，他忽略了那些似乎不符合模式的要素的重要性（尤其是中点）。不过，他确实提出了许多有效的——以及一些出色的——观点。

12 布克观察到，他的"模式"与《麦克白》的幕结构相吻合，不过他并未清楚地继续探明他说的形式与整体幕结构的直接关系。

13 1912 年，威廉·阿彻在他的作品《戏剧制作》中写出了下文。我全文引用，因为它很好地阐明了普遍的形式：

在维多利亚时代中期的情节剧中，给每一幕都起一个或多或少诱人的标题，这曾经是一种时尚。我并不建议恢复这种做法；但对于一个初学者来说，在草拟剧本时，在头脑中或在私人笔记中为每一幕起一个描述性的标题，从而保证每一幕都有自己的特点，同时为整个设计的推进做出应有的贡献，这并不是一个坏计划。让我们将这一原则应用于莎士比亚的戏剧——例如《麦克白》。每一幕的标题可能如下：

第一幕 诱惑

第二幕 弑君和篡位

第三幕 犯罪的狂热和悔恨的困扰

第四幕 召集人马准备复仇

第五幕 复仇完毕

莎士比亚在创作时，是否有意运用了这种由幕的分割所构成的节奏，是可以怀疑的。当然，我并不是说，这些词语或类似的东西存在于他的意识中，而是说他"按幕思考"，并在心理上为每一幕分配了在推动情节发展中所需扮演的明确角色。

现在来看看易卜生，让我们为他最简单、最直来直去的戏剧《人民公敌》制订一份分幕的提纲。有可能是下面这样：

第一幕 无可救药的乐观主义者。——斯托克曼博士宣布，他发现了浴场的不卫生状况。

第二幕 紧密联盟的多数派。——斯托克曼博士发现，在他所发现的弊端得到纠正之前，他将不得不与既得利益集团进行斗争，但他确信，紧密联盟的多数派将支持他。

第三幕 命运的转折。——博士从他的乐观自信的顶峰跌落，得知紧密联盟的多数派并不支持他，而是反对他。

第四幕 紧密联盟的多数派展开行动。——群众发现自己的切身利益与少数特权者的利益一致，于是与官僚机构一起压制真相，并组织了一场沉默的阴谋。

第五幕 乐观主义幻灭但不屈不挠。——斯托克曼博士被封口，重新陷入贫困，他很想逃走，但他决定留在自己的家乡，为那里的道德，甚至为那里的卫生条件而奋斗。

这些幕中的每一幕本身就是一出小小的戏剧，每一幕都会导致下一幕，并标志着危机发展中的一个独特阶段。

阿彻非常清楚地传达了五幕模式，当然，并没有阐明基本的形态。

14 悉德·菲尔德谈到了"紧要关头"——在传统的第二幕中，有这样两个时刻，重新聚焦主角的目标。当然，它们相当于幕间休息。菲尔德在不知不觉间提出了使用五幕的主张。

15 多年来，学者们试图阐明五幕剧的基本形态，这一点很吸引人。A. C. 布拉德利（英国文学学者，1904—1909 年在牛津大学担任诗歌教授）在 20 世纪的大部分时间里，主导了莎士比亚的批评工作。他是少数几个承认弗赖塔格并认真对待结构形式的学者之一，他写道：

在所有的悲剧中，虽然有些悲剧比其他悲剧更明显，但可以清楚地感觉到，一方总体上是在向上推进的，直到冲突中的某个点为止，然后又整体下降，同时还会受到另一方的回敬。因此，冲突中存在一个临界点，它也被证明是一个转折点。有时候，转折点至关重要，因为在达到这个点之前，冲突尚未"铆紧"，两方力量中的一方可能会偃旗息鼓，或以某种方式实现和解，而一旦达到这个点，我们就会觉得，已经无可挽回了。它之所以至关重要，还因为前进的力量表面上获胜了，获得了即使不是它所希望的一切，至少也是非常可观的优势；而实际上，它正处于下坠的边缘。作为规律，这种危机通常出现在戏剧的中部；如果它被很好地标明，那它对结构的作用，是将戏剧分为五个部分，而不是三个部分。这些部分显示了（1）尚未发生冲突时的局面，（2）冲突的出现和发展，其中 A 或 B 在整体上前进，直到达到（3）危机，随后（4）A 或 B 下降直到（5）大灾难降临。可以看到，第四和第五部分重复了第二和第三部分的运动，不过对 A 或 B 方面来说方向是相反的，第二和第三部分是向着危机推进，而第四和

第五部分是向着大灾难推进。(出自 *Shakespearean Tragedy: Lectures on Hamlet, Othello, King Lear, Macbeth*, 2nd edn, 1905)

布拉德利所说的"危机",当然是指我们所说的中点。不过,他是对的:中点是一个障碍,它向主人公展示了他们困境的内核,因此是一个巨大的、生死攸关的抉择。布拉德利犯过一些错误——有趣的是,他认为《罗密欧与朱丽叶》中上升情节的高潮是第二幕结尾的婚姻(其实应该是罗密欧杀死提伯尔特,他因此被逐出维罗纳,必然是在第三幕),但他对幕结构的描述令人印象深刻。

16 查理·考夫曼在英国电影学院第 52 届伦敦电影节上的大师课的文字记录,2008 年。

17 约翰·拉塞尔·泰勒在《精品戏剧的兴衰》(1967)中谈到欧仁·斯克里布:"他最主要的原创性在于,他认识到,吸引观众注意力最可靠的方式是讲好故事……他所要做的不是驯服和约束浪漫主义的奢靡,而是设计一套模具,将任何类型的材料,无论多么奢靡和看似无法控制,都倾倒进去。"

18 (根据韦恩·特维的说法)这就是斯克里布的全部配方——从中不难发现莎剧的模式。

第一幕:主要是说明性的和轻松的。在这一幕快结束时,反派参与进来,冲突开始了。

第二和第三幕:情节在逐渐焦灼的气氛中,在好运到厄运之间摇摆不定。

第四幕:舞会之幕。舞台上一般都坐满了人,有某种爆发——丑闻、争吵、挑战。在这个节点上,局面通常对主人公十分不利。高潮就在这一幕里。

第五幕:一切都得到了合理的解决,因此在最后一场戏中,演员们聚集在一起,进行和解,并按照诗意的正义和强化时下道德风气的方式,公平地分配奖励。每个人都心满意足地离开剧院。

上述定义出自韦恩·特维关于斯克里布的一篇文章 / 博客。不清楚这个定义是否由斯克里布原创,但它是对斯克里布作品一般形态的准确描述。

19 阿奇博尔德·亨德森在其《萧伯纳:花花公子和先知》(1932)中的记载。亨德森进一步指出:"事实上,萧伯纳对大戏剧家们充满兴趣,对斯克里布既不知晓,也不关心。"这话在斯蒂芬·S. 斯坦顿的精彩文章《萧伯纳对斯克里布的亏欠》[Stephen S. Stanton, 'Shaw's Debt To Scribe', 见 *PMLA*,

Vol.76, No.5(December 1961)〕中也有提及。亨德森的断言似乎是错的——斯坦顿有力论证了萧伯纳和斯克里布的作品的相似性。

20 William and Charles Archer (eds), Introduction to *The Works of Henrik Ibsen* (1911).

21 见 Stephen S. Stanton, 'Shaw's Debt To Scribe', *PMLA*, Vol. 76 , No. 5 (December 1961)。

22 其实是对萧伯纳《皮格马利翁》的极佳描述。不过,我一直觉得最后一幕极不戏剧化,而《玩偶之家》是一部力作。

23 见 *The Quintessence of Ibsenism* by George Bernard Shaw。

24 见 John Russell Taylor, *The Rise and Fall of the Well-Made Play* (1967)。

4 改变的重要性

1 每位电视导演在纪实或虚构中寻找的画面,都是人的面部特写,因为它记录了改变。在《学徒》和《街道》中都是如此,但最好的例子非体育莫属。运动员意识到他们赢了或输了的那一刻,对电视台的高管来说,是金子般的存在——很少有比英国赛艇运动员凯瑟琳·科普兰在 2012 年伦敦奥运会上意外获胜更美丽动人的例子。仔细看,当她在女子轻量级双人划艇比赛中通过终点线时,她意识到她取得了多么大的成就。你可以读懂她的嘴唇,她难以置信地对她的搭档索菲·霍斯金说:"我们要上邮票了!"

2 出自 Vince Gilligan's *Breaking Bad,* episode one, series one.

3 必须强调的是,有些阶段可以,也应该被省略。在《理查二世》第二幕结尾,理查没有承诺或承认他必须改变,相反,莎士比亚把重点放在他的盟友溜走上。其他人的这些行为将成为理查德性格改变的直接原因——如果你愿意,可以说这种变化是在他不在场的时候发生的。同样,在《亨利四世》第一部分中,你并未看到哈尔做出承诺的那一刻,但法斯塔夫提出不被放逐的嘲弄请求,他对此做出的回应奇怪而令人难忍,他回答说"我会的"。我们下次看到他时,哈尔已经去找国王了。改过自新的承诺已经开始。

4 熟悉克里斯托弗·沃格勒作品的人都知道,他为我称之为"改变之路线图"的第一部分,勾勒了一个粗浅的轮廓。虽然他没有承认它的三段式形态和基本对称性,还完全忽略了它的全部意义——但我的分析和我的术语都受益于他最初的工作。还应归功于拉约什·埃格里,他在《玩偶之家》《罗密欧与朱丽叶》《伪君子》中发现了类似的角色转变模式,但没有充分探讨它的含义,也没有承认"犹豫"的作用。

5 乔治·卢卡斯说:"我意识到,神话学真的没有得到现代化的运用……西部片可能是最后的美国童话故事,它们向我们讲述了我们的价值观。西部片乍一消失，就没有什么能取代它的位置了。在文学方面，我们开始有了科幻小说……所以这时候，我开始对童话、民间传说和神话进行更艰苦的研究。"普林斯顿大学的詹姆斯·B.格罗斯曼在他的文章《双面英雄》中引用了这句话。

6　出自斯蒂芬和罗宾·拉森的约瑟夫·坎贝尔的授权传记《约瑟夫·坎贝尔：头脑中的火焰》（2002），对乔治·卢卡斯的采访。卢卡斯以一定的篇幅讨论了这种影响。

7　该备忘录题为《〈千面英雄〉的实用指南》（1985）。原文的全文可在这里找到：http://www.thewritersjourney.com/hero's_journey.htm#Memo。

8　约瑟夫·坎贝尔《千面英雄》。术语"单一神话"出自詹姆斯·乔伊斯的《芬尼根的守灵夜》。

9　我再次感谢沃格勒最初的见解，尽管他一直未能抓住他自己发现的意义，并忽略了结构的对称性和三段式。然而，这不应该减损该作品的意义——当然，要是没有它，本书就不可能写成。

10　沃格勒在著作开头提出大量的人物性格缺陷，还确实提出了改变的范式，但他没有从这个非常聪明的观察结果得出合理结论。

11　神话的语言也会让人不快。它混合了古代和新世纪的内容，缺乏知识的严谨性这一点，又给它披上了一件不幸的萨满教的外衣。此外，它并不那么容易运用——正如沃格勒本人的尝试所表明的那样（见下文的注释12）。不过，重要的是要记住，它是一个隐喻。剥去托尔金主义，留下的是一个非常简单的形态：原型的故事被归结为寻找治愈的方法，它的寻获和实施。如果我没弄错的话，其真正的重要性在于，强调了坎贝尔本人的启示。沃格勒的那些例子似乎莫名地蹩脚——毕竟不能只因为某人站在门前，就给他贴上"门槛卫士"的标签。斯图尔特·沃伊蒂拉（著有《神话与电影》，整本书试图说明神话应该如何运用）有更多令人尴尬的例子，沃格勒给他背书，对自己可没有什么好处。

12　在我看来，沃格勒在这一点上错得很厉害。在他对《绿野仙踪》的分析中，他似乎完全混淆了中点和危机——前者当然是指与巫师的会面，在那里主人公们第一次找到了他们的勇气。沃格勒却把它放在打败邪恶女巫的地方。他在《E. T. 外星人》上也犯了类似的错误，混淆了中点和危机。这一事实——错了也没关系，只要你遵循范式，它依然有效——让你明白，大师们是如何故弄玄虚的。

5　我们怎样讲故事

1　出自 David Lodge, *The Art of Fiction* (1992)。

2　1919 年的蒙德里安访谈，出自泰特现代美术馆藏品目录，范杜斯堡画展，2010。

3　*Spooks*, series three, episode ten, written by Ben Richards (Kudos Film and Television production for BBC 1.

4　从《007 之金手指》到《007：大破天幕杀机》，许多邦德电影的中点都是发现恶魔的巢穴。黑暗的山洞比比皆是……

5　翁贝托·埃科在他的《读者的作用：文本符号学的探索》（1979）一书中的文章《弗莱明的叙事结构》中，指出了邦德故事的童话祖先（从龙的魔掌中救出少女），以及弗莱明的所有作品建立在摩尼教的二元对立原则上。此外，他还指出了一个公式：

> A. M 行动，将任务交给邦德
> B. 坏人行动，出现在邦德面前（也许是以替身的形式）
> C. 邦德行动，将了坏人一军，或者坏人将了邦德一军
> D. 女人行动，向邦德展现自己
> E. 邦德带上了女人
> F. 坏人抓住邦德（有或没有女人）
> G. 坏人折磨邦德（有或没有女人）
> H. 邦德杀死坏人（或杀死其同伙，因为邦德小说中的最高反派是俄罗斯组织"死亡来使"）
> I. 邦德在疗养，享受女人的陪伴，然后他失去了她

在埃科列出的大纲中，不难发现"进入森林"的形态（处于中心位置的是被坏人抓住，奖励是女人）。事实上，女人通常是奖品的补充——真正的叙事目标是找到坏蛋（金手指）的目标以阻止它，或者盗取莱克特解码机。当然，女人与目标有着内在的联系——是一种额外的奖励。埃科在最后指出，邦德失去了女人。在大多数电影中（除了其中的三部立体化的电影——《007 之女王密使》《007：大战皇家赌场》《007：大破天幕杀机》），他并不是真的想要她们，只是想要她们所能提供的性爱。正如《007：大战皇家赌场》这部电影所强调的，邦德的最高目标是彻底的、无情的自给自足。

6　如果你解读弗拉基米尔·普罗普出色但复杂的《民间故事形态学》——对早期故事的关键研究——你会发现完全相同的形态，不过必须从作者提出的 31 个关键阶段中挖掘出来，其中大部分与类型而不是结构有关。经过简化之后，潜在的模式就会变得非常清晰：

邪恶或匮乏：某种东西给家庭成员造成了伤害；或者家庭或社区
缺少了某种东西，想要得到它

　　离开：英雄离家去寻找或寻求

　　斗争：英雄找到坏人，双方交战

　　胜利：英雄战胜坏人

　　清算："匮乏"被消除了

　　归来：英雄归来

　　追逐：英雄被追逐

　　未获承认的到来：英雄失去了身份

　　艰巨的任务：最后的考验

　　结婚：身份的揭示和最终的结合。

7　Hilary Mantel, 'Wicked parents in fairytales', Introduction to free booklet on fairy tales, *Guardian*, 10 October 2009.

8　William Goldman, *Adventures in the Screen Trade: A Personal View of Hollywood and Screenwriting* (1983).

6　分形

1　试着看一看希腊雕刻家波利克里托斯的《持矛者》：注意运动和静止之间的张力，方向相对的手臂和腿相互对照的方式；还有它如何实现平衡，同时又看似偏离中心。

2　1985 年对吉米·麦戈文的访谈，出自第四频道的《回复权》栏目，以及与作者的对谈。

3　又是拉约什·埃格里首先提出了类似的看法，尽管他没有承认中点或对称结构的作用。

7　幕

1　罗伯特·麦基从黑格尔那里窃取了一个术语，来描述这一点：否定之否定。由于双重否定是一种肯定（黑格尔就是这个意思），所以很难理解麦基的意思。我还没有遇到一位完全明白他意思的编剧。

8　激发事件

1　悉德·菲尔德称之为情节点 1。这完全是一回事。菲尔德也注意到了幕的三段式性质，但没能探讨他观察到的这一现象的意义。

2　在《故事》中，罗伯特·麦基声称，《普通人》中的激发事件是康拉德神经质的母亲毁掉男孩的法式吐司早餐那一刻。但清晰的三段式结构显示，扔掉法式吐司其实只是第一个转折点。后面闪回的划船事故本身，才是真正导致康拉德给心理医生打电话的原因。麦基认为，实际上康拉德的父亲才是影片的主角。即便真是这样（他的这一说法很难成立），那也不是法国吐司把他送进了一个不同的世界。

3 "承诺"改变，其实是比布克的"实现初始目标"更好地看待第二幕终点的方式。在追求初始目标时，人物必须改变，才能将它实现——他要承诺走出他那个普通的世界。

4 这是一种流行但经常被人误解的技巧。克里斯托弗·沃格勒认为，每个第一幕都包含了拒绝接受召唤的内容——他引用《星球大战》为例。虽然确实可以拒绝接受，但把接受推迟到莎士比亚的第二幕结尾更为常见——或许还很有趣。有时候很难察觉。推迟征召往往伴随着第一幕的"省略"。"晚进早出"的箴言同样适用于幕和场。省略第一幕的小高潮，而对号召做出更长的延迟反应，这一延迟直至第二幕的高潮方才告终，这是非常常见的。

5 在《千面英雄》中，约瑟夫·坎贝尔引用了《青蛙王子》中公主把球掉进水里的那一刻，他说："我想说的是，这就是冒险开始的方式之一。一个失误——看似最微不足道的意外——揭示出一个出人意料的世界，个体被卷入了与神秘力量的关系之中。"

9 场

1 在《小巨人》中，达斯汀·霍夫曼实际上是从 17 岁开始扮演杰克·克拉布——但这仍是演员在电影中涵盖的最长年龄跨度。

2 William Goldman in *Adventures in the Screen Trade* (1983).

3 E. M. Forster, *Aspects of the Novel* (1927).

4 出自对大卫·塞克斯顿的一场采访，见 David Sexton, 'Clash of the Titans', *Evening Standard*, 31 March 2010。

5 与作者的对谈，2006 年。

10 合在一起

1 看看有多少中点出现在山洞、森林或其替代物中，这很迷人（尽管不科学）。

2 出自 Gustav Freytag's *Technique of the Drama* (authorized translation of the sixth German edition by Elias J. MacEwan, 1900)。

3 说几个我最近看到或读到的例子。电影：《谍影重重 3》《夺宝奇兵 3》《现代启示录》《罗密欧与朱丽叶》《冬天的故事》《科利奥兰纳斯》《星球大战》《锅匠，裁缝，士兵，间谍》《四个婚礼和一个葬礼》《低俗小说》《亡命驾驶》

《总统杀局》《大红灯笼高高挂》《国民警卫队》《街区大作战》；书籍：《蝴蝶梦》《琥珀眼睛的兔子》《人性的污秽》《自由》《卡鲁》;戏剧:《照明跑道》、《哈姆雷特》、《亨利四世》第一部分——在每一类作品中，这些例子都比比皆是。请注意，它们还跨越了虚构与非虚构作品。

如你所料，每一幕里的小危机点往往也包含死亡时刻——《教父》和《末路狂花》的第一幕以及《麦克白》的第二幕都是典型的例子。这是否有一些准精神方面的原因？当然，死亡和重生的说法是有说服力的，而且这显然是正题被合题所取代的时刻，但还应记住的是，每个危机点都只是一个困境，面对这个问题，主人公必须决定是保持原样还是做出改变。如果戏剧性的转折点围绕着让主人公面对不改变的后果而建立，那么故事结构决定了这些后果应该是尽可能糟糕。在危机点上发生大量死亡，很可能就是由此所致。

11　展示和讲述

1　出自 An interview with Mike Skinner (aka The Streets), in *The South Bank Show* on ITV, 21 September 2008。

2　Andrew Stanton, lecture, 'Understanding Story: or My Journey of Pain', (2006).

3　这名演员是伊万·莫茹欣。库里肖夫的同事弗谢沃洛德·普多夫金后来写到，观众"对这位艺术家的表演大加赞赏。他们指出，他对被遗忘的汤表现出沉重的情绪，他们被他望着死去的女人流露出的深切悲伤所感动，并欣赏他对玩耍的女孩露出的轻松、快乐的微笑。但我们知道，在这三种情况下，他的表情始终是一模一样的"。［Pudovkin, 'Naturshchik vmesto aktera', in *Sobranie sochinenii*, vol. I (1974)］普多夫金在自己当导演的作品中完善了这一技术，其中最值得注意的例子有可能是《母亲》。

关于这一实验的确切性质，存在一些分歧（究竟是有两个镜头，还是三个镜头，对象是什么，还有它是特意拍摄的，还是用已有的镜头组合而成）。库里肖夫本人写道："我把莫茹欣的同一镜头与其他各种镜头交替使用，这些镜头获得了不同的意义。这一发现让我惊呆了——我对蒙太奇的巨大力量确信不疑。"［*Kuleshov on Film:Writings by Lev Kuleshov* (1974)］

4　Andrew Stanton, lecture, 'Understanding Story: or My Journey of Pain', (2006).

5　John Peel, *Observer* 17 July 1988.

6　例如《卫报》的迈克尔·比林顿——这只是一个例子：http://www.guardian.co.uk/culture/2010/dec/15/michael-billington-shakespeare-tv，或者多米尼

克·德罗姆古尔在他的《威尔和我：莎士比亚如何接管了我的生活》一书中的情况。具有讽刺意味的是，从 20 世纪 70 年代末开始，随着激进边缘派的发展以及爱德华·邦德、霍华德·布伦顿和大卫·黑尔等编剧的事业发展，戏剧变得越发电影化。后者的舞台合作作品《铜项圈》实质上已可被视作一部名副其实的电影。

7　改编，其中包括 BBC 2012 年的改编莎剧《空王冠》系列，当然是另一回事。不过，为了使这些戏剧（《理查二世》《亨利四世》第一和第二部分以及《亨利五世》）适合在电视上播放，导演们不得不做大量的工作——剪辑、重新排序、展开、删节等等——这就更能说明问题。它们非常棒，它们不是戏剧。莎士比亚是一个特别有争议的问题。他的语言是如此形象，几乎能像广播剧的对白一样发挥作用。亨利五世的歌队说："当我们谈论马的时候，请想一想，你看到它们骄傲的蹄印在大地上留下印记；因为你们的思想现在必须装扮我们的国王，把他们带到这里和那里。"波兰斯基的《麦克白》或鲁尔曼的《罗密欧与朱丽叶》也许是出色的电影，但对我来说，莎剧的感染力在空旷的舞台上给人的感受最深。

8　我的个人看法。"天才"这个词已被过度滥用，成了报废的术语。杜尚的《泉》是一件有洞察力、具讽刺性和顽皮的作品——对它那个时代来说是完美的。不幸的是，它给大量的胡说八道打开了闸门。

9　E.M.Forster, *Aspects of the Novel* (1927).

10　Interview with Nick Hornby, *The Believer* magazine, August 2007.

11　如果要定义肥皂剧和戏剧之间的区别，我认为，糟糕的肥皂剧（我作为既得利益者，认为并非所有肥皂剧都是糟糕的）就是犯了这种错。

12　Aristotle, *The Poetics* (translated by Malcolm Heath; 1996).

12　人物和人物塑造

1　*Steve Jobs: The Exclusive Biography* by Walter Isaacson (2011).

2　关于《谋杀》，《观察家报》记者尤安·弗格森这样写道："这部丹麦剧让全国人民津津乐道，就好像多年不曾出现新的犯罪惊悚片一样。"实际上他说的只是 5600 万人口中的 30 万名观众。所以我们往往会夸大自己对共识的影响力，自认为身处潮流俱乐部的中心。

3　不过，每个人对安全的定义难免是特别的。在《东区人》中，大卫·威克斯只有在危险中才能找到安全感：他的每一个选择都是为了让自己感到活着。理查德·迈克尔斯·斯蒂芬尼克在他的《热门影片》一书中指出，许多成功电影的核心，就是马斯洛金字塔中所体现的对安全感的追求。

4　见 *The Social Network* DVD extra: 'Trent Reznor, Atticus Ross and David

Fincher on the Score'。

5　我很感谢托尼·乔丹首先提醒我注意这个迷人的悖论。

6　在《火星生活》漫长的（35 稿！）开发过程中，我曾以第四频道戏剧主管的身份致函荣耀影视公司（Kudos Film）的董事总经理简·费瑟斯通：

> 我对其他角色没有任何感觉。我仍然认为，我们应该把汤姆和一个完全是里根派的 20 世纪 70 年代警察组合在一起，在兄弟搭档中体现出这部剧的整体理念。这会为我们节省大量的工作——假设这个角色是杰夫……我们有制作"48 小时搭档电影"的完美配方——两人对同一件事有完全不同的看法——我们把它用起来吧。（2003 年 6 月 23 日的电子邮件）

我可不是要说，自己多有先见之明，更何况我们肯定已经就这个问题做过讨论。当时，我们都知道这部剧不是很灵——这个组搭档的点子感觉还是很对头的（当然，汤姆和杰夫很快就变成了萨姆和吉恩）。那时候我们都还不知道对立面理论，但编剧不需要知道。我对结构研究得越多，我就越是相信，它是出自本能的。伟大的编剧都能感觉到它，在某种程度上，我们都出于本能地理解对立面这一需要。

7　Ricky Gervais, *Word* magazine, June 2011.

8　你可以在《摩登家庭》中看到类似的特例。

13　特征和结构设计

1　我很感谢劳里·胡茨勒和她在"性格图谱"方面的著作，因为她提出了若干真知灼见。虽然她的理论貌似太过复杂，但我认为，她对不同"麻烦特征"的阐述是有价值的。

为推出第五季也是最后一季，《娱乐周刊》（2012 年 7 月 20 日）采访了《绝命毒师》里的明星布莱恩·克兰斯顿。克兰斯顿扮演沃尔特·怀特，这位温和的化学老师变成了冰毒制造商。记者丹·斯尼森写道：

> 在这一季，该剧呈现了灵魂最腐化、最妄自尊大的沃尔特，他似乎永远无法赚取足够的金钱和尊重，来填补他内心的空缺。克兰斯顿说："早些年的沃尔特·怀特基本是个好人，有一些腐化的东西渗透进了他的本性，但现在已经反过来了。现在他腐化得更严重，但还有一些善良的成分挥之不去……我喜欢这个人的复杂性……我们是多面的人，我们有能力感受不同的东西。我很想看到他做出一些英雄壮举，

拯救某人或某事……"比如一辆载满孩子的巴士？"姑且说是一辆载满孩子的校车吧。然后我让这些孩子在我的冰毒实验室里为我工作，"他继续着这个黑色幽默的想法，"他们应该心怀感激。我刚刚救了他们的命。'干不完活儿就不准回家！'"（该剧的主创）吉利根·文斯看到了这种可能性，把它说了出来："也许他们一起工作，把冰毒做成葡萄味的。你知道的，好给孩子们用。"

2　埃格里对此的看法有所不同，他认为一方应该获胜，这似乎否定了"合题"这一概念。

14　人物的个性化

1　*The Ego and the Mechanisms of Defence* by Anna Freud (1937; revised edition, 1968).

2　乔治·E. 瓦利恩特的分类，出自《适应生活》（1977）。如同精神分析中的大多数事情一样，有许多的分歧和变体，但在这里可以充当有用的速记法。

3　在此，我必须感谢威廉·尹迪克的见解，他的《编剧心理学》（2004）提出了一些迷人的假设，在帮我掌握基础知识方面大有裨益。有一两部电影的例子是他用过的——它们就是最好的例子。

4　西德尼·吕美特在《制作电影》（1995）中写道："在电视的早期，现实主义的'厨房水槽'流派占主导地位的时候，我们总会走到对人物加以'解释说明'的地步。大约在剧情进行到三分之二时，某人就会说出内心的真相，说出他这个角色为什么会是他这个样子。（帕迪·）查耶夫斯基和我把这称为戏剧的'橡皮鸭'派：'曾有人抢走了他的橡皮鸭，所以他变成了疯狂的杀手。'当时时兴的风气就是这样，对许多制片人和制片厂来说，这种做法如今依然时兴。我总是尽量消除橡皮鸭这样的解释。人物应该用他当下的行为来展现清楚。应该随着剧情的进展，揭示出其行为背后的心理动机。要是编剧必须说明原因，那这个人物的写作方式就有问题。"

5　在《剧本》（1979）中，悉德·菲尔德提到"生存的圈子"，指出了它的戏剧性价值，但并未探讨它的起源或真正的意义。

6　2009 年 8 月 30 日《观察家报》对西蒙·斯蒂芬斯的采访。

7　出自 David Mamet, *Bambi vs. Godzilla: On the Nature, Purpose, and Practice of the Movie Business* (2008).

8　E. M. Forster, *Aspects of the Novel* (1927).

9　在《007：大破天幕杀机》（2012）中，制片人试图充实一些邦德的背景故事。这显然是主观的，在这一点上，我支持马梅特——我不想知道。

10 2011 年 2 月 2 日《卫报》对大卫·芬奇的采访。

11 我相信，亚里士多德说的 "Katharsis" 就是这个意思，或者是《诗学》1996 年的企鹅译本中的"净化"的意思。我们通过与他人的共情，来熬过我们的担忧和恐惧；我们通过共情来驱除我们自己的心魔。

15 对白和人物塑造

1 大卫·黑尔，英国电影和电视艺术学院 / 英国电影协会讲座，2010 年 9 月。

2 最常引用的日期是 1918 年，不过似乎没有确切的说法。

3 出自乔斯·惠登的《十大写作技巧》，最早由凯瑟琳·布雷发表于第四频道的《人才》杂志上。

16 展示部分

1 20 世纪 90 年代英国电视剧的开场白。

2 罗伯特·麦基的一个术语，出自《故事》。一个令人惊讶但不错的例子是易卜生的《海达·盖布勒》，其中是由泰斯曼小姐和她的仆人贝尔塔来展开剧情。正如威廉·阿彻在《戏剧制作》（1912）中指出的那样，它"让易卜生近乎达到了法国舞台剧传统化的展示部分，由一名男仆和一名为家具除尘的女仆作为主导"。阿彻还指出，从《社会支柱》到《玩偶之家》再到《野鸭》，易卜生的展示部分在技巧上有了迷人的发展。第一部戏以一名缝纫工对人物的八卦开始；第二部戏采用了知己聊天的方法；第三部戏则是通过一场激烈、充分的争论来传达基本的事实。这三个阶段描绘了展示部分发展的整个历史——从新手到大师。

3 我显然是既得利益者，因为从 2005 年到 2012 年，我一直负责《霍尔比市》。我会说，它现在已经大不相同，尤其是在过去几年，已经变成了一部更加挑战智力的剧集。

4 实际上，这一集演到这儿，观众知道病人已经死了，科林医生传达的信息在技术上是重复的。对新手编剧来说，重复是一个大忌，但在这里，重复能起作用，**正是因为情感的叠加**——重复展示不无讽刺地展现出科林的情感状态，打消了解释他紧张和胆怯的必要性。这种做法仍然有效——用情感传达出来的信息，融入人物塑造之中，这样可以消除编剧的存在感。很感谢杰德·默丘里奥，他的解释说明大有帮助。

5 杰德·默丘里奥跟作者之间的电子邮件交流，2006 年 7 月。

6 杰德·默丘里奥跟作者之间的电子邮件交流，2006 年 7 月。

17 潜台词

1 Ted Tally in *Screenwriter's Masterclass*, edited by Kevin Conroy Scott (2006).

2 这些其实是哈里·H.科比特在BBC系列节目《60年代的表演》中接受克莱夫·古德温采访时的原话，后来在1970年以书的形式出版。布莱恩·菲利斯的技巧是将这些话编织到一个背景中，赋予它们深层的意义。

3 出自 'The Secret and the Secret Society', Part IV of *The Sociology of Georg Simmel*, translated by Kurt H. Wolff (1950)。

18 电视和结构的胜利

1 第一部电视剧据说是《女王的信使》。由爱尔兰剧作家J.哈利·曼纳斯编剧，于1928年9月在纽约的W2XB电视台（由通用电气所有）播出。《纽约先驱论坛报》描述了这一场面：

> 导演莫蒂默·斯图尔特站在两台电视摄像机之间，摄像机对准女主角伊塞塔·朱厄尔小姐和男主角莫里斯·兰德尔。斯图尔特面前有一个电视接收器，他可以随时看到通过发射器输出的图像。通过一个小型控制盒，他能够控制图像的输出，切入一个或另一个摄像机，使画面淡出或淡入。除了通用电气实验室的操作装置之外，其他地方是否能成功接收信号，无法立即确定。观看此次实验的人们普遍认为，无线电传输动态画面，在未来还有很长很长的路要走。目前的系统是否能够实现商用和公共应用，仍然是一个问题。

《纽约时报》更有远见：

> 在过去的几年里，时空的帷幕已经大大拉开了，今天下午，在通用电气公司研究实验室的无线电电视最新成果演示中，时空的帷幕被进一步拉开，使人们看到了未来的奇迹。

文末写道：

> 尽管有声电影取得了巨大的成功，但一旦克服了技术上的难题，它们可能很容易就被广播电视所超越。

2 Asa Briggs, *The History of Broadcasting in the United Kingdom*, Volume Two, *The Golden Age of Wireless* (1965).

3 'The First Play by Television – BBC and Baird Experiment', *The Times*, 15 July 1930.

4 Shaun Sutton, 'Dramatis Personae', *The Times* , 2 November 1972.

5 Tise Vahimagi, *British Television: An Illustrated Guide* (1994).

19 系列剧和连续剧的结构

1 出自 Mark Cousin's TV series, *The Story of Film*, More 4, 2011。

2 同上。

3 出自 Mark Cousin's TV series, *The Story of Film* , More 4 , 2011 。

4 作为有趣的补充材料，我想再说一点：大卫·西蒙的观点能说得通，特别是由于这一简单的原因，即越是困难和要求越高的作品，越容易赢得批评界的赞誉。当我在第四频道担任电视剧主管时，我们很快就了解到，如果我们让主角死掉，就有更多的机会获奖。我们还发现，如果他们是自尽身亡，获奖的机会就会进一步增加。《男孩 A》《秘密生活》《血色侦程》都秉承了这一优良传统，在 YouTube（http://www.youtube.com/watch?v=-HXaj2IYYn8）上被欢快地嘲弄为"勇敢的影视艺术学会奖"。这里并不是要否定这些作品的价值，只是说明，进入喜剧领域可能是不值得的。当然，一旦制作人员死去，情况就不同了——希区柯克曾因其俗气的卖弄受到嘲笑，但在去世之后，他变成了天才。

本国的电视系列剧无论取得多大的成功（在上个世纪最后 20 多年里，泰德·蔡尔德在 ITV 如日中天，佳作迭出，给我们带来了《特警》《守护者》《摩斯探长》《山区诊所》《士兵士兵》等作品），都不曾受到真正的重视，直到美国有线电视台为我们带来《黑道家族》和《六尺之下》，才有所改观。蔡尔德的作品（尽管单独挑出他来，也许不够妥当）不亚于任何更"严肃"的电视作品，而且我认为非常可悲的是，英国电视剧中唯一一位最成功的制作人从未得到承认，比他差得多的人才却受到赞赏。

20 系列剧中的改变

1 《娱乐》周刊对鲍勃·戴利的采访，2012 年 3 月 30 日。

2 这话并不像它听起来那样贬损。戏剧大多是谎言。约翰·勒卡雷将《军情五处》斥为"垃圾"，因为它并未描绘出他所了解的情报界，这有点像是批评一只猫不像狗——戏剧并不是为了讲明真相，而是为了娱乐。戏剧一直都在撒谎。

3 对伊娃·隆戈里亚的采访，出自 2012 年 3 月 30 日的《娱乐》周刊。

4 我曾是第四频道《火星生活》一剧的最初策划人，但在他们拒绝该剧之后不久就离开了。后来我又重新接手，并与杰出的《神秘博士》制片人朱莉·加德纳共同担任执行制片人。

21　重回家中

1　公平地说，相关人士并不是只有麦戈文这一位，但在他的剧里，冲突是活生生的，其他编剧无人能及——那些年，《布鲁克赛德》有一些非常优秀的电视剧编剧。

2　Jimmy McGovern, talk for BBC Writers Room, Leeds, 2009.

3　*Writing the Wrongs; The Making of Dockers*, documentary, Channel 4, 1999.

4　T. W. Baldwin, *Shakespeare's Five- Act Structure* (1947; later edition, 1963).

5　*Mad Men*, episode one, series one: 'Smoke gets in your eyes' by Matthew Weiner.

6　*The Journals of Arnold Bennett* , edited by Sir Newman Flower (1932), entry for 25 October 1897.

7　给予反派"平等的权利"还有额外的好处，那就是可以让导演进行无数的诠释——这是莎剧长盛不衰的另一个关键。

8　出自 *Anton Chekhov Plays* (Penguin, 2002), Introduction by Richard Gilman。

9　将契诃夫与易卜生进行比较，颇有启发性。《海达·盖布勒》与《万尼亚舅舅》或《三姐妹》同样复杂，但在《人民公敌》中，故事只跟一个人有关，作者认可他，谴责其他人是白痴。这是一部很有力量的作品，但的确也是有效的宣传片。贯彻这一想法——凸显斯托克曼博士的偏执狂（如前所述，可以将他对地方政府的谴责，视为格伦·贝克和福克斯新闻台精神上的前辈）——会很有趣。那样就不再是深受自由主义者喜爱的作品，但我怀疑，它会是更有趣的作品。

10　吉米·麦戈文同意安德鲁·斯坦顿的观点："故事要想出色，就必须具备种种主题，种种争论。"但他补充了一个重要的告诫："不应该强加到故事上。观众不应该意识到这些主题和争论的存在，直到看完之后。"出自 *Mark Lawson Talks To...*, BBC 4, November 2010。

11　Lajos Egri, *The Art of Dramatic Writing* (1946).

12　艾伦·耶恩托布，对 BBC 内容的评论，2000 年。

13　Alistair Cooke: '60 Years...Behind the Microphone. Before the Camera...A Memoir', Royal Television Society lecture, New York, 1997.

14　"那《波西米亚狂想曲》呢？！"托尼·乔丹争辩道（与作者讨论初稿的审阅），2010 年 10 月。

15　马克·卡曾斯在他总是充满娱乐性和煽动性的《电影故事》(More 4 频道，2011)中指出这一点。他还探讨了《最后的电影》这一例子（见下文）。

16 对主流的反叛是我们的天性的重要组成部分——社会就是这样发展起来的。从反抗到风格，一代人的边缘是下一代人的主流。这又是正题／反题。不过当影评人大卫·汤姆森将丹尼斯·霍珀的《最后的电影》描述为"自命不凡的胡闹的里程碑"时，他讽刺的不只是霍珀的愚蠢，还讽刺了一种普遍的趋势。他说，霍普犯了一个致命的错误，那就是相信"反叛是艺术品格的某种证明"。这话可以用在许多——但不是所有——有意标新立异的作品上。《白丝带》是一部伟大的电影——而达米安·赫斯特的作品算是伟大的艺术吗？标新立异当然可以带来好处。虽然打破常规的趋势在大师的手中可以取得好的结果，但在最坏的情况下，它会成为典型的例子，表明评审团和观众总是倾向于将**想要**（它们希望如何被看待——严肃，艺术，等等）置于**需要**之上。

作曲家约翰·亚当斯在自己的作品《和声学》导言中，说了一些非常贴切的话："尽管我对勋伯格的人格表示尊重，甚至感到敬畏，但我也得坦诚地承认，我很不喜欢十二音音乐。对我来说，他的美学是 19 世纪个人主义的过度成熟，在这种美学中，作曲家是某种意义上的神明，听众来到这里就像来到一个神圣的祭坛。正是在勋伯格那里，诞生了'现代音乐的痛苦'，而 20 世纪古典音乐的听众在迅速萎缩，很大程度上是因为，许多新作并不悦耳，这不是什么秘密。"

战后德国艺术对打破传统形式的关注特别吸引人，把它归结为战败国的独特氛围也很诱人。无论是政治上（巴德尔·迈因霍夫团伙）、音乐上（"前卫摇滚"）还是戏剧上（"后戏剧"运动，将叙事视为背景），摧毁父辈作品的冲动是异常突出的特征。贝托尔特·布莱希特是另一个典型的例子，但他关于"间离效应"的论点——观众应该从智力上而不是从情感上体验他的戏剧，似乎似是而非。从人性上讲，不可能不发生共情——除非戏剧很糟，或者观众是精神病患。幸运的是，他的戏剧远比他的理论概述要好。

17 Richard Ford, Canada (2012).

18 出自 Mark Cousins, *The Story of Film*, More 4, 2011。

19 有时，作品只是貌似激进。正如巴兹·鲁尔曼所说："如果你已经习惯了电影只是漂亮的布景、美丽的服饰、扫视镜头和巨大的情感……而有人走过来说……它是一个穿着牛仔裤和白 T 恤的女孩，T 恤上写着'先驱论坛报'，你会说'是的，伙计，这就像真实的生活'。其实并不是，那只是另一种电影手段而已……语言是活的东西。它在变化，在进化。而你表达的内容，永远不会变。人们仍然说'我爱你'……'我要杀了你'。他们说'我爱你''我要杀了你'的方式——就是时尚。"马克·卡曾斯在《电影故事》中引用，More4 频道，2011 年。

20 David Frost, *Frost/Nixon: One Journalist, One President, One Confession* (2007).

21 引自 Michael Holroyd, *Bernard Shaw: A Biography* (1997)。

22 为什么?

1 出自 Joseph Campbell, *The Hero With a Thousand Faces* (1949)。

2 苏珊·格林菲尔德女伯爵,英帝国勋章章得主,牛津大学林肯学院突触药理学教授。出自她 2011 年 12 月 11 日在康威厅举办的讲座《生命的学校》。

3 这在很大程度上是克里斯托弗·布克在《七种基本情节》中的论点,约瑟夫·坎贝尔和他研究神话世界的弟子们也持该论点。在我看来,布克在论述过去两百年来叙事的发展方向时,其《每日邮报》式的大肆批判削弱了他的论点。他有力地论述到,工业革命之后,人性中的某些东西遭到了腐蚀,正是这一点导致人们摒弃了通向情感成熟的初始原型之旅。他引用了"黑暗倒转"的兴起作为证据,并认为司汤达、约翰·布赖恩的作品,甚至《弗兰肯斯坦》《白鲸记》《金刚》这些作品都是恶臭和堕落的。虽然这类故事确有增多,但我认为,把它们视为赞同式的作品是错的。这些作品里没有任何东西表明,它们的作者宽恕了亚哈、乔·兰普顿或维克多·弗兰肯斯坦。事实上,每部作品都与经典神话有着明显的祖孙联系,弗兰肯斯坦被称为"现代普罗米修斯"是有原因的。这些作品显然是对有所变化的社会加以回应,以它们自己的方式取得了艺术上的成功,并牢牢地扎根于傲慢和报应的原则当中,布克对早些时候、仿佛人类堕落之前的时代的这些原则大为赞赏。他大肆批判《白鲸记》《金刚》《弗兰肯斯坦》中黑暗的英雄和光明的怪物,但实际上,这不正是悲剧的绝佳定义吗?

4 在这里,我们再次与拉约什·埃格里的观点背道而驰,他似乎暗示了正题的胜利而不是合题的胜利——或者说,英雄们什么也没学到。这更像古典辩证法,胜过黑格尔辩证法。

5 A. A. Gill, TV column, *Sunday Times*, 2011.

6 "对白是荒谬的,局面令人难以置信,人物是滑稽的。"塔玛拉·罗霍抱怨说,她本人也是舞蹈演员和英国国家芭蕾舞团的艺术总监,刊于《观察家报》,2012 年 4 月 15 日。

7 出自 Frank Thomas and Ollie Johnson, *The Disney Villain* (1993)。

8 "现代知识分子将神话解释为解释自然界的一种原始的、摸索性的努力(弗雷泽);解释为史前时代的诗意幻想的产物,被后来的时代所误解(缪勒);解释为将个人塑造成群体的寓言式教学的宝库(涂尔干);解释为群体的梦想,象征着人类心灵深处的原型冲动(荣格);解释为人类最深刻的形而上学见解的传统载体(库马拉斯瓦米);解释为上帝对其儿女的启示(教会）。神话就是所有这一切。种种评判各不相同，是由于评判者的观点不同。当我们不再从神话是什么，而是从它如何发挥作用，从它过去如何为人类服务，从它今天如何为人类服务的角度来审视的话，神话就会显示出，它就像生活本身一样经得起检验，可以满足个人、种族、时代的执着和需要。"约瑟夫·坎贝尔在《千面英雄》中这样说道。

9　弗里德里希·马克斯·缪勒（1823—1900），他认为这类抽象观念是人类拟人化欲望的受害者。

10　詹姆斯·乔治·弗雷泽爵士（1854—1941），《金枝》（1890年首次出版2卷，之后是12卷，1906—1915年）。它对《荒原》和《现代启示录》都有影响。

11　我们选择施加的秩序，是性格的极佳的说明——不安或偏执的人对事情的解释，不同于更平衡或具有不同精神构成的人。查理·考夫曼对"秩序"的诠释，向我们透露了许多他的事情。

12　出自 Steven Pinker, *How the Mind Works* (1997)。

13　在2011年观看裘德·洛的《哈姆雷特》时，诺·加拉格尔选择不看。"它有四个小时长，我一分钟也没看明白。我心想：'我知道他们是在说英语，但全都是他妈的胡言乱语。我可以欣赏他们的演技和他们学习所有这些台词的方式，但是……这都演了些什么玩意儿？'"（*London Evening Standard*, September 2011）

14　Daniel Kahnemann, *Thinking, Fast and Slow* (2011).

15　这些版本也许可用以下几个作为代表：1）原版电影《南极的斯科特》（1948）中的约翰·米尔斯；2）罗兰·亨特福德的《地球上最后的地方：斯科特和阿蒙森的南极竞赛》（1979）（本身是马丁·肖主演的电视剧）；3）最近新增的爱德华·J.拉尔森的《冰雪帝国》（2011）。当然，还有其他版本。

16　还应补充的是，他们所处的时期也会产生巨大的影响。随着战争胜利的光环褪去，20世纪70年代末是一个许多偶像被打碎的时期。

17　Polly Toynbee, 'If the Sun on Sunday soars Rupert Murdoch will also rise again', *Guardian*, 23 February 2012。她写道："……在变得过度假正经之前，新闻业并不全是真理的圣典。即使是值得信赖的报章杂志在撰写'报道'的过程中，也会涉及鬼花招，把灰色的东西简化成黑与白，寻找'角度'或'论据'。我们将混乱的现实简化为一种对与错的叙述。我们都渴望着故事。我向来对我们这个行业过度宣扬高尚或荣誉的行为感到不适。"

18　见 *Fairy and Folk Tales of the Irish Peasantry*, collected and published by W. B. Yeats。从康奈达（Conn-eda）这个名字（他父母的合称）可以看出，这个故事实际上是爱尔兰康诺特省的创立神话。

19　Heinrich Zimmer, *The King and the Corpse: Tales of the Soul's Conquest of Evil*, edited by Joseph Campbell (originally published 1948；2nd revised edition, 1971).

20 悉德·菲尔德在《剧本》(1979)中触及了平等而相反地回应这一想法，但实际上是用它来说明被动主角的问题，他并未探讨其深层含义。

21 最大的讽刺之一，就是法律辩论往往并不关乎真相，而是关于哪个大律师能讲出最好的故事。看起来，陪审团审判往往只是故事大赛。

22 黑格尔在《逻辑学》(1812)中说："只有当一个事物自身包含着矛盾时，它才会运动并获得冲动和活力。这就是一切运动和一切发展的过程。"拉约什·埃格里在《编剧的艺术》(1946)中引用了这句话，他阐述道："正题、反题、合题是所有运动的规律。所有事物都通过运动向其对立面变化。现在变成过去，未来变成现在。没有什么东西是静止不动的。不断的变化是所有存在的本质；时间中的一切都会走向它的反面。一切事物自身都包含它自己的对立面。"

23 出自 Rafael Alvarez, The Wire: Truth Be Told (2004). Introduction by David Simon。

24 戏剧评论家迈克尔·比林顿回想 1973 年的作品，《卫报》，2000 年 4 月。

25 正如《罗密欧与朱丽叶》(第二幕第三场)中的修道士指出的那样：

> 莫看那蠢蠢的恶木莽蔓，
> 对世间都有它特殊贡献；
> 即使最纯良的美谷嘉禾，
> 用得失当也会害性戕躯。
> 美德的误用会变成罪过，
> 罪恶有时反会造成善果。
> 这一朵有毒的弱蕊纤苞，
> 也会把淹煎的痼疾医疗；
> 它的香味可以祛除百病，
> 吃下腹中却会昏迷不醒。
> 草木和人心并没有不同，
> 各自有善意和恶念争雄；
> 恶的势力倘然占了上风，
> 死便会蛀蚀进它的心中。

这些话也可以拿来形容迈克尔·柯里昂。

26 弗兰克·科特雷尔·博伊斯《如何写一部电影》，载于《卫报》，2008 年 6

月 30 日。

27　在《故事》中，罗伯特·麦基谈到了戏剧诞生的"缺口"。

28　坎贝尔本人写道（《千面英雄》）："英雄的神话冒险的标准路径，是对成长仪式所代表的公式的放大呈现；分离—启程—回归；这可以称作单一神话的核心单元。普罗米修斯升到天上，从众神那里盗来火种，然后下凡，伊阿宋穿过撞击的岩石，驶入奇迹之海，智取守护金羊毛的龙，从篡位者手中夺回他的合法王位。埃涅阿斯下到冥界，渡过可怕的亡灵之河，向三首看门狗刻耳柏洛斯投食，并最终与他父亲的亡灵交谈。"

29　克洛德·列维-斯特劳斯提出，所有神话都是二元对立的结果。受黑格尔影响，他在《神话的结构研究》（1955）（载于《结构人类学》第 1 卷）中认为："神话的目的是提供能够克服矛盾的逻辑模型（如果矛盾碰巧是真实的，那它就成了令人难以置信的成就）。"这是一个复杂的论点——有时是荒谬的——而且并不完全令人信服，但它看起来确实碰巧发现了关于故事的一个基本真相。

30　当然，要是你一味地模仿它，那就不一样了。作家尼尔·盖曼把坎贝尔的《千面英雄》读到一半，就停止了阅读，理由是："如果这是真的——那我不想知道……我宁愿意外地遵循它，也不愿被人告知个中模式是什么。"

31　Ian McEwan, 'Only love and then oblivion', first published in the *Guardian*, 15 September 2001.

32　更多内容，见 Christian Keysers, *The Empathic Brain* by Christian Keysers (November 2011)。

33　Aristotle, *The Poetics*, translated by Malcolm Heath (1996).

34　出自 George Eliot's review of W. J. Riehl's *The Natural History of German Life, Westminster Review* , July 1856。

35　出自 'Aesthetic Culture' (1910) by Gyorgy Lukács。感谢亚历克斯·罗斯《余下只有噪音》对该作品的介绍。

36　*The Poet Speaks: Interviews with Contemporary Poets*, conducted by Hilary Morrish, Peter Orr, John Press and Ian Scott-K (1966).

37　出自 Robert Hughes, *The Shock of the New* (1980)。

参考书目

Alvarez, Rafael, *The Wire: Truth Be Told*(2010)

Archer, William, *Play-Making: A Manual of Craftsmanship*(1912)

Aristotle, *The Poetics*, translated by Malcolm Heath(1996)

Aronson, Linda, *Screenwriting Updated*(2001)

Baldwin, T. W., *Shakespeare's Five-Act Structure*(1947 ; later edition, 1963)

Booker, Christopher, *The Seven Basic Plots: Why We Tell Stories* (2004)

Booth, Wayne C. *The Rhetoric of Fiction* (1961)

Bradley, A. C. *Shakespearean Tragedy* (1904)

Campbell, Joseph, *The Hero With a Thousand Faces* (1949)

Cousins, Mark, *The Story of Film* (TV series, More 4, 2011)

Cunningham, Keith, *The Soul of Screenwriting: On Writing, Dramatic Truth, and Knowing Yourself* (2008)

Dancyger, Ken and Jeff Rush, *Alternative Scriptwriting* (2006)

Davis, Rib, *Writing Dialogue For Scripts* (3rd edn, 2008)

Davies, Russell T., *Doctor Who: The Writer's Tale* (2008)

Dethridge, Lisa, *Writing Your Screenplay* (2003)

Douglas, Pamela, *Writing The TV Drama Series: How To Succeed as a Professional Writer in TV* (2005)

Eco, Umberto, *'Narrative Structures in Fleming'*, *The Role of the Reader: Explorations in the Semiotics of Texts* (1979)

Edgar, David, *How Plays Work* (2009)

Egri, Lajos, *The Art of Dramatic Writing* (1946)

Eisenstein, Sergei, *The Film Sense* (1942)

Field, Syd, Four Screenplays: *Studies in the American Screenplay* (1994)

Field, Syd, Screenplay: *The Foundations of Screenwriting* (1979)

Field, Syd, *The Screenwriter's Workbook* (1988)

Flinn, Denny Martin, *How Not To Write A Screenplay: 101 Common Mistakes Most Screenwriters Make* (1999)

Forster, E. M. *Aspects of the Novel* (1927)

Frazer, Sir James George, *The Golden Bough* (1890)

Frensham, Ray, *Teach Yourself Screenwriting* (1996)

Freud, Anna, *The Ego and the Mechanisms of Defense* (1937; revised edition, 1966)

Frey, Northrop, *The Great Code* (1981)

Freytag, Gustav, *Technique of the Drama*; The Authorized Translation of the Sixth German Edition, translated by Elias J. MacEwan (1900)

Frost, David, *Frost/Nixon: One Journalist, One President, One Confession*(2007)

Frye, Northrop, *Anatomy of Criticism*(1957)

Garfinkel, Asher, *Screenplay Story Analysis: The Art and Business*(2007)

Goldman, William, *Adventures in the Screen Trade: A Personal View of Hollywood and Screenwriting*(1983)

Gulino, Paul, *Screenwriting: The Sequence Approach*(2004)

Harmon, Dan, Channel 101(www.Channel101.Com). 特别是'*Story Structure 101– Super Basic Shit*'，以及后面的文章。

Hauge, Michael, *Writing Screenplays That Sell: The Complete Guide to Turning Story Concepts into Movie and Television Deals*(1988)

Hegel, Georg, *The Science of Logic*(1812-16)

Highsmith, Patricia, *Plotting And Writing Suspense Fiction*(1989)

Hiltunen, Ari, *Aristotle in Hollywood: The Anatomy of Successful Storytelling*(2002)

Hughes, Robert, *The Shock of the New*(1980)

Hulke, Malcolm, *Writing For Television*(1980)

Indick, William, *Psychology For Screenwriters: Building Conflict in Your Script* (2004)

Isaacson, Walter, *Steve Jobs: The Exclusive Biography*(2011)

Jewkes, Wilfred, *Act-Division in Elizabethan and Jacobean Plays*(1958)

Kahneman, Daniel, *Thinking, Fast and Slow*(2011)

Kelly, Richard T. (ed.), *Ten Bad Dates with De Niro: A Book of Alternative Movie Lists*(2007)

Keysers, Christian, *The Empathic Brain*, November 2011

King, Stephen, *On Writing*(2000)

Kott, Jan, *Shakespeare Our Contemporary*(1962)

Larsen, Stephen and Robin, *Joseph Campbell: A Fire in the Mind* (2002)

Lawson, John Howard, *Theory and Technique of Playwriting*(1936)

Levi-Strauss, Claude, 'The Structural Study of Myth' in *Structural Anthropology*, vol. 1(1955)

Lodge, David, *The Art of Fiction*(1992)

Logan, John and Laura Schellhardt, *Screenwriting For Dummies*(2008)

Mamet, David, *Bambi vs. Godzilla: On the Nature, Purpose, and Practice of the Movie Business*(2008)

Mamet, David, *Three Uses of the Knife*(1998)

McKee, Robert, *Story: Substance, Structure, Style and the Principles of Screenwriting*(1999)Morris, Elisabeth Woodbridge, *The Drama; Its Law and its Technique*(1898)

Norman, Marc, *What Happens Next? - A History of Hollywood Screenwriting*(2008)

Ondaatje, Michael, *The Conversations: Walter Murch and the Art of Editing Film*(2004)

Perry, Bliss, *A Study of Prose Fiction*(1902)

Pinker, Steven, *How the Mind Works*(1997)

Propp, Vladimir, *Morphology of the Folk Tale*(1928)

Ross, Alex, *The Rest Is Noise: Listening to the Twentieth Century*(2007)

Sargent, Epes Winthrop, *Technique of the Photoplay*(1916)

Schlegel, A. W., *Lectures on Dramatic Art and Literature*(1808)

Schmidt, Victoria Lynn, *45 Master Characters*(2007)

Scott, Kevin Conroy (ed.), *Screenwriters' Masterclass*(2005)

Seger, Linda, *And the Best Screenplay Goes To . . . Learning from the Winners: Sideways, Shakespeare in Love, Crash*(2008)

Seger, Linda, *Making a Good Script Great*(1987 ; 3rd edn, 2010)

Simmel, Georg, *The Sociology of Georg Simmel*, translated by Kurt H. Wolff, Part IV, 'The Secret and the Secret Society(1950)

Snyder, Blake, *Save the Cat! Goes to the Movies. The Screenwriter's Guide to Every Story Ever Told*(2007)

Snyder, Blake, *Save The Cat! The Last Book on Screenwriting You'll Ever Need*(2005)

Stefanik, Richard Michaels, *The Megahit Movies*(2001)

Surrell, Jason, *Screenplay by Disney*(2004)

Sutton, Shaun, *The Largest Theatre in the World*(1982)

Taylor, John Russell, *The Rise and Fall of the Well-Made Play*(1967)

Thomas, Frank and Ollie Johnson, *The Disney Villain*(1993)

Thompson Price, William, *The Technique of the Drama*(1892)

Tierno, Michael, *Aristotle's Poetics For Screenwriters*(2002)

Tilley, Allen, *Plot Snakes and the Dynamics of Narrative Experience*(1992)

Truby, John, *The Anatomy of Story: 22 Steps to Becoming a Master Storyteller* (2007)

Vogler, Christopher, *A Practical Guide To The Hero With a Thousand Faces*(1985)

Vogler, Christopher, *The Writer's Journey*(1996)

Voytilla, Stuart, *Myth and the Movies: Discovering the Mythic Structure of 50 Unforgettable Films*(1999)

Waters, Steve, *The Secret Life of Plays*(2010)

Yeats, W. B., *Fairy and Folk Tales of the Irish Peasantry*(1888)

Zimmer, Heinrich, *The King and the Corpse: Tales of the Soul's Conquest of Evil*, edited by Joseph Campbell(1948; 2nd edition, 1956/1971)

进入故事之林

致 谢

　　本书的写作离不开对故事结构做过探索的前人铺就的道路。若不提及约瑟夫·坎贝尔、悉德·菲尔德、诺思罗普·弗莱、威廉·阿彻、罗伯特·麦基、克里斯托弗·布克、埃普斯·温思罗普·萨金特、弗拉基米尔·普罗普和克里斯托弗·沃格勒——还有劳里·胡茨勒和威廉·尹迪克的宝贵见解，未免有失公平。他们的作品都值得阅读，但我特别推荐拉约什·埃格里，他的《怎样写剧本》(1942)里有对辩证结构最早的真知灼见，而大卫·马梅特接过了接力棒。本书所包含的一切都建立在他们的基础上。倘若马梅特没有忙于编写那些完美体现辩证结构的剧本，那他准会写出有关讲故事的权威著作。因为他的《刀的三种用法》比任何作品都更接近于这一目标。

　　我承认，在所有地方，我都从他们那里获益良多，而我与他们意见相左的地方，则是本书所倡导的创造性的反对精神使然。正如埃格里本人在其书中序言所说：一切都是辩证的；现在就会有人——而且应该有人——不同意我的观点。

　　我必须感谢戴维·洛奇，他的《小说的艺术》(1992)让我知道了伦纳德·迈克尔斯和对称性；感谢韦恩·C.布斯关于展示和讲述的权威著作《小说修辞学》（1961）；感谢弗拉基米尔·普罗普的《民间故事形态学》（1928）为我照亮了道路。丹·哈蒙有趣的网站（Channel101.com）有一些关于故事结构的非常聪明的观点，对我着重提出自己的想法很有价值——作为快速上手指南，它很值得一看。要就美术界和音乐界加以类比，罗伯特·休斯的《新艺术的震撼》（1980）和亚历克斯·罗斯的《余下只有噪音》（2007）是不可或缺的。但要是没有安德鲁·斯坦顿被低估的讲座《理解故事：或我的痛苦之旅》（"Understanding Story: or my Journey of Pain"，2006），这些就没有任何意义。是它开启了一切。

伦敦大学学院的约翰·穆兰教授非常慷慨地给予我时间和耐心，指点我留意俄国形式主义学者；环球剧院的多米尼克·德罗姆古尔对莎士比亚的分幕设计提出了有益的怀疑。纽卡斯尔大学的琳达·安德森教授教导过我，她让我对自己的观点有了信心，并依然是我无限的灵感来源。我带着对文学的热爱离开了纽卡斯尔，但对如何利用它却没有真正的认识。在旅程开始之后，还有一些关键的会面：是吉米·麦戈文给了我启发，托尼·乔丹给了我指点，保罗·格林格拉斯向我介绍了五幕剧，还有保罗·阿伯特在我面前出色地完成了全部工作，没有借助外部支持。他们激发了我的好奇心，促成了本书的问世。

多年来，我有幸与之共事的编剧们是我真正的——不为人知的——导师。杰德·默丘里奥（早些年，他非常耐心和慷慨）、斯蒂芬·莫法特、多米尼克·明盖拉、盖伊·希伯特、阿什利·法罗、马修·格雷厄姆、尼尔·克劳斯、迈克·布伦、阿比·摩根、彼得·摩根、西蒙·伯克、彼得·鲍克、特里·约翰逊、托尼·格朗兹、凯特·布鲁克、马克·卡特利和贾斯廷·扬都令人难以置信地重要，还有那些乐意聊天分享的编剧，尤其是拉塞尔·T. 戴维斯、艾伦·普莱特和理查德·柯蒂斯，他们都很慷慨地给予了他们的时间、批评和支持。

我还必须感谢编剧学院的鲁姆·森·古普塔、海伦娜·波普、贝琳达·坎贝尔、凯瑟琳·麦克格林、大卫·罗登、尼尔·欧文、卡罗琳·奥默罗德和学生们。托尼·乔丹曾形容他们是"你强迫它们吸烟的小猎犬们"。我从他们惊人的求知欲（和争论）中学到的东西是无可估量的。尤其是凯里·梅里克，尽管他有两个小孩，但他总是在我犯错的时候耐心地告诉我，特别是在我表现得像个三年级学生的时候。

麦克和伯纳黛特·奥克迪根提供了精神上的滋养和爱尔兰式的热情接待，超出了他们的职责范围。还有珍妮·罗宾斯、伊恩·克里奇利、克莱尔·鲍威尔、詹姆斯·邓达斯、露西·里奇，特别是本·斯蒂芬森——他们本都不需要，但都不遗余力地为我找到一个思考的地方。

书稿成形后，吉米·麦戈文、托尼·乔丹、西蒙·阿什当、雷切尔·沃德洛、罗西·马塞尔、保罗·尤文、维多利亚·菲亚和露西·戴克在读过之后，给出了宝贵的建议。在英语里，很少有比"你愿意读我的书吗？"更糟的话。他们全都欣然应允，让我非常感动。所有人都很敏锐，很有批判精神，所有人——作为业内专家理应如此——都不吝赞美，也不吝批评。

如果没有罗伯·威廉姆斯，《进入故事之林》就不会存在，是他催着我撰写这部作品，然后拿枪指着我的头直至完稿。他和艾玛·弗罗斯特在太多的草稿和太多年的时间里提供了精彩的笔记和无限的热情，两人从一开始就在，从未离开。还应提到萨拉·特纳，因为她是第一个让我相信这一切都值得的人——对他们怎么感谢都不为过。

最后当然还有企鹅公司的帕特里克·洛克伦、简·罗伯逊和海伦·康福德，他们向我展示了编辑应该做什么；戈登·怀斯作为经纪人同样尽心尽力；还有我的父母，他们曾用书籍包围着我。还有珍妮弗，要是没有她……

　　　　　　　　　　　　　　　　　　　　进入故事之林

译名对照表

作品名

《007：大破天幕杀机》 *Skyfall*

《007：大战皇家赌场》 *Casino Royale*

《007之俄罗斯之恋》 *From Russia with Love*

《007之金枪人》 *The Man with the Golden Gun*

《007之金手指》 *Goldfinger*

《007之诺博士》 *Dr. No*

《007之女王密使》 *On Her Majesty's Secret Service*

《1583—1616年伊丽莎白时代和詹姆斯一世时代戏剧中的分幕》 *Act Division in Elizabethan and Jacobean Plays 1583–1616*

《E. T. 外星人》 *E. T. the Extra-Terrestrial*

《Z型警车》 *Z Cars*

《阿凡达》 *Avatar*

《阿拉丁》 *Aladdin*

《埃涅阿斯纪》 *Aeneid*

《爱疯了》 *Like Crazy*

《爱丽丝的失踪》 *The Disappearance of Alice Creed*

《爱丽丝梦游仙境》 *Alice in Wonderland*

《爱你长久》 *Il y a longtemps que je t'aime*

《暖暖内含光》 *Eternal Sunshine of the Spotless Mind*

《安德烈·卢布廖夫》 *Andrey Rublyov*

《安和哈罗德》 *Ann and Harold*

《安提戈涅》 *Antigone*

《傲骨贤妻》 *The Good Wife*

《奥德赛》 *Odyssey*

《奥瑞斯提亚》 *The Oresteia*

《奥赛罗》 *Othello*

《巴别塔》 *Babel*

《白宫风云》 *The West Wing*

《白鲸记》 *Moby Dick*

《白丝带》 *The White Ribbon*

《办公室》 *The Office*

《保持对话》 *Appropriate Adult*

《暴风雨》 *The Tempest*

《悲剧的诞生》 *The Birth of Tragedy*

《贝奥武甫》 *Beowulf*

《编剧的艺术》 *The Art of Dramatic Writing*

《编剧心理学》 *Psychology For Screenwriters*

《变形金刚》 *Transformers*

《冰雪帝国》 *The Empire of Ice*

《博南扎的牛仔》 *Bonanza*

《布朗神父》 *Father Brown*

《布鲁克赛德》 *Brookside*

《布偶大电影》 *The Muppets*

《餐馆》 *Diner*

《超级保姆》 *Supernanny*

《超人》 *Superman*

《沉默的羔羊》 *The Silence of the Lambs*

《成为约翰·马尔科维奇》 *Being John Malkovich*

《城市英雄》 *Falling Down*

《持矛者》 *Doryphoros/Spear-Bearer*

《出租车司机》 *Taxi Driver*

《错误的喜剧》 *The Comedy of Errors*

《大白鲨》 *Jaws*

《大寒》 *The Big Chill*

《大红灯笼高高挂》 *Raise the Red Lantern*

《大西洋帝国》 *Boardwalk Empire*

《丹尼斯和纳舍尔》 *Dennis and Gnasher*

《当哈利遇见莎莉》 *When Harry Met Sally*

《刀的三种用法》 *Three Uses of the Knife*

《稻草狗》 *Straw Dogs*

《地球浪子》 *Outcasts*

《地球上最后的地方：斯科特和阿蒙森的南极竞赛》 *The Last Place on Earth: Scott and Amundsen's Race to the South Pole*

《低俗小说》 *Pulp Fiction*

《帝国的毁灭》 *Der Untergang*

《第六感》 *The Sixth Sense*

《第三人》 *The Third Man*

《点球成金》 *Moneyball*

《电锯惊魂》 *Saw*

《电视罪行》 *Telecrime*

《电影故事》 *The Story of Film*

《谍影重重 3》 *The Bourne Ultimatum*

《东区人》 *EastEnders*

《冬天的骨头》 *Winter's Bone*

《冬天的故事》 *The Winter's Tale*

《独立日》 *Independence Day*

《读者的作用：文本符号学的探索》 *The Role of the Reader: Explorations in the Semiotics of Texts*

《对话尼克松》 *Frost/Nixon*

《夺宝奇兵》 *Raiders of the Lost Ark*

《俄狄浦斯王》 *Oedipus Rex*

《恶魔》 *Les Diaboliques*

《法网》 *Dragnet*

《翻身》 *Fanshen*

《犯罪现场调查》 *CSI: Crime Scene Investigation*

《学徒》 *The Apprentice*

《飞天大盗》 *Hustle*

《非常嫌疑犯》 *The Usual Suspects*

《非洲女王号》 *The African Queen*

《芬利医生的病例簿》 *Dr. Finlay's Casebook*

《芬尼根的守灵夜》 *Finnegans Wake*

《风中奇缘》 *Pocahontas*

《弗尔蒂旅馆》 *Fawlty Towers*

《弗莱明的叙事结构》 "Narrative Structures in Fleming"

《弗兰肯斯坦》 *Frankenstein*

《扶手椅剧场》 *Armchair Theatre*

《浮士德博士》 *Dr.Faustus*

《福尔赛世家》 *The Forsyte Saga*

《妇产科医生》 *Bodies*

《复仇者》 *The Avengers*

《复仇者联盟》 *The Avengers*

《钢铁侠》 *Iron Man*

《告别有情天》 *The Remains of the Day*

《哥斯拉》 *Godzilla*

《格列佛游记》 *Gulliver's Travels*

《格林码头的狄克逊》 *Dixon of Dock*

进入故事之林

Green
《公民凯恩》 Citizen Kane
《功夫》 Kung Fu
《古墓丽影》 Lara Croft: Tomb Raider
《故事》 Story
《故事的解剖：成为故事大师的 22 步》
　　The Anatomy of Story:22 Steps to
　　Becoming a Master Storyteller
《故乡》 Heimat
《故园风雨后》 Brideshead Revisited
《怪形》 The Thing
《观察家报》 Observer
《灌木丛》 The High Chaparral
《广告狂人》 Mad Men
《锅匠，裁缝，士兵，间谍》 Tinker,
　　Tailor, Soldier, Spy
《国土安全》 Homeland
《国王的演讲》 The King's Speech
《国王与尸体》 The King and the
　　Corpse
《哈利·波特》 Harry Potter
《哈利·波特与混血王子》 The Half-
　　Blood Prince
《哈利·波特与火焰杯》 Harry Potter
　　and the Goblet of Fire
《哈姆雷特》 Hamlet
《海扁王》 Kick-Ass
《海达·盖布勒》 Hedda Gabler
《海底总动员》 Finding Nemo
《海神号历险记》 The Poseidon
　　Adventure
《汉赛尔和格蕾特尔》 Hansel and Gretel
《汉娜·蒙塔娜》 Hannah Montana
《豪斯医生》 House M. D.
《好人寥寥》 A Few Good Men
《和声学》 Harmonielehre
《黑暗骑士崛起》 The Dark Knight Rises
《黑帮男孩》 Boys from the Blackstuff

《黑道家族》 The Sopranos
《黑天鹅》 Black Swan
《红色的繁荣》 Red Plenty
《红色之路》 Red Road
《红与黑》 Scarlet and the Black
《后天》 The Day After Tomorrow
《呼叫助产士》 Call the Midwife
《蝴蝶梦》 Rebecca
《虎豹小霸王》 George Roy Hill
《虎胆龙威》 Die Hard
《琥珀眼睛的兔子》 The Hare with
　　Amber Eyes
《化名史密斯和琼斯》 Alias Smith and
　　Jones
《坏中尉》 Bad Lieutenant
《欢乐合唱团》 Glee
《欢乐时光》 Happy Days
《欢乐一家亲》 Frasier
《换妻》 Wife Swap
《唤醒死者》 Waking the Dead
《荒野镖客》 Gunsmoke
《荒原》 The Waste Land
《回复权》 Right to Reply
《火烧摩天楼》 The Towering Inferno
《火线》 The Wire
《霍尔比市》 Holby City
《急诊室的故事》（美版） ER
《急诊室的故事》（英版） Casualty
《假亦真》 Faking It
《教父》 The Godfather
《街区大作战》 Attack the Block
《结构人类学》 Structural
　　Anthropology
《今日戏剧》 Play For Today
《金刚》 King Kong
《金屋泪》 Room at the Top
《金盏花》 Marigold
《惊魂记》 Psycho

《尼克松》 *Nixon*

《纽约先驱论坛报》 *New York Herald Tribune*

《纽约重案组》 *NYPD Blue*

《怒海争锋》 *Master and Commander*

《怒焰骄阳》 *Sholay*

《诺丁山》 *Notting Hill*

《女王》 *The Queen*

《皮鞭》 *Rawhide*

《皮格马利翁》 *Pygmalion*

《骗中骗》 *The Sting*

《漂亮女人》 *Pretty Woman*

《普通人》 *Ordinary People*

《七种基本情节》 *The Seven Basic Plots*

《启示》 *Apocalypto*

《汽车总动员》 *Cars*

《〈千面英雄〉的实用指南》 "A Practical Guide to the Hero with a Thousand Faces"

《前排》 *Front Row*

《潜水钟与蝴蝶》 *Le Scaphandre et le Papillon*

《巧克力》 *Chocolat*

《窃听风暴》 *Das Leben der Anderen*

《驱魔人》 *The Exorcist*

《泉》 *Fountain*

《群鬼》 *Ghosts*

《热门影片》 *The Megahit Movies*

《热情如火》 *Some Like It Hot*

《人民公敌》 *An Enemy of the People*

《人生交叉点》 *Short Cuts*

《人性的污秽》 *The Human Stain*

《萨达姆家族》 *House of Saddam*

《赛车总动员》 *Cars*

《三姐妹》 *Three Sisters*

《散文虚构作品研究》 *A Study of Prose Fiction*

《山街蓝调》 *Hill Street Blues*

《山区诊所》 *Peak Practice*

《闪灵》 *The Shining*

《社会支柱》 *The Pillars of Society*

《社交网络》 *The Social Network*

《赦罪教士的故事》 *Pardoner's Tale*

《谁为我伴》 *Plenty*

《神父同志》 *Priest*

《神话的结构研究》 "The Structural Study of Myth"

《神话与电影》 *Myth and the Movies*

《神秘博士》 *Doctor Who*

《神探贝克》 *Beck*

《神探可伦坡》 *Colombo*

《神探酷杰克》 *Kojak*

《胜利之光》 *Friday Night Lights*

《诗学》 *The Poetics*

《诗艺》 *Ars Poetica*

《狮子王》 *The Lion King*

《十大写作技巧》 "Top 10 Writing Tips"

《十一罗汉》 *Ocean's Eleven*

《时空逆境》 *Paradox*

《时时刻刻》 *The Hours*

《实习医生格蕾》 *Grey's Anatomy*

《蚀》 *L'eclisse*

《使命召唤：现代战争》 *Call of Duty: Modern Warfare*

《士兵士兵》 *Soldier Soldier*

《世界大战》 *War of the Worlds*

《适应生活》 *Adaptation to Life*

《嗜血法医》 *Dexter*

《守护人》 *Minder*

《守护者》 *Minder*

《双面英雄》 "The Hero with Two Faces"

《司法正义》 *Criminal Justice*

《思考，快与慢》 *Thinking, Fast and Slow*

《四个婚礼和一个葬礼》 *Four Weddings and a Funeral*

《阳光小美女》 *Little Miss Sunshine*

《窈窕淑女》 *My Fair Lady*

《野兽家园》 *Where the Wild Things Are*

《野鸭》 *The Wild Duck*

《夜巴黎》 *Paris by Night*

《一个沉闷的故事》 *A Dreary Story*

《一曲相思情未了》 *The Fabulous Baker Boys*

《一天》 *One Day*

《异度人生》 *Life on Mars*

《异形》 *Alien*

《音乐之声》 *Sound of Music*

《英国偶像》 *The Xtra Factor*

《永不妥协》 *Erin Brockovich*

《忧愁河上桥》 *Treme*

《余下只有噪音》 *The Rest is Noise*

《娱乐周刊》 *Entertainment Weekly*

《与歌同行》 *Walk the Line*

《雨人》 *Rain Man*

《育婴奇谭》 *Bringing Up Baby*

《远大前程》 *Great Expectations*

《约瑟夫·坎贝尔：头脑中的火焰》 *Joseph Campbell: A Fire in the Mind*

《再见，伙计们》 *Auf Wiedersehen, Pet*

《贼博士》 *The Ladykillers*

《怎样写剧本》 *How To Write a Play*

《照明跑道》 *Flare Path*

《拯救大兵瑞恩》 *Saving Private Ryan*

《证人》 *Witness*

《只有傻瓜和马》 *Only Fools and Horses*

《指环王》 *The Lord of the Rings*

《致命武器》 *Lethal Weapon*

《致命诱惑》 *Fatal Attraction*

《终结者 2：审判日》 *Terminator 2: Judgment Day*

《仲夏夜之梦》 *A Midsummer Night's Dream*

《重任在肩》 *Line of Duty*

《周末》 *Week End*

《朱诺》 *Juno*

《侏罗纪公园》 *Jurassic Park*

《主要嫌疑犯》 *Prime Suspect*

《筑梦奇人》 *Grand Designs*

《撞车》 *Crash*

《追风筝的人》 *The Kite Runner*

《自由》 *Freedom*

《总统杀局》 *The Ides of March*

《最后的电影》 *The Last Movie*

《最佳拍档》 *Starsky And Hutch*

《作家之旅》 *The Writer's Journey*

人名

A. A. 吉尔　A. A. Gill

A. C. 布拉德利　A. C. Bradley

D. W. 格里菲斯　D. W. Griffith

E. M. 福斯特　E.M.Forster

F. 斯科特·菲茨杰拉德　F. Scott Fitzgerald

G. K. 切斯特顿　G. K. Chesterton

J. 哈利·曼纳斯　J. Harley Manners

J. B. 普里斯特利　J. B. Priestley

J. K. 罗琳　J.K. Rowling

J. 布莱克森　J. Blakeson

T. W. 罗伯逊　T. W. Robertson

W. W. 格雷格　W. W. Greg

阿尔·帕西诺　Al Pacino

阿尔贝特·施佩尔　Albert Speer

阿尔弗雷德·阿德勒　Alfred Adler

阿尔弗雷德·希区柯克　Alfred Hitchcock

阿加莎·克里斯蒂　Agatha Christie

阿里·G　Ali G

阿利斯泰尔·库克　Alistair Cooke

阿米特巴·巴赫卡安　Amitabh

Bachchan

阿诺德·贝内特　Arnold Bennett

阿奇博尔德·亨德森　Archibald
Henderson

阿瑟·霍普克罗夫特　Arthur Hopcraft

阿什利·法罗　Ashley Pharoah

埃德加·艾伦·坡　Edgar Allan Poe

埃德加·赖茨　Edgar Reitz

埃德温·波特　Edwin Porter

埃尔热　Hergé

埃里克·埃里克森　Erik Erikson

埃里克·侯麦　Eric Rohmer

埃普斯·温思罗普·萨金特　Epes
Winthrop Sargent

艾伦·普莱特　Alan Plater

艾伦·耶恩托布　Alan Yentob

爱德华·J. 拉尔森　Edward J. Larson

爱德华·邦德　Edward Bond

安德烈·塔可夫斯基　Andrei Tarkovsky

安德鲁·斯坦顿　Andrew Stanton

安娜·弗洛伊德　Anna Freud

奥古斯都·威廉·冯·施莱格尔
August Wilhelm von Schlegel

奥利·约翰斯顿　Ollie Johnston

奥利弗·斯通　Oliver Stone

奥森·威尔斯　Orson Welles

奥斯卡·王尔德　Oscar Wilde

巴斯特·基顿　Buster Keaton

巴兹·鲁尔曼　Baz Luhrman

保罗·施拉德　Paul Schrader

鲍勃·彼得森　Bob Peterson

鲍勃·戴利　Bob Daily

贝丝·德鲁斯　Beth Druce

贝托尔特·布莱希特　Bertholt Brecht

本·理查兹　Ben Richards

本·琼森　Ben Jonson

彼得·布鲁克　Peter Brook

彼得·莫法特　Peter Moffat

彼得·摩根　Peter Morgan

彼得·威尔　Peter Weir

波利克里托斯　Polycleitus

波莉·汤因比　Polly Toynbee

伯恩哈德·施林克　Bernhard Schlink

布尔沃-利顿　Bulwer-Lytton

布拉德·皮特　Brad Pitt

布莱恩·菲利斯　Brian Fillis

布莱恩·克兰斯顿　Bryan Cranston

布莱克·斯奈德　Blake Snyder

布利斯·佩里　Bliss Perry

布鲁诺·贝特尔海姆　Bruno Bettelheim

查尔斯·R. 福克　Charles R. Forker

查理·考夫曼　Charlie Kaufman

达伦·阿伦诺夫斯基　Darren Aronofsky

达米安·赫斯特　Damien Hirst

达斯汀·霍夫曼　Dustin Hoffman

大卫·S. 沃德　David S. Ward

大卫·埃德加　David Edgar

大卫·布伦特　David Brent

大卫·芬奇　David Fincher

大卫·弗罗斯特　David Frost

大卫·黑尔　David Hare

大卫·里恩　David Lean

大卫·马梅特　David Mamet

大卫·汤姆森　David Thomson

大卫·西蒙　David Simon

戴维·洛奇　David Lodge

黛安·基顿　Diane Keaton

丹·斯尼森　Dan Snierson

丹尼尔·卡尼曼　Daniel Kahneman

丹尼斯·霍珀　Dennis Hopper

德尔·托罗　Del Toro

德莱叶　Dreyer

蒂姆·韦斯特伍德　Tim Westwood

涂尔干　Durkheim

杜鲁门·卡波特　Truman Capote

多米尼克·德罗姆古尔　Dominic

Dromgoole

多纳图斯　Donatus

俄耳甫斯　Orpheus

菲利普·克洛代尔　Philippe Claudel

费·唐娜薇　Faye Dunaway

费迪南·布吕内蒂埃　Ferdinand
　Brunetière

弗拉基米尔·普罗普　Vladimir Propp

弗兰克·丹尼尔　Frank Daniel

弗兰克·戴斯　Frank Deis

弗兰克·科特雷尔·博伊斯　Frank
　Cottrell Boyce

弗兰克·托马斯　Frank Thomas

弗朗西斯·科波拉　Francis Coppola

弗朗西斯·斯普福德　Francis Spufford

弗朗西斯克·萨尔塞　Francisque Sarcey

弗雷泽　Frazer

弗里德里希·恩格斯　Friedrich Engels

弗里德里希·马克斯·缪勒　Friedrich
　Max Müller

弗里德里希·尼采　Friedrich Nietzsche

弗谢沃洛德·普多夫金　Vsevolod
　Pudovkin

格奥尔格·黑格尔　Georg Hegel

格奥尔格·卢卡奇　Gyorgy Lukács

格奥尔格·西美尔　Georg Simmel

古斯塔夫·弗赖塔格　Gustav Freytag

哈里·H. 科比特　Harry H. Corbett

哈里森·福特　Harrison Ford

哈维尔·巴登　Javier Bardem

海因里希·齐默尔　Heinrich Zimmer

汉弗莱·鲍嘉　Humphrey Bogart

荷马　Homer

贺拉斯　Horace

亨利-乔治·克鲁佐　Henri-Georges
　Clouzot

霍华德·布伦顿　Howard Brenton

吉米·麦戈文　Jimmy McGovern

贾森·艾萨克斯　Jason Isaacs

贾韦德·阿赫塔尔　Javed Akhtar

简·费瑟斯通　Jane Featherstone

简·科特　Jan Kott

杰德·默丘里奥　Jed Mercurio

杰夫·布里奇斯　Jeff Bridges

杰克·尼尔克森　Jack Nicholson

杰克·韦布　Jack Webb

杰克逊·波洛克　Jackson Pollock

杰里米·帕克斯曼　Jeremy Paxman

金·怀尔德　Kim Wilde

凯瑟琳·布雷　Catherine Bray

凯瑟琳·赫本　Katharine Hepburn

凯瑟琳·科普兰　Katherine Copeland

康斯坦丁·斯坦尼斯拉夫斯基
　Constantin Stanislavski

卡莉·克里　Callie Khouri

柯南·道尔　Conan Doyle

克莱夫·古德温　Clive Goodwin

克里斯·洛克　Chris Rock

克里斯蒂安·凯泽斯　Christian Keysers

克里斯托弗·布克　Christopher Booker

克里斯托弗·沃格勒　Christopher
　Vogler

克洛德·列维-斯特劳斯　Claude Levi-
　Strauss

肯尼斯·泰南　Kenneth Tynan

库马拉斯瓦米　Coomaraswamy

昆汀·塔伦蒂诺　Quintin Tarantino

拉斐尔·阿尔瓦雷斯　Rafael Alvarez

拉斐尔·贝尔　Rafael Behr

拉姆齐·麦克唐纳　Ramsay MacDonald

拉约什·埃格里　Lajos Egri

赖德·哈格德　Rider Haggard

劳里·胡茨勒　Laurie Hutzler

劳伦斯·卡斯丹　Lawrence Kasdan

劳伦斯·斯特恩　Laurence Sterne

雷德利·斯科特　Ridley Scott

李·查德　Lee Child
里基·热尔韦　Ricky Gervais
理查德·T. 凯利　Richard T. Kelly
理查德·福特　Richard Ford
理查德·柯蒂斯　Richard Curtis
理查德·迈克尔斯·斯蒂芬尼克
　Richard Michaels Stefanik
列夫·库里肖夫　Lev Kuleshov
琳达·阿伦森　Linda Aronson
伦纳德·迈克尔斯　Leonard Michaels
罗宾·戴爵士　Sir Robin Day
罗宾·拉森　Robin Larsen
罗伯特·奥特曼　Robert Altman
罗伯特·德尼罗　Robert De Niro
罗伯特·雷德福　Robert Redford
罗伯特·麦基　Robert McKee
罗伯特·休斯　Robert Hughes
罗杰·阿夫瑞　Roger Avary
罗兰·亨特福德　Roland Huntford
罗洛·梅　Rollo May
罗曼·波兰斯基　Roman Polanski
罗纳德·里根　Ronald Reagan
马丁·肖　Martin Shaw
马克·卡曾斯　Mark Cousins
马克·诺曼　Marc Norman
马克·扎克伯格　Mark Zuckerberg
马里奥·普佐　Mario Puzo
玛丽·贝尔　Mary Bell
马塞尔·杜尚　Marcel Duchamp
迈尔斯·戴维斯　Miles Davis
迈克·斯金纳　Mike Skinner
迈克尔·比林顿　Michael Billington
迈克尔·哈内克　Michael Haneke
迈克尔·豪格　Michael Hauge
迈克尔·马德森　Michael Madsen
梅尔·吉布森　Mel Gibson
蒙德里安　Mondrian
蒙田　Montaigne

米开朗基罗·安东尼奥尼
　Michelangelo Antonioni
米兰达·哈特　Miranda Hart
莫蒂默·斯图尔特　Mortimer Stewart
莫里哀　Molière
莫琳·默多克　Maureen Murdock
莫妮卡·维蒂　Monica Vitti
纳西姆·尼古拉斯·塔勒布　Nassim
　Nicholas Taleb
奈·贝文　Nye Bevan
内厄姆·泰特　Nahum Tate
尼尔·盖曼　Neil Gaiman
诺埃尔·考沃德　Noël Coward
诺尔·加拉格尔　Noel Gallagher
诺思罗普·弗莱　Northrop Frye
欧律狄刻　Eurydice
欧仁·德拉克洛瓦　Eugene Delacroix
欧仁·斯克里布　Eugène Scribe
帕迪·查耶夫斯基　Paddy Chayefsky
佩姬·拉姆齐　Peggy Ramsay
皮埃尔·布莱兹　Pierre Boulez
珀尔塞福涅　Persephone
乔纳森·斯威夫特　Jonathan Swift
乔斯·惠登　Joss Whedon
乔治·E. 瓦利恩特　George E. Vaillant
乔治·卢卡斯　Geroge Lucas
裘德·洛　Jude Law
让-皮埃尔·朱奈　Jean-Pierre Jeunet
荣格　Jung
塞缪尔·约翰逊　Samuel Johnson
莎拉·西尔弗曼　Sarah Silverman
史蒂文·博奇科　Steven Bochco
史蒂文·平克　Steven Pinker
史蒂文·斯皮尔伯格　Steven Spielberg
史蒂夫·乔布斯　Steve Jobs
司汤达　Stendhal
斯蒂芬·拉森　Stephen Larsen
斯蒂芬·麦钱特　Stephen Merchant

　　　　　　　　　　　　　　　　进入故事之林

斯蒂芬·斯坦顿　Stephen Stanton
斯图尔特·沃伊蒂拉　Stuart Voytilla
苏珊·格林菲尔德　Susan Greenfield
索菲·霍斯金　Sophie Hosking
索福克勒斯　Sophocles
塔玛拉·罗霍　Tamara Rojo
泰德·蔡尔德　Ted Childs
泰德·塔利　Ted Tally
泰伦提乌斯　Terence
汤姆·克鲁斯　Tom Cruise
特伦斯·拉蒂根　Terence Rattigan
特伦特·雷兹诺　Trent Reznor
托马斯·鲍德温　Thomas Baldwin
托尼·布莱尔　Tony Blair
托尼·乔丹　Tony Jordan
瓦罗　Varro
威尔弗雷德·T. 朱克斯　Wilfred T. Jewkes
威廉·阿彻　William Archer
威廉·德·库宁　Willem de Kooning
威廉·戈德曼　William Goldman
威廉·汤普森·普莱斯　William
　Thompson Price
威廉·尹迪克　William Indick
韦恩·特维　Wayne Turvey
维多利亚·贝克汉姆　Victoria Beckham
维多利亚·伍德　Victoria Wood
维吉尔　Virgil
文斯·吉利根　Vince Gilligan
沃尔特·克朗凯特　Walter Cronkite
西德尼·吕美特　Sidney Lumet
西尔维娅·普拉斯　Sylvia Plath
西格蒙德·弗洛伊德　Sigmund Freud
西蒙·斯蒂芬斯　Simon Stephens
悉德·菲尔德　Syd Field
悉尼·纽曼　Sydney Newman
小塞涅卡　Seneca the Younger
肖恩·萨顿　Shaun Sutton
亚伯拉罕·马斯洛　Abraham Maslow

亚历克斯·罗斯　Alex Ross
亚伦·索金　Aaron Sorkin
伊阿宋　Jason
伊恩·霍姆　Ian Holm
伊丽莎白·伍布里奇·莫里斯
　Elisabeth Woodbridge Morris
伊娃·隆戈里亚　Eve Longoria
伊万·莫茹欣　Ivan Mozzhukhin
英格玛·伯格曼　Ingmar Bergman
尤安·弗格森　Euan Ferguson
约翰·F. 肯尼迪　John F. Kennedy
约翰·巴顿　John Barton
约翰·布赖恩　John Braine
约翰·多恩　John Donne
约翰·霍华德·劳森　John Howard
　Lawson
约翰·凯奇　John Cage
约翰·柯川　John Coltrane
约翰·拉塞尔·泰勒　John Russell
　Taylor
约翰·米利厄斯　John Milius
约翰·皮尔　John Peel
约翰·沙利文　John Sullivan
约翰·特鲁比　John Truby
约翰·西姆　John Simm
约翰·亚当斯　John Adams
约瑟夫·伍德·克鲁奇　Joseph Wood
　Krutch
詹姆斯·B. 格罗斯曼　James B.
　Grossman
詹姆斯·D. 布鲁纳　James D. Bruner
詹姆斯·帕特森　James Patterson
詹姆斯·乔伊斯　James Joyce
詹姆斯·乔治·弗雷泽爵士　Sir James
　George Frazer
珍妮特·李　Janet Leigh
朱莉·古德伊尔　Julie Goodyear
朱莉·加德纳　Julie Gardner

明室
Lucida

照亮阅读的人

主　　编　陈希颖

副 主 编　赵　磊

策划编辑　赵　磊

特约编辑　闫　烁

营销编辑　崔晓敏　张晓恒　刘鼎钰

设计总监　山　川

装帧设计　曾艺豪 @ 大撇步

责任印制　耿云龙

内文制作　丝　工

版权咨询、商务合作：contact@lucidabooks.com

上海光之室文化传播有限公司　　　　　　　　Shanghai Lucidabooks Co., Ltd.

图书在版编目（CIP）数据

进入故事之林：探究故事的五幕之旅 / (英) 约翰
·约克著；唐江译 . -- 北京：北京联合出版公司，
2025.5. -- ISBN 978-7-5596-8313-7

Ⅰ . I053

中国国家版本馆 CIP 数据核字第 2025VV4693 号

北京市版权局著作权合同登记号 图字：01-2025-1570 号

进入故事之林：探究故事的五幕之旅

作　　者：[英] 约翰·约克
译　　者：唐　江
出 品 人：赵红仕
策划机构：明　室
策划编辑：赵　磊
特约编辑：闫　烁
责任编辑：管　文
装帧设计：曾艺豪 @ 大撇步

北京联合出版公司出版
（北京市西城区德外大街 83 号楼 9 层　 100088）
北京联合天畅文化传播公司发行
北京市十月印刷有限公司印刷　新华书店经销
字数 267 千字　880 毫米 ×1230 毫米　1/32　11.5 印张
2025 年 5 月第 1 版　2025 年 5 月第 1 次印刷
ISBN 978-7-5596-8313-7
定价：78.00 元